너무 늦게 찾아온 사랑

너무 늦게 찾아온 사랑

고창근 장편소설

2024 심인

작가의 말

나는 그녀를 사랑했다

비록 내 소설 속의 여인이지만
성 정체성을 깨닫고
죽음으로 한 여인을 사랑한
그녀를 존경했다

하지만,
6년 동안 세상 밖으로 나오지 못하고
내 컴퓨터 속에서 살아야 했다
수없이 그녀의 사랑을 곱씹고 곱씹은 끝에
드디어 세상 밖으로 내보내게 되었다

다만,
계속 살아가지 못해 안타깝다
살리려고 애썼지만
현실이 그렇지 못했다
그래서,
죽음으로 영원히 독자들의 가슴에 사는 방식을 택했다
내 선택이 옳은지는 오로지 독자들의 몫이 되겠다

2024년 8월 주막듬에서

차례

너무 늦게 찾아온 사랑   7

너무 늦게 찾아온 사랑

1.

저는 죽었습니다.
이제 곧 누군가에게 발견될 테고
경찰 수사가 시작되겠지요.
이 세상에 억울하지 않은 죽음이 어디 있겠습니까마는,
솔직히 전 억울하지 않습니다.
이미 죽음을 각오한 사랑이었으니까요.
어쩌면 잘 죽었는지 모릅니다.
주위에 피해를 많이 끼쳤고
큰 죄를 지었기 때문입니다.
하지만 남의 일을 입에 올리기 좋아하는 사람들에 의해
내 죽음이 왜곡되지 않기를 바랄 뿐입니다.
그래서 당신께,
이 글을 읽는 당신께 글을 쓰고자 합니다.
내가 죽기 전 어떤 사랑을 했는지.
혹시 모를 내 죽음에 대한 억측과 왜곡을 막기 위해서입니다.

곧 수사가 시작될 테고

범인이 잡힐지 안 잡힐지 모르겠지만,

수사 과정에서 나도 모르는 나의 많은 모습이 드러나겠지요.

하지만 개의치 않습니다.

내 진심이,

내 사랑에 대한 진심이 제대로 알려지기만 하면 되니까요.

이 글을 읽는 독자 여러분께서도 수사 과정에서 나오는 여러 얘기가

설사 제가 얘기하는 것과 다르더라도 오해 마시고

제가 말하는 이 글이 진심이라 생각하시고

끝까지 읽어주시면 고맙겠습니다.

그러니까,

제 얘기는 그 여자아이를 만나면서 시작됩니다.

저와 그 여자아이와의 사랑에 관해서만 얘기할게요.

주위로부터 많은 협박을 받았고

또한,

갈등도 많았지만 그런 것들은

수사 과정에서 밝혀질 테니 생략하도록 하겠습니다.

2.

고 형사가 살인 현장에 도착했을 때 이미 감식반의 감식이 끝나고 시신은 부검을 위해 옮겨진 상태였다. 폴리스라인 안에는 흰 페인트로 사람 형체가 그려져 있는데 머리 부분에 많은 검붉은 피가 굳어 있었고 일찍 온 팀원들이 주위를 둘러보고 있었다.

살인 현장의 건물은 3층 원룸인데 지은 지 얼마 되지 않아 보였다. 건

물 외벽이 하얀 벽돌로 되어 있어 고급스러워 보였고, 원룸 안의 가구도 마찬가지였다.

"어서 오십시오."

현장에 들어서는 고 형사를 알아본 조 형사가 원룸 안을 둘러보다 말했다.

"어찌 된 거야?"

"피해자의 지갑이나 휴대폰이 그대로 있는 걸 봐서는 원한에 의해 살해된 거 같은데요. 지갑 안에는 신분증도 있고요."

"피해자는?"

고 형사는 주위를 둘러보며 말했다. 가구는 특별한 게 없었다. 기본적으로 원룸에 있는 침대 냉장고 티브이 옷장 외 특별한 건 보이지 않았다.

"오십삼 세 여성입니다. 이름은 이미영이고요."

"오십삼 세 여성?"

"예. 원룸 월세 계약자도 피해자로 되어 있습니다."

50세가 넘은 여자가 혼자 살았단 말인가? 고 형사는 고개를 갸웃거렸다.

"집은 따로 있고요."

고형사의 마음을 읽은 듯 조 형사가 말했다.

"그럼 여긴 뭐야?"

"남편도 잘 모르겠답니다."

"남편도 몰라? 피해자 가족 벌써 왔어?"

고 형사는 주위 사람들을 보며 말했다. 형사 외에는 일반인은 보이지 않았다.

"남편분이 왔는데 피해자 신원 확인하고 밖에 계십니다."

"피해자는 뭐 하는 사람인데?"

"그냥 가정주부랍니다."

"그래? 근데 주부가 이런 원룸을 왜 가지고 있었을까?"

고 형사는 혼잣말로 중얼거렸다.

"사망 원인은?"

"부검 결과가 나와봐야겠지만 뒷머리에 있는 상처로 봐서는 넘어지며 탁자 모서리에 부딪혀서 그런 것 같습니다. 탁자 모서리에 혈흔도 발견되었고요."

"그러니까 몸싸움이나 이런 거 하다 넘어졌다?"

"현재로선요."

"음."

고 형사는 고개를 끄덕였다.

"처음 목격자는?"

"원룸 주인인데요. 세면대에 물이 샌다고 피해자가 전화해서 직접 고치려 왔는데 전화도 안 받고 인터폰도 안 되어 주인 열쇠로 열고 들어갔다가 발견한 모양입니다."

"연락 안 된다고 곧장 문 열고 들어가?"

고 형사가 의심스러운 표정으로 조 형사를 바라보았다.

"그게 아니고요. 며칠 전에 약속했고 그저께도 연락했는데 어제부터 계속 연락이 안 됐답니다."

"어제부터? 그러면 어제 죽은 거야?"

"확실한 건 부검 결과가 나와야겠지만 현재로선 그렇게 추정하고 있습니다. 남편분도 어제부터 연락이 안 되었다 하고요."

"어제부터 연락이 안 되었다."

고 형사는 중얼거리다 주위를 둘러보자 조 형사가 말했다.

"원룸 주인은 김 형사가 만나는 중입니다."

"그래? 그럼, 남편 한번 볼까?"

고 형사는 현장에 있는 증거품 중에 휴대폰을 들어보며 말했다.

"사진 다 찍었지?"

"예."

조 형사가 고 형사 가까이 가며 말했다. 휴대폰은 전원이 들어와 있었고 잠금장치가 설정되어 있지 않았다. 고 형사는 먼저 카카오톡을 눌렀다. 개설된 방은 많지 않았다. 가정주부라더니. 고 형사는 몇 개의 방을 대충 바라보다 문자를 보았다. 역시 문자도 주고받은 게 별로 없었다. 다시 통화목록을 보았다. 예상대로 어제 이후로 통화나 문자 기록이 없었다.

"여기 있는 통화기록 한 달 치 조회해 봐."

고 형사는 조 형사에게 말하며 휴대폰을 끄려다 어? 하며 다시 통화기록을 보았다.

"뭐 있습니까?"

조 형사가 고개를 내밀고 휴대폰을 보았다.

"여기 봐. 박정아. 이 사람한테 자주 통화했네."

"그러게요. 저도 아까 봤습니다."

고 형사는 조 형사를 보다 박정아의 통화 버튼을 눌렀다. 하지만 휴대폰이 꺼져 있어 소리샘으로 연결된다는 멘트가 나왔다. 다시 눌렀지만 마찬가지였다. 이것도 이미 조 형사는 해본 듯 고개를 끄덕였다.

"박정아란 사람도 신원 조회하고."

"예."

고 형사가 휴대폰을 놓고 밖으로 나오며 말하자 조 형사도 밖으로 나왔다. 여전히 복도에는 사람들이 호기심과 두려움으로 몰려 있었다.

"저기 있네요."

조 형사가 몰려 있는 사람들 넘어 혼자 서 있는 50대로 보이는 양복 차림의 사내를 가리켰다. 깔끔한 차림새가 군인 같다는 느낌을 주었다.

"이거 뭐라고 위로의 말씀을 드려야 할지."

고 형사가 다가가며 말하자 남편은 아무 말도 없이 굳은 표정으로 고 형사의 얼굴을 바라보았다.

"상산경찰서 강력팀에서 나왔습니다."

고 형사는 신분증을 내밀었다.

"아, 예."

남편은 신분증을 보더니 고개를 숙여 인사를 했다.

"잠깐 얘기 좀 할 수 있을까요?"

"예."

남편은 머뭇거리다 말했다. 아마도 정신이 없는 것 같았다. 아내의 시신을 봤다면 아마도 크게 놀라 정신이 없는 것은 당연했다.

"어제부터 연락이 안 되었다고요?"

"예."

남편은 괴롭다는 듯 짧게 대답했다.

"실종 신고는 안 했고요?"

"오늘까지 연락 안 되면 신고할 생각이었습니다."

"집은 언제 나갔습니까?"

"잘 모르겠습니다. 퇴근해서 집에 오니 아내가 없어서 전화하니 받지도 않고."

"전에도 종종 그런 일이 있었습니까?"

"그런 일이라뇨?"

남편은 무슨 뜻이냐는 듯 물었다. 여전히 얼굴은 창백해 보였다.

"그러니까, 연락이 잘 안 되는 경우가 종종 있었느냐는 말입니다."

조 형사가 말했다.

"음. 두 달 전쯤에 집을 나가 연락이 안 되었던 적이 있었습니다만."

"집을 나가요?"

고 형사가 물었다.

"어제처럼 퇴근해서 아내가 없길래 전화했더니 안 받고."

"다음 날까지요?"

"예. 다음 날 오후에 집에 왔다며 회사에 있는데 문자가 왔더라고요."

"이유는요?"

"이유라니요?"

남편은 불쾌하다는 듯 말했다.

"가정주부가 아무 얘기도 안 하고 집을 나가 일박 하는 경우는 거의 없잖습니까?"

고 형사는 되도록 남편의 슬픔을 의식해 부드럽게 말했다.

"바람 쐬러 갔었다나 뭐라나."

남편은 어이가 없다는 듯 말했다.

"그 전에 무슨 일 없었고요?"

"일은 무슨."

남편은 고개를 돌려 허공을 바라보았다.

"그 후로 종종 외박했습니까?"

"그럴 리가요. 처음이자 마지막이었습니다."

남편은 자존심 상한다는 듯 인상을 찌푸리며 말했다.

"그때도 이번처럼 아무 말도 없이 집을 나갔단 말이지요?"

"예."

"어디 갔었다는 얘기는 안 하던가요?"

"인천 바닷가에 갔었다나 뭐라나. 나 참."

남편은 여전히 허공에 시선을 둔 채 말했다.

"누구하고 갔었습니까?"

고 형사가 관심을 가지며 물었다.

"그건 모르겠습니다. 내 참."

여전히 남편은 불편한 기색을 드러냈다.

"안 물어봤어요?"

대부분 남편이라면 당연히 물어볼 게 아닌가? 고 형사는 남편이 뭔가 숨기는 것 같아 얼굴을 똑바로 보았다.

"안 물어봤어요!"

남편은 짜증스럽게 말했다.

"예? 아니, 그게. 안 궁금했어요? 혼자 갔는지, 누구랑 같이 갔는지."

"혼자 가거나 친구랑 갔겠죠."

남편의 말에 고 형사는 어이가 없다는 듯 조 형사를 돌아보았다.

"싸웠겠군요. 아무 말도 없이 외박해서요."

조 형사가 물었다.

"싸워요?"

남편은 불쾌한 표정으로 돌아보았다.

"외박했는데도 안 싸웠단 말입니까? 부부싸움이요."

"아니 혼내켜야지. 어떻게 싸운단 말입니까?"

남편은 화가 나서 음성을 높였다. 고 형사는 조 형사를 돌아보곤 다시 말했다.

"최근에 부인께서 누구와 싸운 적은 있으십니까?"

"누구와 싸울 성격도 아닙니다. 집에만 있을 줄 알았지. 하긴 요즘 들어 외출이 부쩍 잦다 했더니."

"요즘이라면?"

"최근 1년 동안 무어가 그리 바쁜지 하루라도 안 나가는 날이 없는 거 같더라고요. 바람난 암캐마냥."

"예?"

조 형사의 놀란 말에 남편은 흠칫했다. 아무래도 아내가 아닌가. 스스로 심한 말을 했다는 곤혹스러움이 얼굴에 나타났다.

"그렇게 자주 나다녔단 말입니다, 가정주부가."

남편은 음성을 높였다.

"혹 무슨 일로 자주 외출하셨는지 아십니까?"

"친구들 만나 수다나 떨었겠지요. 뭐 여성회관이나 그런 데서 문화강좌를 듣는다나 뭐라나."

"그 외엔 없고요?"

"있을 게 뭐 있습니까?"

남편은 화가 나서 말했다.

"아, 예. 누구와 혹 적대감을 가졌다든지."

"그런 일 없다니까요."

"알겠습니다."

고 형사는 서둘러 말했다.

"근데 말이죠. 원룸이 부인 이름으로 월세 되어 있던데 알고 계셨습니까?"

"예? 원룸 월세라뇨?"

"여기, 원룸 말입니다."

조 형사가 손가락으로 원룸을 가리켰다.

"아니, 이 원룸이 내 마누라 명의로 되어 있다고요?"

"몰랐습니까?"

"허허 참."

남편은 어이가 없다는 표정을 지었다.

"어떻게 이런 원룸에서 사고가 났나 싶었더니만."

남편은 손바닥으로 마른 세수를 했다.

"평소에 부인께선 어땠습니까? 생활이요."

"좀 이상했지요. 어떨 땐 활기차다가 어떨 땐 우울해져서 밥도 안 먹고."

"자주 그랬습니까?"

"예. 자주요. 스스로 갱년기 같다고 하길래 그러려니 했지요."

"아, 예."

고 형사는 조 형사를 바라보았다. 더 물을 게 있느냐는 표정이었다. 조 형사는 고개를 저었다.

"시간 내 주셔서 감사합니다."

고 형사는 고개를 숙여 인사를 했다.

"참."

고 형사는 돌아서서 걷다 걸음을 멈추었다.

"혹, 박정아란 사람 아십니까?"

"박정아요? 누군데요?"

"부인 휴대폰 기록을 보니 가장 많이 통화한 사람이라서요."

"친구겠지요."

"부인 친구들 잘 모르십니까?"

"직장 생활에 바쁜 사람이 어떻게 마누라 친구들까지 다 압니까!"

남편은 짜증 난다는 듯이 말했다.

"아, 예."

고 형사는 고개를 끄덕이곤 뒤를 돌아 걸었다.

"좀 이상하지 않아요?"

조 형사가 1층으로 내려오는 계단에서 물었다.

"뭐가?"

"아니, 보통 아내가 죽었으면 슬퍼하거나 뭐 이럴 건데. 화만 잔뜩 난 표정이잖아요."

"그러게 말이야."

"그것도 그렇고, 하여튼 뭔가 이상합니다."

조 형사가 건물을 빠져나와 주차장으로 가며 말했다.

다음 날 부검 결과가 도착해 강력팀 회의가 열렸다.

"그러니까 피해자가 넘어지며 머리를 모서리 같은 곳에 부딪혀 뇌출혈을 일으킨 게 사망 원인이라는 거지?"

팀장이 팀원들을 돌아보며 말했다.

"예. 좀 빨리 병원으로 옮겼으면 살 수도 있었다나요."

국과수에 갔던 천 형사가 말했다.

"사망 시간은 그저께 십이 월 십사 일 공 아홉 시부터 열한 시고."

"예."

"그러니까, 금품 같은 건 그대로 있는 걸 봐서는 원한에 의한 살해가 아닌가 의심되고."

"예."

조 형사가 말했다.

"남편은 어떻게 됐어?"

팀장이 고 형사를 보며 말했다.

"특별한 건 없습니다. 단지 원룸이 피해자 명의로 되어 있는 걸 전혀 모르고 있더라고요."

"전혀 몰라?"

"예. 또 부인의 죽음에 슬퍼한다기보다 뭔가 화가 잔뜩 난 표정이랄까요."

조 형사가 말했다.

"부부 사이는 안 좋았던 거야?"

"그렇기도 하고, 좀 가부장적인 거 같았습니다."

"그래? 천 형사는 원룸을 어떻게 피해자가 구하게 됐는지 알아보고."

팀장은 천 형사를 보다 김 형사에게 고개를 돌렸다.

"원룸 주인은 뭐래?"

"계약할 때 둘이 사용할 거라고 했다는데요?"

"누구랑?"

"그건 모르겠다고. 물어도 대답 안 하고 웃기만 했답니다."

"웃어?"

팀장이 무슨 뜻이냐는 듯 물었다.

"무슨 좋은 일이 있는 듯 웃으며 누군지 말할 수 없다고 했답니다."

"두 사람이라면, 그 사람을 알아내야 하는데."

"휴대폰 통화기록에 박정아란 사람이 가장 많이 등장하는데 그 사람이 아닐까 싶은데요?"

고 형사의 말에 팀장이 말했다.

"박정아 아직 신원 파악 안 됐어?"

"통신사에 연락했는데 오늘 중으로 보내주기로 했습니다."

조 형사가 말했다.

"김 형사는 피해자 주변인 조사해 봐. 가정주부가 남편도 모르게 원룸을 구했다는 게 이상하잖아. 거기 살았던 것도 아니고."

"사람이 살았다는데요. 피해자는 아니고 이십 대쯤 되는 여자라고."

김 형사가 말했다.

"원룸을 구한 건 피해자고 산 사람은 이십 대 여자고? 음."

팀장은 천장을 보며 생각했다.

"그러니까 통화기록에 가장 많이 나오는 여자가 박정아인데, 그 원룸에 살았다는 이십 대 여자가 박정아가 아니겠느냐 이거지?"

팀장은 팀원들을 둘러보며 말했다. 고 형사가 고개를 끄덕였다.

3.

제가 박정아란 여자아이를 처음 본 곳은 카페였습니다. 친구들과 함께 성인여성전용극장에서 연극을 보곤 집으로 그냥 들어가기엔 뭔가 아쉬움이 많아 들어간 카페였지요. 누구의 제안이랄 것도 없이 눈에 띄는 '노르웨이의 가을'이라는 간판을 보고는 우르르 몰려갔는데 차와 술을 파는 카페였습니다. 우리는 원목으로 고급스럽게 장식된 실내와 은은하게 울려 퍼지는 피아노 선율에 몸을 맡기고 자리에 앉아 달뜬 마음을 달랬습니다. 다행히 낮시간이라 그런지 손님은 하나도 없었고 우린 마음껏 수다를 떨 수 있다는 점이 마음에 들었습니다.

"야, 여자끼리 하는 건 첨 봤는데 너무 야하지 않던?"

한 친구가 아직도 불그스름한 볼을 굳이 숨기지 않은 채 말했고 다른 친구가 말을 받았지요.

"영화도 아니고 연극에서 실제로 홀라당 벗고 나오는 건 첨 봤다, 얘."

"그러게 말이야. 거 뭐야, 으, 음모도 다 보이고."

"참 시대가 많이 변했어. 요즘 영화는 남자 여자 할 거 없이 보여줄 거 다 보여주잖아."

한 친구의 말에 다들 고개를 끄덕였습니다.

"그래도 그건 영화잖아. 이건 연극이라 실제로 보는 건데."

한 친구는 너무 심한 노출이 아니냐는 식으로 얘기를 했습니다.

"그러게, 나도 이런 연극 처음 봤다, 얘. 그래서 성인 여성들만 볼 수 있잖아. 남자들은 못 들어가고."

"하여튼 오늘 연극 잘 본 거 같아. 재미있었잖아. 여자끼리만 해서 좀 그랬지만 말이야. 하하하."

한 친구의 말에 우리는 후훗, 웃음을 머금었습니다.

"그래도 남자는 왜 안 나온다니? 아무리 레즈비언인가 하는 연극이래도 그렇지. 킥킥킥."

"그러게 말이야. 난 언제 남자 나오나 그거 기다리다 보니 벌써 끝났지 뭐냐. 호호호."

또다시 우리는 고개를 뒤로 젖히고 큰소리로 웃음을 터트렸습니다. 다들 눈물이 찔끔 흘러 손등으로 닦거나 손수건을 꺼냈지요.

"하, 그래도 죽음을 각오한 사랑이라. 남녀 간의 사랑도 아니고 여자들 끼리 죽음을 각오한 사랑이라. 충격적이지 않니?"

한 친구가 감상적으로 얘기했을 때 저는 정신이 번쩍 들었습니다. 그리고 나도 모르게 주위를 둘러보았습니다. 저는 처음부터 친구들의 말이 잘 들어오지 않았습니다. 연극은 그 자체로 충격적이었으니까요. 여자끼리의 죽음을 각오한 사랑 자체도 충격적이거니와 전라로 나와 실제처럼 섹스하는 장면에는 숨조차 제대로 쉴 수가 없었습니다. 오물을 뒤집어쓴 기분이었습니다. 어떻게 여자끼리 사랑을 할 수 있으며 그것도 남녀가 하는 것처럼 섹스하는가. 저는 기가 막혔습니다. 이런 내용의 연극이라면 오지 않았을 걸, 후회되었지요. 순전히 호기심에서 간 극장이었습니다. 상업적인 면을 고려하더라도 전라의 여성이 벌이는 섹스 행각은 너무하다 싶었습니다. 자리가 불편했고 자리를 뜨고 싶었지만, 근데 이상하게 몸이 말을 듣지 않았습니다. 오히려 자꾸만 연극에 빠져드는 느낌이었습니다. 그만 먹어야지 싶은데도 자꾸만 당기는 음식처럼. 더구나 시대적 배경이 조선시대였습니다. 실제 있었던 사건을 연극화했다고 '실화'를 강조한 연극이었지요. 요즘 세상도 아니고 저 시대에.

에이 저럴 리가 없어.

연극을 보며 저는 저도 모르게 말이 툭, 튀어나왔습니다. 저는 황급히 주위를 둘러보았지요. 다행히 친구들은 연극에 몰입해 있어 나의 말을 들은 것 같지는 않았습니다. 순간 아랫도리가 축축해지는 느낌이 왔습니다. 심한 불쾌감이 일었습니다.

처음엔 이 연극을 소개한 친구의 말에 모두 환호성을 질렀습니다. 죽음을 각오한 사랑이라니. 모두 소녀 같은 호기심을 드러냈습니다. 다들 아이들이 대학에 가며 집을 나가자 후련하면서도 한켠에는 집이 썰렁하게 느껴졌지요. 어딘가 모르게 가슴이 텅 빈 느낌이 문득문득 들었습니다. 한 달에 서너 번씩 만나는 친구들인데 아이들이 없어서인지 더 자주 모이게 되었습니다. 그러다 친구가 세종대왕의 맏며느리가 레즈비언이었대. 궁녀와 사랑을 나누다 궁궐에서 쫓겨나 본가로 갔다가 오라버니한테 죽었다나, 하는 말은 텅 빈 마음을 적셔줄 단비 같은 소식이었습니다. 수다를 떨다가도 저녁 시간이 되면 후다닥 집으로 가 저녁 준비를 하던 영락없는 50대의 아줌마들이었는데 말입니다. 아무래도 가정주부라는 공통점이 있었고 그러다 보니 도서관이나 여성회관 같은 곳에서 문화강좌를 같이 듣던 친구들이었습니다.

"보러 가자."

누군가 결의에 차서 얘기했습니다. 지금껏 성인전용영화나 극장은 한 번도 가지 않은 터였는데 성인여성전용극장에서 한다는 것이 오히려 욕구를 더 당겼습니다. 거긴 상업적으로 너무 야한 거 한다는 얘기를 들었다며 가지 말자는 누군가의 말은 무시되었습니다. 요일과 시간을 알아온 친구가 카톡방에 올렸고 어른들의 눈을 피해 학원을 빼먹고 영화 보러 가는 소녀의 심정으로 극장에 간 것이었습니다. 하지만 전 연극보다 바람이나 쐰다는 기분으로 갔더랬습니다.

"우리 뭐 마실까?"

친구의 말에 저는 정신이 번쩍 들었습니다. 자꾸만 알몸으로 뒤엉켜 있던 두 여성의 모습이 머리에 남아 있어 친구들의 말이 제대로 들어오지 않았습니다. 저는 그제야 친구들과 주위를 둘러보았습니다.

흡.

저는 주위를 둘러보다 내 옆에 서 있는 스무 살이 조금 넘었을 여자아이를 보며 숨을 멈추고 말았습니다. 뜨거운 무엇이 발바닥에서 단전을 거쳐 정수리로 휙 솟구치는 느낌이었달까요. 정수리에는 아직도 뜨거운 기운이 남아 있는 듯했습니다. 여자아이는 나를 잠깐 보더니 고개를 돌렸습니다. 이렇게 닮았다니. 저는 옆에 앉은 친구가 옆구리를 찌를 때까지 여자아이를 보고 있었습니다. 연극에서 순빈 봉씨와 사랑을 나누던 소쌍과 너무나 흡사하다는 느낌이 들었습니다.

"난 벤자민."

"난 술을 한잔할래. 시원한 맥주로."

누구는 차를 누구는 술을 시켰고 저는 아메리카노 커피를 시켰습니다. 주문을 받은 여자아이가 가고 난 뒤에도 저는 고개를 돌려 여자아이의 뒷모습을 바라보았습니다.

"넌 왜 그렇게 쟤를 본다니? 아는 애냐?"

친구의 물음에 그제야 저는 정신이 돌아와 응? 아니 아니, 하며 공연히 물컵을 들어 벌컥벌컥 들이마셨지요. 청재킷에 청바지가 굉장히 자유롭게 느껴졌습니다. 마치 들판에 뛰어노는 야생마 같았달까요. 순간 저의 눈에는 치마를 입지 않겠다고 떼쓰는 소녀의 모습이 떠올랐습니다.

"나 치마 안 입을 거야."

소녀는 팬티 차림으로 방바닥에 주저앉아 울고 있었고 엄마는 꽃무늬 치마를 들고 달랬습니다.

"아빠가 너 주려고 일부러 사 왔는데 왜 안 입는다니? 이렇게 꽃도 있고 얼마나 예쁜데? 저 옆집의 진희 갖다줄까?"

소녀는 엄마의 말에 다시 치마를 보면서 울었습니다.

"싫어, 싫단 말이야. 진희 주지 말고 바지로 바꿔오란 말이야. 바지로."

소녀는 계속 떼를 썼고 어머니는 치마를 보며 한숨을 내쉬었습니다.

"얘는 누굴 닮아서 치마를 입지 않으려고 그러니. 다들 잘만 입는데."

소녀는 지금껏 치마를 입은 적이 없었지요. 아니 어렸을 때, 치마와 바지가 구분되지 않을 때는 입었는지 몰라도 최소한 치마와 바지를 구분할 줄 아는 나이가 되었을 때부터는 치마를 입지 않았습니다. 바지를 입고 뛰어다니길 좋아했습니다. 머리카락도 길게 기르지 않고 짧게 치고 다녔습니다. 뒤에서나 옆에서 보면 영락없는 사내아이였지요. 친하게 노는 아이들도 죄다 남자아이들이었습니다. 여자아이들처럼 고무줄놀이나 공기놀이를 하는 게 아니라 남자아이들과 막대기를 들고 칼싸움 놀이를 했습니다.

"도대체 뭐가 잘났다고 치마를 안 입겠다는 게야? 계집애가 머리는 그게 뭐고."

아빠는 큰소리쳤지요. 딸이 귀한 집안이라 태어났을 때 부모님을 비롯해 주위 친척들에게 귀여움을 듬뿍 받았는데 커갈수록 오히려 여자아이보다 사내아이 같으니 아빠는 아쉬운 표정을 굳이 숨기지 않았습니다.

"머리를 길게 땋으면 좋으련만 사내아이처럼 짧게 치지를 않나, 치마는 죽어도 입기를 싫어하니. 넌 도대체 남자니 여자니?"

아빠의 말에 소녀는 냉큼 말을 받았지요.

"남자."

"허허."

아빠는 어이없다는 듯 혀를 쯧쯧 찼고 엄마는 잔말 말고 치마를 입으라고 커다란 손바닥으로 등을 때렸습니다. 하지만 소녀는 그럴수록 더 떼를 썼고 결국 치마를 바지로 바꾸어야 했습니다. 그 후 소녀는 중학교 가서도 학교 측과 실랑이를 벌였고 고등학교 때도 마찬가지였습니다. 어릴 때는 떼쓰면 되었지만 중고등학교 때는 달랐습니다. 교칙이 있었기에 어기면 학교에 다닐 수 없었습니다.

그 소녀가 바로 접니다. 부끄럽게도 말입니다. 하지만, 하지만요. 저는 지금도 그때를 생각하면 울음이 터질 것 같습니다. 마치 남의 옷을 입은 양 하루를 지내는 것이 그렇게 고역일 수 없었으니까요. 그것도 하루가 아니라 매일이었습니다. 따라서 저는 집에 오면 제일 먼저 치마를 벗어 구석에 팽개치는 게 일이었습니다.

"진짜 그랬을까? 그것도 조선시대에."

"그것도 남녀끼리가 아니고 여자끼리."

친구들의 목소리에 눈앞에 어른거리던 어린 제가 사라졌습니다. 저는 저도 모르게 한숨을 내쉬었습니다. 다들 연극 얘기에 진지한 표정이 되었습니다.

"세자빈이라면 남편이 세자고 나중에 왕비가 될 사람이 그런 걸 다 버리고 일개 궁녀와 사랑에 빠져 죽다니."

다들 연극에 충격을 받은 모양이었습니다.

"동성끼리의 사랑이 더 무섭다더라."

"얼마나 사랑했으면 세자빈 자리를 버리면서까지 궁녀를 사랑했을까."

"사랑한 게 아니라 외로워서 그런 게 아닐까. 세자는 맨날 공부한답시고 자기한테 안 찾아오니 독수공방 신세 아냐."

"다른 궁녀들끼리도 사랑을 많이 나눈다고 연극에 나왔잖아. 대식이라고."

실제로 있었던 역사적 사건임에도 다들 반신반의하는 모습이었습니다. 연극에서 세종대왕은 엄명을 내렸지요.

궁녀들이 대식(동성애)하면 장 80대를 치고 그래도 계속 대식을 하면 장 100대를 치라.

남자도 견디기 힘든 장을 여자가 100대 맞으면 살아남기 힘들었겠죠. 그제야 궁녀들의 대식은 거의 없어졌다는 얘기가 돌았고 세종대왕은 흡족한 미소를 지었답니다. 그런데 바로 코앞에서, 세자빈이 대식할 줄이야. 세종대왕은 당장 순빈 봉씨를 세자빈에서 폐하고 사가로 쫓아냈습니다.

"에이, 그래도 난 남자가 안 나와서 실망했어. 한두 번쯤은 나왔어야지."

처음에 남자 배우가 안 나왔다고 투덜대던 친구였습니다.

"남자가 안 나오긴 왜 안 나와? 김상선도 나오고 유상선도 나오고……."

"고추도 없는 게 그게 남자야?"

"그러니까 넌 남자 안 나와서 불만인 게 아니고 남자 거시기가 안 나와서 불만이다, 이거지?"

또다시 친구들은 고개를 뒤로 젖히고 카페가 떠나갈 듯 웃었습니다.

"양념이잖아. 양념 정도는 있어야지. 우리 아줌마들이 주관객인데."

두 여자의 목숨을 건 사랑 이야기이기에 사실 남자 배우는 필요 없었지요. 세자와 세자빈의 정사 장면이 나오긴 했지만 자손을 얻기 위한 합궁이기에 밋밋했고 여자들끼리의 성행위보다 과감하지 않았습니다. 좀 나은 장면이 세자와 후궁들이 하는 섹스 장면인데 그것도 후궁들에 초점이 맞춰져 있었습니다.

"집에 가서 오늘 밤 신랑 거 실컷 봐. 돈도 안 들고 무료 관람이잖아."

친구의 말에 우리 모두 또다시 폭소를 터트렸습니다. 저는 어설픈 웃음을 흘리다 앞에 있던 커피잔을 들어 한 모금 마시곤 화장실로 갔더랬습니다. 친구들의 목소리는 이명처럼 귀에서 윙윙거렸고 가슴도 답답했지요.

변기통에 앉으니 금방이라도 쏟아질 것 같았던 오줌이 찔끔찔끔 나왔습니다. 아랫배에 힘을 주었지만 마찬가지였습니다. 그렇다고 옷을 추스르고 밖으로 나가고 싶지도 않았습니다. 계속 배뇨감이 아랫배에 자석처럼 들러붙어 있었습니다. 저는 정신이 나간 듯 막연히 변기통에 앉아 있는데 연극의 주인공인 순빈 봉씨의 모습이 떠올랐습니다. 그때였습니다. 갑자기 눈물이 주르륵 흘러내렸습니다. 어? 어? 저는 어이없어하며 황급히 손으로 눈물을 훔쳤습니다. 이상하게도 순빈 봉씨를 떠올리자 또다시 눈물이 주르륵 흘렀습니다.

나이가 들면 눈물이 많아진다더니, 내 참.

저는 연극 본 것을 후회하며 옷을 추스르고 휴지로 눈물을 말끔히 닦은 후 화장실을 나왔습니다. 홀로 돌아오니 여전히 친구들은 연극에 대해 아니 여자끼리의 섹스에 대해 열을 올리고 있었지요.

"나는 아무리 좋게 생각하려고 해도 좀 징그럽더라, 여자끼리 하는 게."

"나도 처음엔 벌레가 몸에 기어 다니는 것처럼 그렇더니 시간이 지나니까 괜찮아지던데?"

"뭐, 어때서. 난 아무렇지도 않던데."

의견이 다양했습니다. 저는 화장실에서 눈물 흘린 티가 날까 조마조마하며 자리에 앉았습니다.

"세희 엄마는 어땠어?"

"나올 때 보니 표정이 별로 안 좋던데?"

"좀 그렇지? 난 요즘 애들 말로 왝이다 왝."

금방 저에게 질문이 쏟아졌습니다. 저는 메마른 표정으로 말했습니다.

"나도 싫었어. 솔직히 본 걸 후회했고. 이런 게 역사적 사실이란 것도 믿기 어렵고."

친구들은 하던 행동을 멈추고 나를 바라보았습니다. 누군가 오버하네, 했고 다른 친구는 동의한다는 듯 말했습니다.

"그래, 관객 끌어들이기 위해 과장한 거라고. 안 그래?"

친구는 나를 보며 물었고 저는 고개를 끄덕였습니다.

"같은 생각이야. 여자끼리 목숨 걸고 사랑할 수 있다니. 애들 장난도 아니고."

저는 몸을 움찔거렸습니다. 음모까지 드러난 채 여자끼리의 정사 행위는 아무리 노력해도 이해가 되지 않았습니다. 불쾌했지요.

"그게 뭐 어때서. 다들 생각들이 고리타분해서, 쯧쯧. 그러니까 요새 젊은것들한테 말도 안 통한다고 욕이나 얻어먹지."

처음 연극 정보를 알려주고 티켓까지 예매한 친구였습니다.

"그래. 이제 우리도 아줌마로 머물지 말고 좀 깨어있자고. 자 그런 의미에서 다 같이 건배."

친구가 잔을 들었고 친구들과 저는 찻잔과 술잔을 각자 들었습니다.

"아, 나도 저런 사랑 한번 해봤으면. 여자 말고."

잔을 든 친구들은 각자 입으로 가져가며 친구를 타박했습니다.

"아직도 그런 꿈을 꾸다니 대단하다, 야."

"하여간 쟤는 너무 밝힌다니까, 깔깔깔."

저와 친구들은 그렇게 세자빈 순빈 봉씨의 사랑을 부러워하거나 저주하며 카페에서 시간을 보내다 저녁때가 되자 황급히 자리에서 일어났습니다, 남편들의 저녁 식사를 위해서.

4.

"계속 전화 안 받네."

고 형사는 고개를 갸웃거렸다. 그저께 사건 현장에서부터 박정아의 휴대폰은 계속 꺼져 있었다.

"방금 통신사로부터 회신받아 신원조회 했는데요. 나이 이십오 세네요. 집은 상산시 중앙로길로 나오고요."

조 형사의 말에 고 형사가 물었다.

"가족은?"

"부모님 계시고, 할머니도 계시네요. 오빠 하나 있는데 결혼했고요."

"그러니까 김 형사가 조사한 바로는 박정아가 원룸에 살았고 피해자는 매일 들렀다는 거잖아?"

그렇다면 둘은 어떤 관계일까? 나이 차이가 어머니와 딸 차인데. 고개를 갸웃거렸다.

"사건 당일에도 피해자가 아침에 원룸에 왔고 서너 시간 후에 박정아가 원룸에 들어간 걸 본 목격자가 있고?"

여전히 고 형사는 둘의 관계가 상상이 안 된다는 표정으로 말했다.

"예."

"다른 점은 없었고?"

"그냥 평소처럼 들어갔답니다."

고 형사는 조 형사의 말에 고개를 가로저었다.

"우선 집으로 가보자고."

고 형사의 말에 조 형사는 전화를 걸다가 잠깐 기다리라는 손을 저었다.

"예. 예. 아, 노르웨이의 가을이요. 예. 아, 예. 감사합니다."

전화를 끊은 조 형사는 고 형사를 돌아보았다.

"박정아가 자주 통화한 사람에게 전화했더니 친구라는데, 노르웨이의 가을이라는 카페에서 최근까지 알바를 했다는데요?"

"카페에서? 어딘데?"

"봉수로 길이니까 여기서 가까운데요?"

"그럼 거기부터 가보자고."

고 형사는 의자에 있던 점퍼를 집어 들었다. 조 형사가 뒤를 따랐다.

"압니다."

노르웨이의 가을에서 일하는 알바생은 고 형사가 신분증을 보이며 박정아를 아느냐고 물으니 곧장 안다고 대답했다. 나이는 박정아랑 비슷한 20대 중반으로 보였다. 고 형사와 조 형사는 카운터에서 가까운 자리에 앉아 우선 아메리카노 커피를 시켰다.

"박정아랑 친구예요?"

커피를 가져온 알바생에게 조 형사가 물었다.

"아뇨. 그냥 아는 사이에요."

알바생은 어정쩡하게 서서 말했다.

"안 바쁘면 잠깐 얘기 좀 할까요?"

조 형사가 카페 실내를 돌아보며 말했다. 손님은 한 테이블밖에 없었다. 알바생은 머뭇거리다 쟁반을 주방에 가져다 놓고 와서 앞자리에 앉았다. 불편한 표정을 굳이 숨기지 않았다.

"박정아는 언제부터 언제까지 여기서 일했어요?"

고 형사가 물었다.

"언제부터는 잘 모르겠고, 일주일 전쯤에 그만둬서 제가 뒤이어 일했습니다."

"왜 그만뒀는지 아세요?"

"그건 모르는데요? 별로 안 친해서."

"친한 친구들은 누구누구예요?"

"그건 잘 모르겠습니다. 그냥 아는 사이라."

알바생은 관심이 없는 듯 건조하게 말했다.

"그럼, 자주 찾아오는 사람은 있었어요?"

"같이 일 안 해서 잘 모르겠습니다."

"정말 하나도 몰라요?"

조 형사가 의심스러운 눈초리로 묻자 알바생은 잠시 생각하다가 말했다.

"아, 어떤 분하고 친하게 지낸다는 얘기는 들었어요."

"어떤 분이라면?"

"나이가 좀 많다는 얘기를 들은 거 같은데."

"여자요?"

"예."

"혹 이 사람?"

고 형사가 피해자 이미영의 사진을 보여주었다.

"얼굴은 잘 모르겠습니다."

"음."

고 형사는 만족스럽지 못한 표정으로 커피를 한 모금 마셨다.

"주인은 언제 나오나요? 주인은 박정아에 대해 좀 알 거 같은데?"

"오실 때 됐는데요. 잠깐 볼일이 있다며 나가셔서."

"그럼 일 보세요. 사장 오면 물어볼 테니."

조 형사의 말이 떨어지자마자 알바생은 일어서서 카운터로 갔다.

"박정아가 친하게 지냈다는 사람이 피해자 맞겠죠?"

조 형사가 혼잣말처럼 하곤 커피를 마셨다.

"통화기록으로 봐서는."

고 형사는 기대한다는 투로 말했다. 그때 문이 열리며 종소리가 났다. 두 형사는 동시에 돌아보았다. 40대로 보이는 여자가 털이 많은 옷을 입고 들어섰다.

"주인 같은데요?"

조 형사가 말했다. 내기를 해도 좋다는 표정이었다. 형사를 오래 하면 사람의 인상착의를 보고도 직업을 대충 짐작할 수 있었다.

"나도 한 표."

고 형사는 웃으며 말했다. 그때 방금 들어온 여자가 주방으로 갔다가 두 형사에게 다가갔다.

"형사님이시라고요?"

여자는 경계하는 눈빛으로 말했다.

"예."

고 형사가 신분증을 보여주었다.

"근데 무슨 일로?"

주인은 여전히 경계하는 표정으로 물었다.

"안 바쁘시면 잠깐 시간 좀 내주시죠. 잠깐이면 됩니다."

조 형사가 앞자리를 바라보며 말했다.

"박정아에 관해 묻더라고 하던데요."

주인은 자리에 앉으며 말했다.

"예. 박정아가 여기서 오래 일했나요?"

"한 이 년 했지요."

"박정아에게 자주 찾아오거나 전화 자주 한 사람 있었습니까?"

"예. 한 사람요."

알바생에게 얘기를 듣고 미리 준비한 듯 금방 말했다.

"이 사람 맞습니까?"

고 형사가 이미영의 사진을 보여주었다.

"예. 맞는데요. 근데 왜 그러죠?"

"이 사람 그저께 죽었습니다."

"예?"

주인은 놀란 표정으로 두 형사를 번갈아 보았다.

"여기에 자주 찾아왔었다고 그랬죠?"

"예."

"박정아 만나러 왔겠죠?"

"예. 그렇지만 그건 왜? 혹 박정아가?"

주인은 불안한 듯 눈알을 굴렸다.

"아닙니다. 피해자와 박정아가 자주 통화한 기록이 있어서요."

"아, 예."

"혹 두 분이 어떤 사이였습니까?"

고 형사가 주인을 똑바로 보며 말했다.

"두 사람, 사귀는 사이였습니다."

주인은 이런 말 해도 되나, 하는 표정으로 말했다. 아무래도 사생활을 얘기한다는 건 누구에게나 조심스러울 터였다.

"예? 사귀는 사이라면?"

고 형사가 예상하지 못했다는 듯 놀라서 물었다.

"말 그대로 사귀는 사이요."

"여자끼리요?"

고 형사는 어이없다는 듯 물었다.

"안 되나요?"

주인 또한 어이없다는 듯 말했다.

"아뇨, 그건 아니지만."

고 형사는 당황하여 얼버무렸다. 전혀 예상하지 못한 말이었다.

"언제부터입니까?"

조 형사가 재빨리 물었다.

"그게, 한 일 년 됐나?"

주인은 생각을 더듬는 듯 미간을 찌푸리며 말했다.

"두 사람이 여기서 만나 사귰습니까?"

여전히 조 형사가 물었다.

"아마 그럴 겁니다."

"그럼 어느 정도?"

"글쎄요. 하여튼 둘이 많이 사랑했었나 봅니다."

"아, 예."

조 형사는 고개를 끄덕였다.

"두 분이 혹 싸우거나 뭐 이런 거는 없었습니까?"

이번엔 고 형사가 물었다.

"최근에 좀 그런 면이 있었던 거 같아요."

"싸웠단 말이지요?"

조 형사가 확인차 다시 묻자 주인은 정색했다.

"남녀 사이도 싸우기도 하잖아요. 여자끼리도 싸우는 건 당연하지 않나요?"

"예. 그렇지요, 물론."

조 형사가 뺄쭘하게 말했다.

"왜 싸웠습니까?"

"그건 잘 모르겠습니다."

"심하게 싸웠나요?"

고 형사의 말에 주인은 생각하는 듯 미간을 찌푸렸다.

"글쎄요. 헤어질 정도는 아니고요."

"아, 예."

고 형사는 주위를 둘러보며 생각하다 조 형사를 바라보았다. 더 물을 게 있느냐는 뜻이었다.

"시간 내주셔서 감사합니다."

조 형사의 말에 주인이 여전히 불안한 표정으로 재빨리 물었다.

"정아에게 정말 무슨 일 있는 건 아니지요?"

"그럼요. 지금 조사 중입니다."

조 형사는 말을 마치고 인사를 꾸벅했다.

밖으로 나오니 찬 공기가 얼굴을 할퀴었다. 따스하다 해도 12월이라는 게 실감 났다.

"춥네요."

조 형사가 차가 있는 곳으로 가며 어깨를 움츠렸다.

"좀 있으면 동지야."

고 형사의 말에 조 형사는 뒤를 돌아보았다.

"전요. 그런 말 쓰는 분들 보면 꼭 아버지나 어머니 같아요."

"뭐야?"

고 형사가 눈을 흘겼다. 고 형사와 조 형사는 15살 정도 차이밖에 나지 않았다.

"그렇잖아요. 동지니 소한이니 대한이니, 그런 말 들으면 어릴 때 부모님이 하신 말씀이 생각나거든요."

"그럼 내가 늙었단 얘기야?"

고 형사가 조 형사의 어깨를 툭 쳤다.

"저보단 늙었죠."

조 형사가 재빨리 걸음을 옮기며 말했다.

"허, 저 사람."

고 형사는 허연 입김을 내뿜으며 조 형사의 뒤를 따라갔다.

"아무래도 박정아가 의심스러운데요?"

조 형사는 고 형사가 가까이 다가오길 기다렸다가 말했다.

"현재로선 그런데."

"둘이 사랑하는 사이였다면 왜 죽였을까요? 치정이나 뭐 그런 걸까요?"

조 형사가 차에 오르며 말했다. 고 형사가 옆자리에 탔다. 조 형사가 차 시동을 걸자 고 형사가 먼 곳을 바라보며 말했다.

"오십 대 여자와 이십 대 여자의 사랑이라."

"거기서 여자가 왜 나와요?"

"왜 나오다니, 사실이 그렇잖아."

"그러니까 형님은 늙으신 거예요."

"뭐야?"

고 형사가 한 대 칠 것처럼 말했다.

"봐요. 남녀끼리의 사랑이라면 오십 대 남자와 이십 대 여자의 사랑이라, 이렇게 말하겠어요? 그냥 오십 대와 이십 대의 사랑이라고만 하지요?"

"자네는 이런 상황이 아무렇지도 않아?"

고 형사는 여전히 둘 관계가 납득이 되지 않는다는 듯 말했다.

"뭐가 이상한데요? 나이를 따지는 거예요? 둘 다 여자라는 걸 따지는 거예요?"

조 형사가 정색하고 말했다.

"아니, 뭐. 그렇잖아."

고 형사는 창밖으로 고개를 돌리며 말했다.

"아니, 글쎄. 뭐가 그런데요."

조 형사의 따지는 듯한 말에 고 형사는 말하려다 입을 다물었다. 그러면서도 여전히 이해가 안 된다는 표정이었다.

"어떻게 할까요?"

조 형사가 물었다.

"어떻게 하긴, 박정아 주변 인물 더 알아봐야지."

고 형사의 말에 조 형사는 주머니에서 종이 서류를 꺼냈다. 박정아의 통화 목록이었다.

"이 사람 한번 연락해 볼까요? 박정아가 여기 카페에서 알바했다고 얘기한 사람이요."

"그래."

조 형사는 박정아의 친구에게 전화를 했다. 하지만 전화를 받지 않았고 한참 후 다시 걸자 받았다. 피시방에서 알바하는데 밤 8시에 교대한다고 했다. 8시 10분에 피시방 앞 카페에서 만나자고 약속했다.

8시 10분에 두 형사가 카페에 가니 혼자 있는 손님은 없었다. 주위를 둘러보다 구석진 자리로 가 앉아 우선 커피 두 잔을 주문했다. 저녁 시간이라 그런지 사람들이 많았다.

"저, 혹시 아까 전화하신 분이신가요?"

갑자기 옆에 누가 얘기하는 바람에 고 형사가 깜짝 놀라 돌아보았다. 노란 머리카락을 길게 늘어뜨리고 짧은 청치마를 입은 여자가 옆에 서 있었다.

"혹 김선희 씨?"

조 형사의 말에 여자는 예, 했다.

"앉으세요."

고 형사의 말에 김선희는 두 형사의 앞자리에 앉았다.

"이렇게 시간 내주셔서 감사합니다. 뭐 좀 시키시지요."

"전 아이스크림으로 할게요."

"예?"

고 형사가 겨울에 무슨 아이스크림이라는 듯 물었다. 조 형사가 고 형사의 옆구리를 치곤 카운터로 가 주문하곤 잠시 후 가져왔다. 각자 앞에 시킨 것을 놓았다.

"박정아 씨랑 많이 친하셨나 봐요?"

고 형사가 부드럽게 말했다. 대학생인 딸이 가끔 꼰대 같다고 해서 고 형사는 젊은이들과 대화할 때 부담스러웠다.

"근데요, 정아한테 무슨 일 있나요?"

여자는 대답 대신 의심스러운 눈초리로 고 형사를 보았다.

"뭐 조사할 게 있는데 연락이 안 되어서요."

"무슨 일이 있다는 거네요?"

호기심으로 물었다.

"그것보다 아까 내가 물은 거요."

고 형사의 말에 여자는 갸웃거렸다.

"박정아 씨랑 친하셨냐고요."

"아. 뭐 조금요."

"어땠나요? 성격이나 대인 관계나."

조 형사가 물었다.

"성격이 좋았어요. 화끈했달까."

"최근에 누구랑 싸우거나 뭐 안 좋은 일 같은 것은 없었나요?"

"제가 알기론 없었던 거 같아요. 다들 정아를 좋아했으니까요."

"주위에 인기가 많았군요."

"예. 잘 대해주기도 했고요."

조 형사는 고 형사를 돌아보았다. 고 형사는 조 형사를 잠시 보다 김선희에게로 눈길을 돌렸다.

"친하게 지낸 사람이 있다고 하던데요. 여자분이시고."

조심스러운 고 형사의 말에 김선희는 아, 했다.

"있었어요. 정아가 많이 좋아하더라고요."

"사귀는 분 얘기를 하던가요?"

"잠깐 얘기한 적 있었는데 누군지는 얘기 안 하고 좋은 사람이라고만요."

"나이 차이가 많이 나는데 박정아 씨가 그런 얘기는 안 하던가요?"

고 형사가 조 형사를 보곤 말했다.

"그게 뭐 상관있나요? 서로 좋아하면 되지요."

여자가 의아한 표정으로 고 형사를 바라보았다.

"그럼요."

조 형사가 재빨리 말했다.

"최근에는 어땠어요? 혹 두 분이 싸웠다거나. 무슨 일이 있다거나."

"음."

김선희는 혀로 아이스크림을 핥다가 허공을 보았다.

"아, 좀 안 좋았어요. 기분이요."

"왜 그런지 얘기하던가요?"

"아뇨. 그냥 좀 힘들어하는 거 같았어요."

"사귀는 분 때문에요?"

김선희는 고개를 끄덕거렸다.

"그런 느낌이었어요."

"심했나요?"

고 형사가 물었다.

"아뇨. 그냥 좀 침울해 보였어요."

"혹 그 분한테 무슨 일 있습니까?"

여자는 아이스크림을 먹다 멈추고 의심스러운 눈빛으로 고 형사를 보았다.

"죽었습니다."

"예? 언제요?"

여자는 놀란 표정으로 물었다. 그분이 늦게 성정체성을 깨달아서인지 정아에게 적극적이었는데. 정아도 좋아했고. 근데 어찌 이런 일이. 여자는 불안한 표정으로 두 형사를 번갈아 보았다.

"그저께요."

고 형사는 여자의 표정을 살피며 말했다.

"설마 정아가?"

"아, 아닙니다."

고 형사가 손을 저었다.

"근데 왜 정아는 연락이 안 되는데요?"

오히려 형사가 물을 것을 여자가 물었다.

"그러니까 친구분을 찾아온 겁니다."

"아."

그제야 여자는 고개를 끄덕였다.

"혹 뭐라도 짚이는 게 없습니까?"

"글쎄요. 그냥 정아가 우울했던 거 정도?"

눈을 지그시 감고 생각하는 듯한 표정을 지었다.

"사귀는 분 때문에요?"

"언뜻 말하는 느낌이 그랬어요."

"사귀는 사람 말고 집안에 무슨 일 있어서 그럴 수도 있잖아요?"

"집하고는 연락 끊은 지 오래됐는데요?"

"연락을 끊어요?"

조 형사가 말했다.

"뭐라 얘기해야 하죠? 쫓겨났다?"

김선희는 허공을 보며 말하다 혀로 아이스크림을 핥았다. 고 형사가 그런 모습이 이해가 안 된다는 듯 빤히 바라보자 조 형사가 고 형사의 옆구리를 쳤다.

"집에서 쫓겨났다고요?"

조 형사가 재빨리 말했다.

"예. 집안이 개신교 집안이라."

"개신교 집안이요?"

고 형사의 말에 김선희가 고 형사를 똑바로 바라보았다.

"그러니까요. 개신교에서는 동성애자를 마녀로 보는 거 같은데요?"

"아, 그렇지요."

조 형사가 고개를 끄덕이며 말했다.

"특히 오빠가 심했나 봐요. 어휴, 젊은 사람이."

김선희는 고개를 좌우로 흔들었다.

"집에서 심하게 그랬어요?"

"쫓겨났다니까요? 한 오 년 됐나?"

"예? 그렇게요?"

"그래서 집 나와 알바하며 친구랑 자취하다가 원룸을 구했다고 하던데요."

"부모님도 그랬어요?"

"완전 미친년 취급했어요. 에이즈 병균 옮기는 환자니까 병원에 입원하라고. 내 참."

"부모님과 오빠가 그랬단 말이지요?"

조 형사가 수첩에 적으며 물었다. 충분히 짐작이 갔다.

"그럼, 가족들도 박정아 씨가 나이 많은 여자와 사귀는 걸 알았나요?"

"아마 몰랐을 걸요. 집하고는 완전 끊고 지내는 거 같았거든요."

"음."

두 형사는 똑같이 커피를 마셨다. 잠시 김선희의 말을 정리했다. 먼저 잔을 내려놓은 고 형사가 물었다.

"아까 오빠가 심했다고 했는데 혹 이름이나 연락처 아세요? 박정아 씨 통화기록엔 가족이 없어서요."

"그렇겠지요. 근데 저도 잘 몰라요."

"혹 직장이라도?"

"시청에 무슨 간부급이라는 말은 들은 거 같아요. 행정고신가 뭔가 해서 들어갔다고. 과장이나 국장이라나."

"성함은 모르고요."

조 형사가 물었다.

"모르는데요."

"최근에 박정아 씨랑 통화하거나 만난 적이 있습니까?"

여자는 갑자기 자신에 대해 질문하자 본인도 모르게 움찔거렸다. 잠시 생각하다 말했다.

"일주일 전쯤 통화한 적이 있는데요."

"무슨 일 때문에요?"

"그냥요."

"혹 박정아 씨가 갈 만한 데가 있습니까?"

"글쎄요. 원룸 구하기 전에는 친구들 집에서 자주 자긴 했어도."
"친구들 전화번호 좀 적어 주시겠습니까?"
조 형사가 수첩과 볼펜을 내밀었다.
"이런 거 함부로 적으면 안 되잖아요"
여자는 거부의 몸짓을 보였다.
"절대로 비밀로 하겠습니다."
조 형사의 말에 여자는 망설이다 몇 사람의 이름과 연락처를 적었다. 더 적어달라고 하려다 조 형사는 입맛을 다시며 수첩을 받아 주머니에 넣었다.
"감사합니다. 시간 내주셔서."
조 형사는 인사를 했다.

주차장으로 온 조 형사가 고 형사를 바라보았다.
"근데 형님. 박정아가 피해자 때문에 힘들었다는 건 무슨 일이 있었다는 거겠죠?"
"그러고 난 뒤 한 사람은 죽었고, 한 사람은 사라졌다?"
고 형사는 팔짱을 꼈다.
"그러니까요."
"박정아 신원 확보가 우선인데."
고 형사는 답답하다는 듯 팔짱을 풀었다 다시 꼈다.
"지금으로선 박정아가 가장 유력한데요. 박정아 가족부터 만나봐야겠죠? 오빠가 특히 그랬다니 오빠부터 만나든지요."
조 형사는 고 형사를 보며 물었다.
"우선 박정아 가족 전부 신원조회 해 봐. 오빠보다 우선 부모부터 만나 봐야겠어. 아무리 그래도 딸인데."
"예. 알겠습니다."

조 형사가 차에 오르자 고 형사는 하늘을 한번 보며 생각하다 차에 올랐다.

5.

집에 오니 마치 무슨 큰일이라도 한 것처럼 몸이 천근만근 무거웠습니다. 남편은 어딜 갔다가 이제 오냐며 화를 냈고 저는 죄송하다며 용서를 빌고 큰 죄를 지은 양 얼른 냉장고에 돼지고기를 꺼내 볶아주었습니다. 남편은 한 끼라도 고기가 없으면 밥을 먹지 않기에 항상 냉장고에 고기가 준비되어 있었습니다.

저녁 먹을 생각이 없어 남편에게만 저녁상을 차려주곤 서 있기조차 힘들어 침대로 와서 누웠습니다. 그러다 비몽사몽으로 뒤척이다 남편이 들어오는 기척에 눈을 뜨니 10시가 넘어가고 있었습니다. 여전히 몸은 물먹은 솜처럼 무거웠고 욕실로 가서 대충 씻고 다시 침대로 올라갔습니다. 남편은 의심이 가득한 눈으로 바라보았지만 외면하고 드러누워 눈을 감았습니다. 하지만 머릿속에 실타래가 가득한 거 같고 정신이 혼미한 상태로 저는 꿈을 꾸었습니다.

말타기 꿈이었습니다. 초등학교 저학년이었던 것 같은데 저는 평소에 남자아이들과 칼싸움이나 전쟁놀이를 했듯이 말타기를 하였습니다. 저는 항상 이기는 편이어서 말이 안 되고 올라타는 것을 주로 했습니다. 멀리서 달려와 몸을 가능한 높이 솟구쳐서 아이의 등에 내려앉는 행위란 그때나 꿈에서나 너무나 황홀했습니다. 아니, 어릴 때보다도 꿈이 더 짜릿했습니다. 그렇게 꿈에서 마을 남자아이들과 한창 말타기하다 아이들을 보니 낮에 연극을 본 친구들이었습니다. 어릴 때 친구들은 아무도 없었습니다. 더 신기한 것은 저는 전혀 개의치 않고 여전히 친구들과 말타기를 계속했습니다. 처음부터 이 친구들과 한 것처럼.

 그렇게 하다 이상한 일이 벌어졌습니다. 가위바위보를 제일 잘하는 애가 먼저 타고 다음에 제가 탔고 그다음 다른 친구가 탔는데 등의 느낌이 이상했습니다. 뭉클한 게 등에 닿았고 순간 온몸이 저릿했습니다. 어? 저는 속으로 놀라며 뒤를 돌아보니 낮에 연극에서 본 '순빈 봉씨'였습니다. 순빈 봉씨는 저의 시선에 싱긋 웃으며 더욱더 가까이 밀착했고 순빈 봉씨의 가슴이 등에 달라붙자 마치 전기가 통한 듯 저릿한 느낌이 온몸으로 퍼졌습니다. 또한 이러한 행동이 전혀 이상하게 느껴지지 않았고 저는 앞에 탄 친구를 뒤에서 안았습니다. 그러자 내 가슴이 앞 친구의 등에 닿자 가슴으로 찌릿한 전기가 통하듯 쾌감이 올라왔습니다. 저는 그 쾌감을 느끼며 팔에 힘을 주어 더욱더 앞 친구를 안았습니다. 그때 앞 친구가 뒤를 돌아보았는데 다름 아닌 연극 보고 난 뒤 갔던 카페의 여자아이였습니다. 또한 신기하게도 그 장면이 전혀 이상하지 않고 당연하게 여겨졌으며 여자아이와 처음부터 말타기한 것처럼 여겨졌습니다. 여자아이는 신음을 내며 몸을 비틀었고 저는 더욱더 여자아이의 등을 안았습니다. 그러자 뒤에서 순빈 봉씨 또한 저를 뒤에서 꼭 안았습니다. 저는 황홀한 느낌에 사로잡혔습니다. 지금껏 한 번도 느껴보지 못한 일렁이는 쾌감이었습니다. 그때 밑에서 말이 되었던 친구가 버럭 고함을 질렀습니다.

 안 내려올 끼가? 니들 뭐하는 짓이가. 내 니들 다 일러 줄 끼다.

 친구의 고함에 정신이 번쩍 들었고 고개를 돌려 밑을 내려 보았습니다. 근데 또 신기하게도 말은 친구가 아니라 남편이었습니다. 남편은 무너지지 않기 위해 낑낑거리며 안간힘을 쓰고 있었습니다. 그 모습을 보니 더없이 기분이 좋았습니다. 저는 엉덩이를 들썩거렸습니다. 그러자 남편은 헉헉, 거리며 쓰러지지 않기 위해 안간힘을 썼고 뒤에서 저를 안은 순빈 봉씨 또한 엉덩이를 들썩거렸습니다. 그러자 앞의 여자아이도 엉덩이를 들썩거리자 남편은 뭐하는 짓이냐며 고함을 질렀고 셋은 신나게 몸을 위에서 들썩거렸습니다. 그렇게 할수록 아랫도리에서 스멀스멀 습기 가득한 쾌감이 느껴졌고 이제는 그 쾌감에 따라 엉덩이를 들썩거렸습니다.

아.

저는 저도 모르게 신음을 뱉으며 쾌감에 따라 계속 엉덩이를 들썩거렸고 마침내 남편이 고함을 질렀습니다.

내려와 이년들아!

순간, 저는 남편의 고함에 잠에서 깨어났습니다. 깨어났는데도 계속 남편의 고함이 들렸습니다.

이 미친년아.

빨리 내려와.

그냥 두지 않을 거야.

저는 두려움에 떨며 소리 나는 곳을 바라보았습니다. 그제야 어둠 속에서 남편의 모습이 희미하게 보였습니다. 코 고는 소리였습니다. 드르릉 드르릉, 소리가 벽을 울리고 바닥을 망치로 끄는 것 같았습니다. 평소에도 남편의 코골이는 심했지만 오늘은 더욱 심했습니다. 저는 큰 죄를 지었습니다. 비록 꿈이라지만 그런 꿈을 꾸다니요. 저는 죄인입니다. 죽어도 마땅할 죄인입니다. 특히 남편도 있는 주부로서 말입니다.

몸에서 열이 났습니다. 갱년기 증상인지 시도 때도 없이 몸에 불이 붙은 듯 열이 와락 솟아올랐습니다. 저는 이불을 벗겨 발로 밀어냈습니다. 시원한 느낌은 잠시뿐 여전히 열이 마치 몸에 불이 난 듯 솟구쳤습니다. 저는 꿍, 신음을 내며 남편과 반대 방향으로 돌아누웠습니다. 순간 가슴과 등에 따스한 느낌이 봄의 잔설처럼 남아 있었습니다. 마치 뒤에서 안은 순빈 봉씨의 젖가슴의 느낌이, 앞의 여자아이의 단단한 등의 따스함이 느껴지는 듯했습니다. 두 사람의 온기를 느끼자 갑자기 얼굴에서 열이 올랐습니다. 그리고 보니 아랫도리에 축축한 느낌이 전해져 왔습니다. 저는 손을 팬티 속으로 집어넣었습니다. 뜨거운 액체가 해초처럼 늘려져 있었습니다. 휴. 나도 모르게 한숨이 새어 나왔습니다. 태어나서 이런 느낌은 처음이었습니다. 그동안 남편과 수많은 섹스에서도 별다른 쾌감을 느끼지 못했습니다. 그런데 꿈에서 순빈 봉씨라는 연극 속의 여인과 카페에서 잠깐 본 여자아이에게 쾌감을 느끼다니. 그것도 여자들한테. 저는 죄책감으로 아직 몸에 들러붙어 있는 쾌감의 잔상을 털어내려는 듯 몸을 떨었습니다. 여전히 남편은 코를 심하게 골고 있었습니다. 마치 이 미친년아, 하는 소리 같았습니다. 저는 참다못해 새 팬티를 꺼내 들고 방을 나왔습니다. 욕실에 가서 씻고 팬티를 갈아입은 후 잠시 머뭇거리다 예전 아들이 쓰던 방으로 들어가 요를 깔고 드러누웠습니다.

아침 6시에 일어난 남편은 운동하러 가려다 제가 없자 찾다간 아들 방에서 이불도 없이 요만 깔고 속옷만 입은 채 자는 저를 발견하곤 기겁을 했습니다.

"당신이 코를 너무 골아서 그랬어요. 이젠 여기서 매일 잘 거예요."

저는 단호하게 얘기했습니다. 예전부터, 어쩌면 결혼 초기부터 남편과 떨어져 자고 싶었지만 남편의 강력한 반대에 부딪혔습니다. 하지만 이제는 순순히 물러서지 않으리라 다짐했습니다.

"뭐야?"

남편은 무슨 도깨비가 쓰였나, 하는 어이없음과 불쾌한 표정으로 바라보더니 쯧쯧, 혀를 차며 밖으로 나갔습니다.

남편이 출근하고 청소를 끝낸 후 거실에 앉아 있자니 쓸쓸했습니다. 주위에 아무도 없고 나만 이 세상에 홀로 남겨진 거 같았습니다. 커피를 내려 한 모금 마셔도 외로운 마음은 어쩌지 못했습니다. 순빈 봉씨도 이랬을까. 이런 마음이었을까. 갑자기 순빈 봉씨의 얼굴이 떠오르면서 눈물이 핑 돌았습니다.

이런. 미쳤지요, 제가.

갱년기라더니 시도 때도 없이 눈물 나는구나. 누구는 바람에 실려 가는 낙엽만 봐도 눈물이 난다더니만. 하지만 눈물을 닦고 나면 금방 눈물이 고였습니다. 갱년기 핑계를 대었지만 자꾸만 순빈 봉씨의 얼굴이 떠올랐습니다.

옆에 있으면 손이라도 잡아주고 안아줄 텐데…….

순간 저는 깜짝 놀랐습니다. 어제 친구들과 헤어지고 집에 도착했을 때도 순빈 봉씨의 얼굴이 문득 떠올랐습니다. 그때는 맹렬한 적의가 솟아올랐습니다. 저도 모를 일이었습니다. 옆에 있으면 따귀라도, 아니 그보다 더한 일도 벌어질 거 같았습니다. 명확하게 설명할 수 없는 적의였습니다. 근데 이제는 옆에 있으면 손이라도 잡아주고 안아주겠다니. 저는 뜨거운 커피를 한 모금 마셨습니다. 식도를 타고 넘어가는 뜨거움이 느껴졌습니다. 또다시 한 모금 마셨습니다. 또다시 한 모금. 머그잔이라 양이 제법 많은데도 금방 커피는 사라지고 없었습니다. 다시 커피를 내려왔습니다. 김이 미친년 머리카락처럼 모락모락 피어올랐습니다.

어쩌자고 지하철을 탔을까요. 연극을 다시 볼 생각은 전혀 없었습니다. 커피를 마시고 난 후, 마치 몸살이 난 듯 몸이 아래로 가라앉았습니다. 마음도 진정이 되지 않았습니다. 마치 도둑질하다 들켜 쫓기는 것처럼 가슴이 계속 두근거렸습니다. 좀 쉬어야겠다 싶어 아들이 자던 방, 이제는 내 것이 된 방으로 들어가 드러누웠습니다. 요는 아침에 개지 않아 그대로 있었습니다. 또다시 몸에서 열이 후끈 달아올랐고 속옷만 남기고 옷을 다 벗었습니다. 그리고 모로 누워 웅크렸습니다. 그제야 마음이 안정되는 것 같았습니다. 눈을 감고 있자 또다시 순빈 봉씨의 신세 한탄하는 모습이 나타났습니다. 환장할 일이었습니다. 몸을 돌려 반대 방향으로 돌려 누워도 잠시뿐 또다시 순빈 봉씨의 술 마시며 신세 한탄 하던 모습이 나타났습니다. 그래 너는 계속 신세 한탄하거라, 외로웠겠지, 하며 계속 눈을 감고 있다가 깜빡 잠이 들었는데 꿈속에서는 신세 한탄하는 사람이 순빈 봉씨가 아니라 카페의 여자아이였습니다. 언제 부터인지 여자아이가 순빈봉씨가 되어 술을 마시며 신세 한탄하고 있었는데 제 가슴이 먹먹했습니다. 그러다가 이번엔 제가 순빈봉씨가 되어 신세 한탄하고 있었습니다. 그러니까 꿈에서 제가 신세 한탄하는 모습을 제가 보고 있었다고나 할까요. 괴이한 일이었습니다. 그렇게 몇 시간이 흘렀을까요. 비몽사몽으로 순빈 봉씨와 여자아이와 제가 혼동되어 누가 누군지 알아채지 못하였습니다. 꿈인 건 알겠는데, 이건 꿈이야 하는데도 계속 꿈을 꾸고 있었습니다. 이러다 뭔 일이라도 터질 것 같았습니다. 두려움에 떨다가 저는 겨우 눈을 떴습니다. 눈을 뜨고 나니 온 몸이 마치 비를 맞은 것처럼 땀으로 축축했습니다. 이대로 누워 있으면 또다시 잠이 들 거 같았습니다. 잠이 들면 또다시 제가 순빈 봉씨가 되어 신세 한탄이나 하며 술을 마시고 있을 거 같았습니다. 저는 온 힘을 다하여 일어나 앉았습니다. 정신이 멍했습니다. 몸살감기가 왔는가 싶었습니다. 시계를 보니 어느새 12시가 지나고 있었습니다. 아침을 먹지 않았는데도 배가 고프지 않았습니다. 저는 마치 무언가에 이끌리듯 속옷을 벗고 욕실로 들어가 뜨거운 물로 샤워했습니다.

샤워할 때만 해도 연극을 다시 보러 가리라곤 상상도 못 했습니다. 다만 계속 순빈 봉씨의 모습이 떠올랐다고나 할까요. 그러다 정신을 차리고 보니 지하철에 앉아 있었습니다. 저는 창문을 바라보았습니다. 창백한 여인이 창밖에서 외로운 표정으로 저를 바라보고 있었습니다.

낮이라 그런지 지하철 안에는 손님이 많지 않았습니다. 대부분 나이가 많은 편이었고 그다음이 20대로 보이는 젊은이들이었습니다. 젊은이들은 이어폰을 귀에 꽂고 휴대폰에 얼굴을 박고 있었습니다. 이 시간에 20대로 보이는 젊은이들이 보인다는 게 이상하게 느껴졌습니다. 큰아들은 대기업에 다니는데 매일 밤 10시가 넘어서야 퇴근한다고 했습니다. 그래서 아들 나이의 젊은이들은 다들 그렇게 밤늦게까지 일하며 바쁘게 사는 줄 알았습니다.

그러다 언제 연애하고 결혼할 거야?

언젠가 집에 왔을 때 농담 반 진담 반으로 얘기하자 남편이 불쑥 끼어들었습니다.

젊었을 때 열심히 일해야 나라도 개인도 다 잘 되는 거야.

요즘 젊은이들은 어려운 일은 안 하고 쉬운 일만 찾으니 나라 꼴이 말이 아니라고 남편이 입에 거품을 품었습니다.

다시 창문으로 고개를 돌리니 창밖에는 또다시 예의 외롭다 외롭다고 하던 여인이 저를 빤히 바라보고 있었습니다. 그러고 보니 순빈 봉씨를 닮은 거 같기도 했습니다.

썩어도 단단히 썩었군.

저는 중얼거리며 고개를 돌려 눈을 감았습니다. 그러자 중학생의 단발머리 소녀가 머릿속에 나타났습니다. 아침마다 학교 갈 때면 치마를 입기 싫어 죽을상을 쓰던 소녀. 하지만 치마만 문제가 아니었습니다. 학교 자체가 싫었습니다. 반 아이들은 짧게 친 소녀의 머리를 보고 선머시마라고 놀렸습니다. 당연히 그런 소녀에겐 친구도 없었습니다. 소녀가 제일 좋아했던 건 체육 시간이었습니다. 다른 아이들은 어떻게 하면 체육 시간을 빼먹을까 궁리를 하며 주변에게 빵이나 라면을 사주며 바꾸기도 했지만, 소녀는 체육 시간만 되면 펄펄 날아다녔습니다. 달리기뿐만 아니라 피구 배구 등 모든 종목을 잘했습니다. 흥미가 있으니까 덩치가 크지 않은데도 잘하는 거 같았습니다. 하지만 아이들은 그런 소녀와 놀아주지 않았습니다. 점심시간에 소녀는 혼자 점심을 먹어야 했습니다. 아이들이 소녀를 찾을 땐 교문 밖에서 이웃 중학교의 남학생들이 놀릴 때였습니다. 그러면 소녀는 일말의 망설임도 없이 남학생들에게 다가가 주먹을 쥐며 위협했습니다. 남학생들은 우우, 하며 뒤로 달아나며 가운뎃손가락을 치켜들었습니다. 하지만 아이들은 그런 소녀에게 고맙다고 말하지 않았습니다. 소녀도 그런 소리를 듣고 싶지 않았습니다. 소녀는 바닥에 뒹구는 가방을 들고 쓸쓸히 집으로 돌아오는 수밖에 없었습니다. 그러다 동네 가까이 와서 어릴 때부터 함께 자란 남학생들을 보면 마치 구세주를 만나듯 장난을 치며 집으로 갔습니다. 남학생들도 그런 소녀를 거리낌 없이 대했습니다.

넌 어쩌자고 자꾸 남학생들하고만 어울리니. 그러니 선머시마처럼 머리도 안 기르고 남자처럼 지내지

어머니가 타박했지만 소녀는 아무런 대꾸를 하지 못했습니다.

시간이 갈수록 후회가 되었습니다. 어제 본 연극을 왜 또 보러 가는가. 어제 볼 때의 수치감과 불쾌감이 고스란히 남아 있는 지금, 어쩌자고 지하철에 몸을 실었는가. 저는 한숨을 크게 내쉬었습니다. 왠지 내 몸이 통제되지 않는다는 느낌이 들었습니다. 소녀일 때도 그랬습니다. 부모님이 왜 그렇게 치마를 안 입고 머리를 짧게 치고 남학생들과 어울리느냐고 다그쳤을 때도 내가 왜 그러는지 이해가 되지 않았습니다. 부모님의 뜻에 따라야 한다는 생각과 다르게 행동이 나오니 환장할 일이었습니다.

나는 왜 항상 내가 바라는 바와 다르게 행동하는가.

저는 눈을 뜨고 멍하니 앞을 바라보았습니다. 낮이라 그런지 관객은 별로 없었습니다. 어제는 정신이 없어 관객이 많았는지 적었는지 기억이

없었습니다. 봤던 걸 또 보러 오다니. 아무리 생각해도 내 행동이 이해되지 않았습니다. 극장 입구에서는 누구에게 들킬까 두리번거리기도 했습니다. 가슴이 두근거리기까지 했습니다. 마치 부모 몰래 영화를 보러 온 학동처럼.

저는 맨 뒤에서 두 번째 줄 끝에 앉았습니다. 관객이 적어 번호대로 앉을 필요가 없을 것 같았고 좌석의 주인이 오더라도 비켜주면 될 일이었습니다. 관객은 성인여성전용극장답게 미성년자나 남자 관객은 아무도 없었습니다. 일단 남자들이 없다는데 안도를 했습니다. 관객은 주로 20-30대가 많았고 40대가 몇이었습니다. 50대는 저 혼자뿐인 거 같았습니다. 언론에서는 파격적이라며 20-30대에서 인기를 얻고 있다고 했습니다. 저는 세대 차는 어쩔 수 없다는 생각이 들었습니다.

자리에 앉았던 저는 연극이 시작되기 전 잠깐 화장실을 다녀왔습니다. 극장에 들어올 땐 소변을 누고 싶다는 생각이 들지 않았는데 막상 자리에 앉아 두근거리는 마음으로 후회하고 있는데 갑자기 소변을 누고 싶다는 욕구가 일었습니다. 주위에 혹 아는 사람을 만날까 조심하며 화장실로 발걸음을 빨리했습니다.

화장실을 다녀오자 연극이 시작되었습니다. 그 사이 관객이 많이 늘었습니다. 저는 방금 앉았던 구석진 곳에 앉았습니다. 가슴이 두근거렸습니다.

연극이 진행될수록 저는 혼란을 느꼈습니다. 어제 봤기 때문에 아는 내용인데도 불구하고 전혀 새롭게 다가왔습니다. 어제는 수치심과 불쾌감으로 연극을 봤다면 이번엔 극중 인물과 거리 조절이 안 되었습니다. 특히 주인공으로 나오는 순빈 봉씨와는 심했습니다. 순빈 봉씨가 독수공방하며 외로움에 떨 땐 마치 제 자신이 외로움에 몸을 떠는 것 같았습니다. 옷을 모두 벗고 소쌍이라는 궁녀와 사랑을 나눌 땐 마치 제가 소쌍과 사랑을 나누는 것 같았고 아랫도리가 뜨거웠습니다. 사랑이 절

정에 올랐을 땐 저는 저도 모르게 신음을 뱉어내기도 했습니다. 내가 완전히 순빈 봉씨와 하나가 되어 무대 위에서 연기를 하는 것 같았습니다. 세자와 다툴 때도 제가 다투었고 세자에게 저주를 퍼부을 때도 제가 퍼부었습니다. 세자가 후궁과 사랑을 할 때는 무대 위로 뛰어올라 세자의 벗은 등을 할퀴어 주고 싶은 것을 겨우 참아야 했습니다. 저는 그런 저의 마음이 이상하다는 것을 느끼면서도 전혀 절제되지 않았습니다. 마치 꿈이라는 것을 알면서도 꿈에서 깨어나지 못하는 것과 같았습니다.

휴.

간간이 저는 연극을 보며 한숨을 내쉬었습니다.

음.

순빈 봉씨와 소쌍이 사랑을 나눌 때는 저는 저도 모르게 신음을 내뱉었습니다. 실제로 내가 소쌍과 사랑을 나누는 것 같았습니다. 이상한 일이었습니다. 이상하다 하면서도 내 감정을 제어할 수 없었습니다. 울렁이는 쾌감이었습니다. 태어나서 처음 느끼는 감정이었습니다. 결혼하고도 남편에게서 성적쾌감이라는 걸 한 번도 못 느꼈는데 연극을 보며 느끼다니. 그것도 남자가 아니라 여자한테 오르가슴을 느끼다니. 저는 몸이 허공으로 솟아오르고 둥둥 떠다니는 감정을 오롯이 탐닉했습니다. 시간이 멈추고 언제나, 영원히 이 시간에 머무르고 싶었습니다.

어?

연극에 몰입되어 보던 저는 하마터면 소리를 지를 뻔했습니다. 저는 저의 눈을 의심했습니다. 순빈 봉씨와 사랑을 나누던 상대는 궁녀 소쌍이 아니라 어제 들렀던 카페의 여자아이였습니다. 그런 여자아이와 제가 사랑을 나누고 있었습니다. 순빈 봉씨는 이미 저로 바뀌어 있었습니다. 제가 여자아이의 몸 구석구석 어루만지다가 옆으로 내려가면 이번엔 여자아이가 나의 몸을 애무했습니다. 저는 여자아이에게 몸을 맡겼습니다. 몸이 보랏빛 허공으로 하늘하늘 피워 올랐습니다. 태어나서 처음 느껴보는 감정이었습니다. 세상에, 이런 세상도 있다니. 저는 신세계에 산산이 몸이 부서졌습니다.

저는 고개를 심하게 흔들고 심호흡을 했습니다. 그제야 정신이 돌아왔습니다.

꼬리가 길면 잡힌다고 했던가. 순빈 봉씨의 애정행각은 결국 시아버지인 세종대왕의 귀에 들어갔습니다. 먼저 소쌍이 심문을 당했고 나중에 순빈 봉씨가 어전에 불려 갔습니다.

세종대왕은 준엄하게 세자빈을 꾸짖었습니다.

"온 백성들에게 모범을 보여야 할 세자빈으로서 어찌 그런 망측한 일을 벌였는고?"

세종대왕은 도저히 이해하지 못하겠다는 표정을 지었습니다. 세자빈은 입을 앙다물고 있었습니다. 죽음이 세자빈의 눈앞에 어른거렸습니다.

"짐승도 아니고 어찌 그런 일을."

중전이 옆에서 탄식했습니다. 세자빈의 입술이 달싹거렸습니다. 혀에 생사가 달려있었습니다. 혀를 어떻게 놀리느냐에 따라 목숨이 왔다갔다 했습니다.

"이미 소쌍이 다 불었노라. 하고 싶은 말이 있으면 해보아라."

세종대왕의 준엄한 어명이었습니다.

아.

순간, 저는 탄식했습니다. 세종대왕이 아니라 남편이었습니다. 남편이 세자빈을 꾸짖고 신문하고 있었습니다. 저럴 수가. 저의 눈을 의심했습니다. 하지만 아무리 자세히 보아도 무대 위의 높은 용상에 앉은 이는 세종대왕이 아니라 남편이었습니다.

"입이 있으면 말해 보라. 그동안 소쌍과 어떤 짓을 저질렀는지."

남편은 심판자로서 준엄했고 세자빈은 죄인으로서 눈을 내리깔았습니다.

"오호라, 아직도 세자빈이 무슨 잘못을 저질렀는지 모른단 말인가. 하물며 사람의 탈을 쓰고 태어나서."

남편은 쯧쯧, 혀를 찼습니다. 저는 눈을 감았습니다. 자칫 무대 위로 뛰어 올라가 남편의 멱살을 잡고 끌어내릴 것 같았습니다. 몸이 부들부들 떨렸습니다.

"아바마마. 소인의 부덕이옵니다."

세자였습니다. 저는 눈을 부릅떴습니다. 어? 이번엔 세자가 남편으로 보였습니다. 결혼하고 세자빈을 몇 번 찾지 않았던 세자. 저 뻔뻔한 놈이. 근데 어떻게 남편이 저 자리에 있는가. 저는 용상을 바라보았습니다. 여전히 남편이 앉아 있었습니다. 용상에도 용상 아래에도 남편이었습니다. 세자빈은 고개를 푹 숙이고 있을 뿐이었습니다. 저는 세자빈을 애처롭게 바라보았습니다. 저의 손에 힘이 들어갔습니다. 저도 모르게 주먹을 꼭 쥐었습니다. 그때였습니다.

어?

저는 또다시 저의 눈을 의심했습니다. 무대 위에서 고개를 숙이고 있는 여인은 세자빈이 아니라 저였습니다. 나라니. 내가 어떻게 저기 있단 말인가. 저는 믿어지지 않는 현실에 눈을 부릅떴습니다.

"세자빈은 소쌍을 사랑했는가?"

용상에 앉은 남편이 지엄하게 물었습니다. 세자빈은, 아니 저는 고개를 숙인 채 아무 말이 없었습니다.

말해. 말하란 말이야. 사랑했다고. 처음으로 사랑이란 걸 해봤다고. 처음으로 사랑을 느꼈다고.

저는 입 밖으로 튀어나오려는 말을 붙잡으며 안타깝게 무대 위의 저를 바라보았습니다. 죽음이, 창백한 죽음이 혀에 매달려 있었습니다.

"할 말이 없는가?"

단단한 침묵이 흐른 후 마침내 용상 위의 남편이 저에게 물었습니다. 머뭇거리던 제가 입을, 마침내 열었습니다.

"외로웠습니다."

아.

저도 모르게 탄식했습니다.

"외로웠다고?"

용상 위의 남편은 어이없다는 듯 되물었습니다. 용상 아래 있는 남편도 어이없어하며 저를 바라보았습니다.

"저는 한 사람으로서 사랑을 한 번도 해보지 못했습니다."

"뭐라? 사랑을 해보지 못했다, 라니. 그동안 세자가 세자빈의 거처에 다녀가지 않았단 말이냐?"

어이없어하는 용상 위의 남편. 그리고 용상 아래의 남편. 저는 가슴이 답답했습니다. 무대 위로 뛰어올라 제가 말하고 싶었습니다. 나는 사람이라고. 그런데 궁궐에 들어온 후 단 한 번도 사람인 적이 없었다고. 오직 세자빈이었다고. 사람이 아닌 세자빈이었을 뿐이었다고.

"다녀갔습니다. 하지만……."

"말하라!"

용상 위의 남편이 음성을 높였습니다.

"제 거처를 다녀간 사람은 오직 원자를 보기 위해 교접을 ……."

"허!"

용상 위 남편의 탄식에 세자빈인 저 자신이 말을 잇지 못했습니다.

나는 사람이다. 나는 사람이다.

마침내 저는 중얼거리며 일어섰습니다. 시퍼런 가슴이 터질 것 같았습니다. 결례를 무릅쓰고 극장 밖으로 나왔습니다. 안에 있으면 무슨 짓을 벌일지 저도 장담을 못 하겠습니다. 밖으로 나와 차가운 바람을 쐬니 정신이 돌아왔습니다.

이게 무슨 짓이람.

저는 극장 앞에서 시퍼렇게 서 있었습니다. 밖으로 나오니 이젠 불륜을 저지른 느낌이었습니다. 순빈 봉씨와 소쌍과의, 열정적인 섹스 때문인가. 아니 제가 여자아이와 격정적인 섹스를 한 느낌이 몸에 고스란히 남아 있었습니다. 불륜을 저지르고 모텔을 나오는 느낌이 이런 건가. 그러자 또다시 극심한 불쾌감과 수치심이 몸을 엄습했습니다. 사람들은 아무 일도 없다는 듯 무심하게 지나갔습니다. 마치 제가 딴 세상에 동떨어져 있는 것 같았습니다. 저는 황급히 극장을 벗어났습니다. 면도날 같은 바람이 목 언저리로 파고들었습니다. 저는 옷깃을 여미며 걷다가 뜨거운 커피를 마시면 좋겠다고 생각했습니다. 길가엔 어묵이나 붕어빵을 파는 곳도 있었습니다. 뜨거운 어묵 국물이라도 마시면 속이 후련해질 것 같다고 생각하는데 신기하게도 눈앞에 '노르웨이의 가을'이라는 카페가 눈에 들어왔습니다. 어제는 정신 없이 친구들 따라왔기에 이쯤에 있다고는 상상조차 하지 않았습니다. 손글씨체로 길게 늘어지게 쓴 '노르웨이의 가을'이라는 원목 간판이 그렇게 반가울 수가 없었습니다. 당장 눈앞에 뜨거운 커피라도 있는 양 입에서 침이 고였습니다.

저는 조심스레 문을 열고 들어갔습니다. 따스한 공기가 먼저 맞이해 주었지만 갑자기 가슴이 쿵닥쿵닥 뛰었습니다. 홀에는 서너 팀의 손님들이 담소를 나누고 있었습니다. 저는 되도록 안쪽으로 들어가 끝에 자리를 잡았습니다. 어제는 카운터를 등지고 앉았는데 이번엔 카운터가 잘 보이게 정면을 향하여 앉았습니다. 자리에 앉자마자 카운터가 있는 곳을 바라보았습니다. 여자아이가 없었습니다. 순간 온몸에 힘이 쏙 빠지는 것 같았습니다.

어디 갔을까.

여기저기로 눈을 돌렸지만 여자아이는 보이지 않았습니다.

이런, 지금 내가 여자아이를 만나러 왔단 말인가. 나는 뜨거운 커피를 마시고 싶어 왔을 뿐이야.

저는 자꾸만 서운한 감정이 올라오는 저에게 변명했습니다. 손님이 있는 것으로 봐서 멀리 간 것 같지는 않았습니다. 느긋하게 기다릴 참이었습니다. 등을 등받이에 대고 옷깃을 조금 헤쳤습니다. 따스한 공기가 볼을 간질이는 것 같아 기분이 많이 좋아졌습니다. 하지만 자꾸만 눈이 여기저기로 돌아갔습니다. 여전히 여자아이는 보이지 않았습니다. 그러자 이번엔 순빈 봉씨와 소쌍의 격렬한 성행위 장면이 떠올랐습니다. 저는 저도 모르게 얼굴을 붉히며 주위를 두리번거렸습니다. 다행히 저를 보고 있는 손님은 하나도 없었습니다. 가슴이 두근거렸습니다. 뭔가 들킬까 염려하는 기분이었습니다. 그렇게 사랑했을까? 죽음을 각오하고. 세종대왕은 궁녀들의 동성애를 막기 위해 장 80대로 치고, 그래도 동성애를 벌이면 장 100대로 치라고 어명을 내린 터였습니다. 그렇다면 순빈 봉씨는 소쌍과의 사랑이 알려지면 자신의 목숨을 잃을 수도 있다는 것을 알았을 것이 아닌가. 죽음을 무릅쓰고 사랑을 할 수 있는가. 그것도 남자가 아니라 여자를. 저는 목이 말랐습니다. 또다시 카운터 쪽으로 눈을 돌렸습니다. 여전히 여자아이는 보이지 않았습니다. 갑자기 초조해졌습니다. 무슨 일이라도 벌어졌는가. 무슨 사고라도 났는가. 당장이라도 일어나 여자아이를 찾아보고 싶은 충동을 차갑게 눌렀습니다.

지금 내가 뜨거운 커피를 마시러 왔지, 여자아이를 만나러 온 건 아니지 않은가.

저는 스스로 최면을 걸었습니다.

난 지금 뜨거운 커피를 마시러 왔을 뿐이야.

하지만 저의 의지와 관계없이 눈길은 이곳저곳을 날카롭게 유영하고 다녔습니다.

세자빈 순빈 봉씨는 세자를 사랑했을까. 지아비였지 않은가.

저는 연극을 생각하고 있다가 깜짝 놀랐습니다. 바로 앞에 시커먼 물체가 어른거렸습니다. 고개를 드니 여자아이였습니다. 손에는 메뉴판이 들려 있었습니다. 저는 놀람과 동시에 반가움으로 여자아이를 바라보았습니다.

"무, 무슨 일 있어요?"

저도 모르게 저의 입에서 말이 툭, 튀어나왔습니다.

"아뇨. 요 앞 가게에 뭐 좀 사러 갔다가 아는 사람 만나서 좀 늦었네요. 오래 기다리셨어요?"

여자아이는 미소를 띠며 저를 바라보았습니다. 두 눈길이 얽히자 당황한 제가 눈을 내리깔았습니다.

"아뇨, 많이 안 기다렸어요. 뜨거운 커피를 마시고 싶어서요."

"아메리카노요. 갖다 드릴게요. 조금만 기다리세요."

여자아이는 친절했습니다. 어제처럼 청바지에 청재킷을 입어서 자유분방한 분위기와 달리 예의는 깍듯했습니다. 어떻게 어제 내가 아메리카노를 마신 걸 기억하지? 저는 만족한 표정으로 주방으로 가는 여자아이의 뒷모습이 보이지 않을 때까지 바라보았습니다. 그러다 저는 얼굴을 붉혔습니다. 좀 전에 본 극장에서 내가 순빈 봉씨로 소쌍은 여자아이가 되어 뜨거운 사랑을 나누었던 장면이 되살아났습니다. 순간, 가슴으로 피가 몰려 터질 듯했습니다.

어떻게 그럴 수 있지?

아무리 생각해도 어떻게 그런 착각을 하고 실제로 섹스한 것처럼 느끼게 된 건지 이해가 되지 않았습니다. 또한 여자와의 성행위는 상상조차 하지 않았고 또한 평소에 불쾌했는데 그때는 매우 자연스러웠습니다. 이러다 나도 순빈 봉씨를 닮아가는가. 저는 저도 모르게 인상을 찌푸렸습니다.

"무슨 안 좋은 일 있으세요?"

저는 화들짝 놀라 앞을 보니 여자아이가 커피잔을 들고 서 있었습니다.

"아뇨, 아뇨."

저는 마치 여자아이와의 정사 장면을 들킨 것 같아 얼굴을 붉히며 고개를 저었습니다.

"예."

여자아이는 커피잔를 제 앞에 놓고는 잠시 저를 바라보았습니다. 꿰뚫는 듯한 눈빛이었습니다. 저는 여자아이의 눈길을 받으며 차마 고개를 들지 못하고 커피에서 피어오르는 김만 바라보았습니다. 잠시 후 여자아이가 시선을 거두고 돌아섰을 때야 저는 휴, 숨을 토해낼 수 있었습니다. 가슴은 두근두근 방망이질 쳤습니다.

아, 이 무슨 해괴한 짓인가.

저는 뜨거운 커피를 후루룩 마시며 속으로 생각했습니다. 이상한 일이었습니다. 아침부터 아니, 어제부터 여자아이를 생각하면 가슴이 두근거렸습니다. 그러면서 오랫동안 알아 왔던 것처럼 친숙하게 느껴졌습니다.

저는 커피를 마시면서 여자아이가 카운터에서 나를 흘끔거리는 것을 알았습니다. 왜 자꾸 나를 쳐다보는 거지? 마치 연극을 볼 때 착각한 장면이 들킨 거 같아 얼굴을 붉혔습니다. 그런 생각을 하다 보니 저는 얼굴을 똑바로 들어 여자아이를 제대로 볼 수 없었습니다. 여자아이는 어떨 땐 뚫어지라 저를 바라볼 때도 있었습니다. 저는 눈길을 의식하자 더더욱 고개를 들 수 없었습니다. 부끄럽고 설레는 마음으로 가슴이 터질 거 같았습니다. 아랫도리는 묵직한 게 금방이라도 오줌이 나올 것 같았습니다. 화장실에 가고 싶지만, 여자아이의 눈길 때문에 커피를 다 마시고 난 후에도 일어서질 못하고 있었습니다.

저는 초조한 마음에 눈길을 창밖으로 돌렸습니다. 거리엔 점점 사람들이 많아졌습니다. 잔뜩 어깨를 움츠린 채 걷고 있는 모습을 보노라니 마음이 쓸쓸해졌습니다. 걷는 사람에게 목표가 있다는 건 행복한 일입니다. 하지만 저는 지금까지 살아온 삶이 목표를 정하지 못하고 세상에 부유한 것 같아 마음이 하얗게 가라앉았습니다. 다시 눈길을 카운터로 돌렸을 때 여자아이는 보이지 않았습니다. 그새 두 테이블에 손님들이 들어와 있었습니다.

주방에 갔구나.

저는 일어서서 화장실로 향했습니다. 저의 좌석이 안쪽 구석진 곳에 있어 가능하면 손님들에게 저의 모습이 눈에 띄지 않기를 바라며, 혹 아는 사람들이라도 만날까 조바심을 내며 조심스레 화장실로 향했습니다. 하지만 주방 가까이 오자 저도 모르게 눈길이 주방을 향했습니다. 주방은 보라색의 여러 천이 아래로 처져 있어 내부가 잘 보이지 않았습니다. 몇 사람이 어른거렸지만, 여자아이인지 구분되지 않았습니다.

저는 바지와 속옷을 내리고 변기에 앉았습니다. 변기의 따스한 온기가 엉덩이에 전해왔습니다. 하지만 금방이라도 쏟아질 것 같았던 오줌은 잘 나오지 않았습니다. 아랫배에 힘을 주었지만 가는 오줌 줄기가 조르륵 흘러내릴 뿐이었습니다. 몇 번 더 힘을 주었지만 역시 오줌은 인색하게 굴었습니다. 여전히 아랫배가 무거웠지만 그만 자리에서 일어섰습니다. 남편 저녁 식사 차려줄 시간도 되었고 집에 빨리 가고 싶었습니다. 아니 가서 좀 눕고 싶었습니다. 이래저래 굉장히 힘든 일을 한 느낌이었습니다.

옷을 추스르고 나와 손을 씻는데 뒤에서 누군가 물을 내리고 밖으로 나오는 기척이 느껴졌습니다. 저는 고개를 들어 거울을 바라보았습니다. 순간 저는 어, 하며 작은 소리를 냈습니다. 여자아이가 거울 속의 저를 바라보고 있었습니다. 여자아이는 그 자리에 서서 계속 저를 바라보았고 저도 엉거주춤한 자세로 거울 속의 여자아이를 바라보았습니다. 잠시 후 여자아이는 저의 곁으로 와 손을 씻었습니다. 저는 수도꼭지를 잠그고 상체를 들었습니다. 그러자 저는 여자아이와 나란히 서게 되었습니다. 여자아이가 상체를 일으키니 생각보다 키가 컸습니다. 저보다 손바닥 하나는 더 커 보였습니다. 그때였습니다. 여자아이는 얼굴을 저에게 돌리더니 저의 입술에 자신의 입을 가져갔습니다. 어, 여자아이의 입술이 저의 입술에 포개지는 순간 저는 그 자리에서 얼어붙었습니다. 숨도 제대로 쉴 수 없었습니다. 눈을 동그랗게 뜨고 얼어붙은 저에게 여자아이는 입술을 떼며 미소를 지었습니다. 그리곤 뒤를 돌아 아무 일도 없었던 것처럼 화장실 문을 열고 나갔습니다. 저는 한동안 얼어붙은 채 있다가 거울을 보았습니다. 입을 벌리고 눈을 하얗게 뜬 여자가 거울 속에 있었습니다. 순간 불쾌감이 일었습니다. 수치심이었습니다. 처음 연극을 보았을 때 일었던 그 불쾌감과 수치심이었습니다. 순빈 봉씨와 소쌍이 벌거벗은 알몸으로 뒹굴 때 느꼈던 불쾌감이요 수치심이었습니다. 저는 수도꼭지를 틀고 고개를 숙여 입술을 씻었습니다. 여러 번 씻어도 성이 차지 않아 또다시 여러 번 씻고 나서야 고개를 들었습니다. 오래 고개를 숙이고 있었던지 숨도 가빠왔습니다. 저는 서둘러 화장실을 나오는데 다리가 후들거렸습니다.

6.

박정아의 아버지는 양복을 입은 채 두 형사를 거실에서 맞았다. 미리 전화를 하고 난 뒤였으니 기다리고 있었을 터였다. 그런데 집이라면 편안한 옷을 입고 있을 텐데 양복을 입고 있는 게 낯설었다. 마치 목사를 만나는 느낌이었다.

"무슨 일입니까?"

박정아 어머니가 타온 차를 탁자에 놓기가 무섭게 고 형사를 보며 물었다.

"혹 뉴스를 보셨는지 모르겠지만 며칠 전 십사 일에 일어난 살인사건과 관련하여 박정아 씨에게 몇 가지 물어볼 게 있는데 연락이 안 되어서요."

"아, 그 사건이요? 근데 정아가 무슨 관련이 있다는 겁니까?"

박정아의 어머니가 겁먹은 얼굴로 물었다.

"피해자와 마지막에 같이 있었던 사람이 박정아로 밝혀져서요."

고 형사는 아버지의 눈치를 살폈다.

"정아가 같이 있었다고요? 왜요?"

어머니가 놀라서 물었다.

"우리도 아직 정확한 건 모릅니다. 그래서 이렇게 찾아왔습니다."

"우리 애는 그럴 애가 아닌데."

어머니는 여전히 놀란 표정으로 말했다.

"시끄러워! 그렇고 안 그렇고가 어디 있어!"

순간 아버지는 고함을 질렀다. 고 형사와 조 형사는 황당한 듯 서로 바라보았다.

"박정아 씨와 언제 마지막으로 연락했습니까?"

"그 애는 우리 자식이 아니오."

아버지가 단호하게 말했다.

"무슨 말씀이신지?"

"말 그대로요. 내 딸이 아니란 말이요."

"집 나간 지 오래됐어요."

어머니가 아버지의 말에 덧붙였다.

"씨잘데기없이!"

아버지는 또다시 고압적으로 말했다.

"왜 집을 나갔습니까?"

고 형사가 조심스럽게 물었다.

"그건 왜 묻지요?"

아버지는 여전히 뻐딱하게 말했다.

"아까도 말씀드렸지만 피해자와 마지막까지 같이 있었습니다."

"죽이기라도 했다는 말이요?"

"현재로선 용의자가 맞습니다."

고 형사는 단호하게 말했다. 대답하기를 꺼리는 사람에게 할 수 없었다.

"용의자요?"

그제야 아버지는 태도가 변하며 목소리를 낮추고 물었다.

"현재로선 그렇다는 겁니다."

"허!"

아버지는 한탄을 했고 어머니는 주여! 기도했다.

"박정아 씨와는 언제 연락했습니까?"

"한 오 년 넘었어요."

어머니가 말했다.

"그 후로 연락이 없었습니까?"

"지 발로 나갔으니 내 자식이 아니지요."

아버지가 남의 일 얘기하듯 말했다.

"스스로 집을 나갔다는 말씀입니까?"

"그렇소."

"왜 집을 나갔습니까?"

고 형사의 말에 아버지는 불만스레 고 형사를 바라보았다. 잠시 후 말을 꺼냈다.

"에이즈 옮기는 사탄인데 어떻게 같이 지내겠소."

"그래도 가족인데."

조 형사가 말했다.

"병원에 가자고 해도 막무가내였습니다."

어머니가 말했다.

"병원이 아니라 정신병원에 가야 한다니까!"

아버지가 고함을 질렀다.

"그러니까 박정아 씨가 집을 나간 후 연락을 하지 않고 지냈다 이 말씀입니까?"

"그렇소. 이미 부녀간의 연을 끊었소."

"오빠가 있다고 들었는데 오빠하고도 연락을 안 했습니까?"

"당연하지 않소. 부녀간의 연이 끊어지면 남매간의 연도 끊어지는 건."

"아, 그렇군요."

고 형사는 어이없다는 표정을 굳이 감추지 않았다.

"근데요. 아까 죽은 사람과 정아가 마지막에 같이 있었다고 하지 않았나요?"

어머니가 조심스럽게 물었다.

"예. 같이 있었습니다."

"혹 무슨 관계가 있는 겁니까? 그러니까."

"예. 서로 사귀는 사이입니다."

조 형사가 말했다.

"뭐라? 사귄다고?"

앞에 있는 탁자를 집어던질 듯 아버지가 말했다. 어머니는 주여, 했다.

"전혀 몰랐습니까?"

고 형사가 어머니를 보고 말했다.

"몰랐습니다. 연락이 안 되다 보니. 주여."

"어디 가서 죽든지. 세상에 에이즈 병이나 옮기고."

아버지가 화를 못 이겨 부들부들 떨었다.

"전에는 누굴 사귀거나 그런 적은 없었습니까?"

"글쎄요."

어머니는 아버지의 눈치를 보았다.

"오빠는 지금 어디 있습니까?"

"시청에 근무합니다."

아버지가 말했다.

"걔한텐 아무 말도 하지 않았으면 좋겠습니다."

"왜죠?"

"그 아이의 장인이 목사님이라 소문나면 그게."

어머니는 조심스럽게 말했다.

"아버지께선 장로 아니십니까?"

"맞소."

아버지는 자랑스럽게 말했다.

"아들 성함이 어떻게 되십니까?"

"연락하지 말라지 않소."

아버지는 단호하게 말했다.

"지금 상산에 없어요. 외국 출장 갔는데 이틀 지나야 올 겁니다."

어머니가 아버지의 눈치를 보며 말했다.

"그렇군요."

고 형사는 고개를 끄덕였다.

"근데, 피해자가 어떤 사람인지 묻지 않는군요?"

조 형사가 물었다. 순간 아버지의 안색이 변했다. 고 형사와 조 형사는 서로 바라보다 아버지에게로 눈길을 돌렸다.

"궁금하지 않으십니까? 따님이 사귀던 사람인데요?"

"그게 왜 궁금합니까?"

아버지가 큰 소리로 말했다.

"피해자는 오십 대 여성이었습니다."

"어머나!"

어머니는 놀란 표정을 지었으나 아버지는 고개를 돌리고 허공을 바라보았다. 입 주위의 근육이 실룩거렸다.

"그렇게 나이 많은 사람을 사귀었어요?"

어머니가 말했다.

"그게 왜 궁금해. 사탄들이 하는 짓을!"

아버지가 고함을 질렀다. 고 형사가 조 형사를 보더니 말을 꺼냈다.

"저, 아버님께서는 십사 일 수요일 오전에 어디 계셨습니까? 오전 아홉 시부터 열두 시까지요."

"십사 일이라면?"

아버지는 의심스러운 표정으로 고 형사를 보았다.

"예, 사건 당일입니다."

"날 의심하는 거요?"

"아닙니다. 어차피 주변인들은 다 그렇게 조사합니다."

"당신, 그날 교회 가지 않았나요? 목사님 뵈러."

"그게 수요일인가?"

기억이 가물가물한 듯 아버지는 눈을 찌푸렸다.

"갔으면 갔겠지."

아버지는 불만스러운 표정으로 말했다. 고 형사는 교회 이름을 묻고는 조 형사를 바라보았다. 더 물을 게 있냐는 뜻이었다. 조 형사가 고개를 숙였다.

"그럼. 시간 내주셔서 감사합니다."

두 형사는 인사를 하고 집을 나왔다.

"아버지가 좀 이상한데요?"

조 형사가 집을 나와 잠시 서 있다 말했다.

"어머니는 상당히 놀라는 눈치인데 아버지는 별로 놀라지도 않고."

"내다 버린 자식이니."

"아무리 그래도 딸이 살인사건 용의자라는데요."

조 형사의 말에 고 형사는 고개를 끄덕였다.

"아버지는 피해자를 알고 있는 거야."

"그렇죠? 근데 왜 모른다고 시치미를 뗄까요?"

"조사하면 나오겠지. 아침에 친구 누구라고 했지?"

"아, 편의점에서 알바한다는 친구요?"

"응. 그 친구한테 가보자고."

조 형사는 말을 마치곤 차가 있는 곳으로 걸어갔다. 편의점의 친구는 시간이 없다고 하여 편의점으로 찾아가겠다고 약속을 했다.

두 형사는 편의점에 들어가자마자 캔 커피를 두 개 샀다. 그냥 묻기만 하면 미안할 것 같았다.

"형사님이시죠?"

친구는 계산을 하며 물었다.

"예."

고 형사는 자기 얼굴에 형사라고 쓰여 있나 싶어 씁쓰레 웃었다.

"형사티가 나는가요?"

조 형사가 창가에 있는 의자에 앉으며 고 형사에게 말했다.

"자네야 얼굴이 우락부락하게 생겨 단박에 강력팀 형사라는 게 드러나지만, 나야 안 그럴 텐데. 어딜 봐도."

"예?"

조 형사는 어이가 없다는 듯 고 형사를 보다가 캔 커피를 땄다.

"형님은요, 냄새가 나요, 냄새."

"냄새?"

"강력팀 형사 냄새."

"뭔 소리여. 아침마다 비누로 샤워하는데."

"그게 샤워한다고 없어질 냄새입니까? 이십여 년이나 베인 냄새인데."

"이 사람이."

고 형사가 짐짓 화내는 시늉을 하는데 불쑥 사람 그림자가 두 형사를 덮쳤다.

"금방 가 봐야 해요."

친구는 의자에 앉지도 않고 말했다. 이미 전화상으로 사건에 대해 간단히 말했기에 두 형사가 온 이유를 알고 있었다.

"아, 예."

고 형사가 알았다는 듯 고개를 끄덕였다.

"박정아 씨하고는 최근에 언제 연락했어요?"

조 형사의 말에 친구는 휴대폰을 꺼내 통화목록을 보았다.

"십삼 일 저녁에 했네요."

"십삼 일이면, 무슨 일로 통화했어요?"

"오토바이 타는데 같이 타겠느냐고요."

친구는 불안한 듯 두 손을 맞잡고 시선을 여기저기로 옮겼다.

"오토바이요?"

"오토바이 타는 친구들이 있거든요. 한 명이 빠지게 되었다고요."

"폭주족인가 그런 거요?"

고 형사가 말했다.

"……"

친구는 아무 말 없이 고 형사를 바라보았다.

"박정아 씨가 자주 오토바이 탔어요?"

"예. 그룹이 있으니까요."

"그 후엔 통화 안 했어요?"

"한 적 없는데요."

휴. 고 형사가 한숨을 내쉬며 캔 커피를 한 모금 마셨다.

"혹 어디 있을 만한 데 아세요?"

"친구들하고 어울리지 않을 땐 주로 원룸에 있는데요."

"사귀는 사람하고요?"

"어떻게 아세요?"

친구는 물었다가 상대가 형사라는 걸 알고는 고개를 끄덕였다.

"박정아 씨가 누구랑 싸우거나 그런 적은 없었어요?"

"정아는 그런 사람 아니에요. 남한테 잘 대해주는 편이에요."

"사람들과 원만한 관계다, 그런 말씀?"

고 형사가 말했다.

"예."

"혹시 사귀는 사람과는 싸우지 않았습니까?"

조 형사가 물었다.

"싸웠다는 얘기는 들었어요."

"언제쯤요?"

고 형사가 눈을 크게 뜨고 친구를 바라보았다.

"한 달쯤 전에요?"

친구는 자신 없는 투로 말했다.

"왜 싸웠대요?"

"오토바이 타는데 얘기 안 하고 며칠 다녀왔나 봐요."

"아, 며칠 동안이나 가는데 얘기도 안 하고 갔다고요?"

"예."

"심하게요?"

"좀 그런가 봐요."

고 형사와 조 형사가 서로 바라보았다. 조 형사가 물었다.

"직접 들었어요?"

"아뇨. 오토바이 타는 멤버 중 한 사람한테요."

"혹 그 멤버들 이름과 연락처 알 수 있을까요?"

"가르쳐주면 싫어할 텐데."

친구는 머뭇거렸다.

"비밀로 할게요."

조 형사의 말에 친구는 카운터에서 볼펜과 메모지를 가져와 멤버들의 전화번호와 이름을 적어 조 형사에게 주었다. 조 형사는 받은 종이를 보며 만족한 듯 미소를 지었다.

"가족들은 어땠어요? 별로 안 좋게 보는 거 같던데?"

"쫓겨났잖아요."

"그렇지요. 그 후로 가족이 박정아 씨를 찾아오거나 전화한 적은 있었습니까?"

"그런 거 같았어요."

친구는 눈을 크게 뜨고 고 형사를 바라보며 말했다.

"가족 중에 누가요?"

"오빠가 제일 반대했대요. 사탄 기생충, 뭐 욕이란 욕은 다 하고요. 그런 사람이."

친구는 진절머리 난다는 듯 말했다.

"아, 박정아 씨가 집 나오고 난 뒤 오빠가 박정아 씨를 찾아갔었단 말이죠?"

"확실하진 않은데. 오토바이 타는 친구들한테 물어보면 알지도 몰라요."

"아, 예."

"저 이만 가 봐야 하는데요. 자리 오래 비우면 눈치 보여서."

친구는 사정하는 투로 말했다.

"시간 내주셔서 감사합니다."

고 형사가 일어서서 말했다. 친구는 고개를 숙여 인사하곤 돌아섰다. 휴, 자신도 모르게 긴 숨이 터져 나왔다. 사실대로 말하는 게 나았을까. 친구는 고개를 저었다. 갈 데까지 가보자는 심정이었다.

밖으로 나온 조 형사는 고 형사를 보았다.

"싸워서 죽이고 도망갔다. 이렇게 되는가요?"

"글쎄. 지금으로선 그거밖에 없는데."

"어쨌든 박정아 신원 확보가 가장 시급하네요."

"그러게 말이야."

두 형사는 말을 하며 차가 있는 곳으로 걸어갔다.

7.

저는 심한 몸살을 앓았습니다. 열이 나고 몸이 천근만근 무거워 일어설 수가 없을 지경이었습니다. 건강 체질이라 감기가 왔다고 해도 웬만하면 이틀 정도 기미 보이다 물러났었습니다. 하지만 이번 몸살감기는 6일째 계속되고 있었습니다. 몸에서 열이 펄펄 끓어 올라 속옷만 입고 밤을 지새울 때가 있는가 하면 추워서 이불을 두 채나 꺼내 덮어도 몸이 떨렸습니다. 춥다가 덥다가 하니 정신을 차릴 수 없었습니다. 잠이 들어도 깬 거 같고 깨어 있어도 잠이 든 것 같았습니다.

미련스럽게 그냥 있지 말고 병원에 가 봐. 약을 지어 먹던지.

남편은 출근하며 쯧쯧, 혀를 찼습니다. 미련스럽기는 했습니다. 저는 웬만큼 아프지 않고는 병원에 가지 않았습니다. 이번에도 참고 견뎌볼 생각이었습니다. 아픔이 왠지 그리 싫지 않았습니다. 오히려 쾌감 비슷하게 느껴질 때도 있어 저는 당황하기도 했습니다. 친구들한테 만나자는 전화가 여러 번 왔지만 거절했습니다. 아무도 만나고 싶지 않았습니다. 혼자 있고 싶었습니다. 아침저녁으로 남편 식사를 챙겨 주면 기운이 떨어져 밥 먹을 힘도 없었습니다. 먹고 싶지도 않았습니다. 남편이 먹다 남긴 국물을 후루룩 마시면 한 끼요, 먹다 남은 밥 한 숟가락 뜨면 또 한 끼였습니다. 그렇게 6일 동안 꼬박 누워 지내던 저는 한 번씩 벌떡 일어날 때가 있었습니다. 순빈 봉씨가 떠오르고 그러면 어김없이 소쌍이 떠올랐습니다. 그러면 또다시 카페의 여자아이가 떠올랐습니다. 그러면 카페에 가고 싶어 안달하는 저의 모습에 스스로 놀라곤 했습니다.

혹시 내가 동성애자? 내가 여자를 좋아하는가?

가슴이 덜컥, 내려앉았습니다. 기가 막히는 일이었습니다.

아냐. 절대 그럴 리 없어.

저는 저에게 최면을 걸었습니다. 순빈 봉씨와 소쌍이 사랑을 나누는 장면을 보고 불쾌감을 느꼈던 것만 봐도 동성애자는 아니리라 생각했습니다. 하지만 누워서 밑으로 한없이 추락하는 몸을 부둥켜안고 있으면 어김없이 순빈 봉씨의 얼굴이 떠올랐습니다. 외로웠겠구나. 외로웠구나. 순빈 봉씨를 위로하며 눈물을 흘리는 저를 발견하고는 어안이 벙벙했습니다. 그러다 소쌍의 유리 같은 알몸이 떠오르고 다음엔 여자아이가 떠올랐습니다. 그러면 입술이 근질거렸습니다. 오이향이 나던 여자아이의 입술. 역겹고도 달콤함. 여자아이의 입술 느낌은 처음 그대로 지워지지 않고 입술에 단단하게 붙어 있었습니다.

8일째가 되자 몸이 어느 정도 회복되는 것 같았습니다. 먼저 음식이 당겼습니다. 큰 국그릇에 김치를 썰어 밥을 넣고 고추장을 풀어 반찬도 없이 퍼먹었고 몇 시간 지나지 않아 밥을 냄비에 넣고 펄펄 끓여 청양고추를 고추장에 찍어 먹었습니다. 이마에서 땀이 밥그릇으로 뚝뚝 떨어져도 개의치 않고 허겁지겁 먹었습니다. 그렇게 먹는데 눈물이 흘렀습니다. 눈물을 닦을 생각도 안 하고 그냥 밥을 먹었습니다. 눈물이 흐르니 콧물도 흘렸습니다. 눈물과 콧물이 입술을 타고 입으로 흘러내려도 개의치 않고 밥을 퍼먹었습니다. 신기하게도 그렇게 땀과 눈물과 콧물로 밥을 먹을 때는 순빈 봉씨도 소쌍도 여자아이도 생각나지 않았습니다. 그렇게 이틀이 지나고 나니 살 것 같았습니다.

다음 날에는 욕실에 들어가 뜨거운 물을 받아 오전 내내 물속에 있었습니다. 한결 기분도 좋아져 거실에 앉아 커피를 마셨습니다. 친구에게 전화가 와 차 한 잔 마시자는 걸 거절했습니다. 이 평화가 오래 가도록 놔두고 싶었습니다. 거의 10년은 앓아누웠던 것 같았습니다. 커피를 머그컵으로 두 잔을 마시고 났을 때 아들한테 전화가 왔습니다. 내일 토요일에 집에 들르겠다고 했습니다. 저는 순간 인상을 찌푸렸습니다. 이 평화를 깨고 싶지 않았습니다. 그래서 왜 들르느냐고 물으니, 왜 그러느냐고 자기를 보고 싶지 않으냐고 능청을 떨었습니다. 토요일이라면 어차피 남편도 온종일 집에 있을 것이고 그럼 평화를 온전히 즐기기는 글렀다고 생각했습니다. 저는 밑반찬을 만들기 위해 일어섰습니다. 고기를 좋아하는 식성이라 쇠고기도 재어놓아야 했습니다. 딸아이도 같이 올 게 뻔했습니다. 남매 사이가 좋아 서로 자주 전화한다고 했습니다. 그러니 오빠가 집에 온다고 하면 동생도 집에 들르겠다고 했을 것이었습니다.

아이들은 아버지를 닮아 고기를 잘 먹었습니다. 남편은 아들이 가져온 양주를 마시며 연신 고기를 집어 먹었습니다. 나도 고기가 당겼습니다. 굽기 바쁘면서도 딸이 넣어 주는 고기를 냉큼 잘 받아먹었습니다. 양주도 두 잔 마셨기에 기분이 좋았습니다. 오랜만에 집에 사람이 사는 것 같았습니다. 남편도 기분이 좋은지 아들이 따라주는 술을 마다않고 연신 마셨습니다. 딸도 직장에 취직하고부터 술을 잘 마셨습니다. 다들 바쁘게 살고 건강하게 살고 있으니 이보다 더 바랄 게 뭐가 있냐고 저는 생각했습니다. 아무런 문제가 없는 가족. 효자 효녀인 아들과 딸. 남편이 무뚝뚝한 것은 사실이지만 30년을 살아왔습니다. 모든 문제는 가정에서 출발한다고 하지 않던가요. 저는 입속에 씹히는 육질을 음미하며 고개를 끄덕였습니다. 감사하는 생활. 이 나이 먹도록 크게 문제가 없었으니 감사해야 할 게 분명했습니다.

"엄마 살 빠진 거 같아요?"

아들이 물었습니다.

"엄마 요즘 갱년기야? 그럴수록 건강관리 잘해야 하는데."

딸은 고기를 집어 나의 입에 넣어 주었습니다.

"너 먹으래도."

저는 달게 씹으며 말했습니다.

"네 엄마는 몸살감기가 걸렸는데 병원가래도 미련스럽게 그렇게 안 간다."

남편은 양주를 입에 털어 넣고 나서 나를 경멸하듯 말했습니다.

"아빠가 좀 모시고 가지."

딸이 남편에게 눈을 흘겼습니다.

"내가 집에 노는 사람이야? 온종일 집에 놀면서 뭐해."

"우리나라 남자들 다들 이상해. 왜 가정주부를 집에서 논다고 생각하는지."

딸이 나에게 건배를 청했습니다. 저는 잔을 들어 딸의 잔에 부딪히곤 술을 단숨에 입에 털어넣었습니다. 속에서 불길이 타올랐습니다. 단숨에 마시니 애들이 놀란 눈으로 보았습니다.

"엄마 오늘 너무 많이 마시는 거 아니에요? 엄마 원래 술 잘 안 마셨잖아요."

"그러게. 엄마 무슨 일 있어?"

아이들이 번갈아 가며 걱정스러운 눈빛으로 물었습니다.

"일은 무슨."

저는 얼버무렸습니다.

"엄마한테 일 있을 게 뭐 있냐. 배가 부르니 다들 헛바람이 들어가지고 말이야. 예전에 나라가 어려울 때를 생각해 봐."

"아휴 또 저 소리. 아빤 술만 드시면 꼭 저러신다."

저는 입을 삐죽거렸습니다.

"민주화니 뭐니 다 필요 없어. 경제가 좋아야 할 거 아냐. 배가 불러야 민주화도 있고…… 저게 뭐야?"

남편은 말을 하다 끊고 텔레비전을 보며 말했습니다. 나와 아들 딸은 동시에 텔레비전으로 눈길을 돌렸습니다.

"퀴어축제네요."

아들의 말에 남편은 음성을 높였습니다.

"그러게 말이야. 허연 대낮에 무슨 짓거리람."

"시측에서 장소를 제공 안 했다는데 하네요. 하여튼."

아들은 혀를 쯧쯧, 찼습니다.

"당연히 허가 안 해야지. 모두 잡아다 삼청교육대에 보내야 해."

남편은 기가 차다는 듯 눈길을 텔레비전에 둔 채 술을 입에 털어 넣었습니다. 저는 남편의 말을 들으며 화가 났습니다. 그러면서 그런 저에게 스스로 놀랐습니다. 저도 평소에 그렇게 생각해 왔음에도 남편의 말에 반감이 이는 건 뭘까. 저는 잔을 들어 조금 마셨습니다. 독한 기운이 식도를 타고 내려가는 느낌이 오히려 시원했습니다. 그래서 한마디 했습니다.

"뭐 어때서요. 자기들이 하고 싶다는데요."

"이 세상에 하고 싶은 대로 다 하면 나라 꼴이 뭐가 되겠나? 그리고 저게 사람으로서 할 짓이냐?"

남장한 여자들과 여장한 남자들이 차에 올라 카퍼레이드하는 걸 보며 남편은 세상 말세라고 했습니다.

"저건 인간의 본성에도 안 맞아요. 원래 남녀가 결혼해서 애기를 갖는 건데 저러면 인류 멸종된다는 건데요. 하여튼 학교 다닐 때 보면 공부 안 하고 혼자 있기 좋아하고……."

아들도 인상을 찌푸리며 남편의 말에 동조했습니다.

"어? 그걸 왜 오빠가 걱정해? 그럼, 오빠도 인류의 종족 번식을 위해 결혼할 거야? 어휴 난 싫어. 사랑하면 결혼하는 거지, 왜 꼭 종족 번식을 들이대?"

딸이 고개를 저으며 말했습니다. 혀가 조금 꼬이는 게 술기운이 들어 있었습니다.

"말이 그렇다는 것이지. 솔직히 그렇지 않냐. 남자끼리 여자끼리 그게 뭔 짓이고. 징그럽게."

아들도 혀가 약간 꼬이는 투로 말했습니다.

"그건 그들 사정이고. 왜 오빠가 그걸 간섭하냐고. 저 사람들이 오빠한테 뭔 피해를 줬어? 그냥 지들끼리 좋아한다잖아."

딸의 말에 남편이 버럭 고함을 질렀습니다.

"에이즈를 퍼트리잖아, 에이즈. 그거 얼마나 무서운 병인 줄 몰라? 그거 걸리면 다 죽어. 근데 그걸 저것들이 퍼트린다고."

"에이, 아빠도. 그건 아니에요. 이성끼리 해도 에이즈 걸리는데요."

딸의 말에 남편은 술잔을 입으로 가져갔습니다. 얼굴이 불콰했습니다.

"저것들이 죄도 없는 일반인들한테 퍼트렸다고. 저것들이 어디 사람이냐?"

"아빠 말도 일리 있어. 요즘에야 일반인들끼리도 많이 걸리지만, 처음엔 게이들한테 에이즈가 많이 나타났거든. 그리고 왜 저렇게 하는지 이해가 안 가. 남자는 여자를 좋아하고 여자는 남자를 좋아하고 그게 순리 아냐?"

아들은 이해가 안 된다는 듯 텔레비전에서 눈길을 돌리며 말했습니다.

"그건 초창기에 콘돔을 사용 안 해서 그런 거고. 또 게이라는 특수성도 있는 거고. 오빠는 젊은 사람이 왜 그렇게 고지식해? 선천적으로 타고나서 그렇게 산다는데."

완연히 술에 취한 딸이 말이 많아졌습니다. 저는 왠지 대화가 부담스러워 먹는 걸 포기하고 손만 만지작거렸습니다.

"선천적은 무슨. 어느 학자가 발표한 거 보면 다 고칠 수 있대. 근데 고칠 생각은 안 하고. 저렇게 시내 행진이나 하고. 저게 뭐냐."

아들은 자기 생각을 굽히지 않았습니다.

"그거 거짓말이라던데. 그리고, 남에게 피해 안 입히고 자기들이 행복하다면 누구나 간섭하지 말아야 하는 거 아냐?"

저는 아들의 말을 듣다 저도 모르게 말을 했습니다. 아차, 하며 용서를 비는 심정으로 남편의 얼굴을 보았습니다. 역시 얼굴이 불콰해진 남편이 눈을 크게 뜨고 나를 노려보았습니다.

"저, 저 말하는 꼴 좀 봐라. 요즘 크는 애들 저런 걸 보면 뭐 배우겠나. 너나 나나 다 따라 하면 어쩔 건데. 교육적으로도 안 좋아. 어른들이 애써서 잘살게 해놓으니까 하는 짓거리야. 하여튼 한국 사람들은 배가 고파야 돼."

저는 입을 다물었습니다. 한마디 더 했다간 술잔이라도 날아올 거 같았습니다.

"에이, 아빠도. 요즘 애들 저런 거 신경 안 써요. 각자 좋아하는 대로 사는 거지요. 요즘 애들 교육에 나쁜 건 오히려 음란물이나 이상한 게임 퍼트리는 작자들이라고요."

딸은 어릴 때부터 누구에게도 지기 싫어하는 성격이라 아빠가 화가 나 있음에도 할 말은 했습니다. 저는 딸의 말을 들으니 내 속이 후련한 거 같았습니다.

"물론 그것도 애들 교육에 나쁘지만, 저것도 나쁘다는 거지. 너는 왜 그렇게 속이 꼬였나?"

아들도 끝까지 자기의 주장을 고집했습니다. 어릴 때부터 모범생으로 컸고 대학원 졸업하자마자 대기업에 취직한 아들은 커갈수록 아빠를 닮는 것 같았습니다. 저는 그런 아들이 오늘따라 퍽 낯설게 느껴졌습니다. 제가 입을 열었습니다.

"그래도 남에게 너무 그러는 건 나빠. 각자 속사정이 있을 텐데 말이야."

"우와. 인제 보니 우리 엄마 신세대네. 아빠랑 이 남자는 구식이고."

혀가 꼬인 딸이 저를 보며 엄지척을 했습니다.

"맞잖아. 전부 다 자기가 옳다고 하면 끝이 나겠니? 각자 생각하는 게 다른데. 주체성이란 게 있는데."

술기운일까요. 하지 말아야지 하는데 말이 술술 나왔습니다. 나도 놀라 남편의 눈치를 보자 남편은 어이가 없다는 듯 저를 바라보았습니다.

"저게 주체성이야? 허연 대낮에 저런 꼴을 하고 시내 행진하는 게 저게 주체성이냐고. 미친 거지."

남편의 말에 딸이 말했습니다.

"저 사람들도 오죽하면 저러겠어요. 같은 여자끼리 사랑한다는 이유만으로 어디에선 죽이기도 하고 탄압하고. 그렇게 타고 나서 어쩔 수 없다는데요. 그러니까 그러는 거 아녜요. 사람한테 인권이란 게 있는데요."

딸의 말이 내 몸에서 나온 듯했습니다. 내 생각과 어쩜 그렇게 같은지요. 그때, 소쌍을 사랑했다는 이유로 세자빈 자리에서 쫓겨나고 사가로 돌아갔다가 오라버니에게 목 졸려 죽은 순빈 봉씨가 자꾸만 떠올랐습니다.

"인권? 인권 좋아하고 자빠졌네. 저런 것들한테 무슨 인권이라. 돈도

77

없고 못 사는 것들이 꼭 인권 내세우더라. 사회적 지위만 높아 봐 인권이 왜 없는가. 지들이 열심히 일해서 돈 벌 생각은 안 하고 인권 타령이라니까. 변태들 같으니라고."

남편의 말에 아들도 고개를 끄덕였습니다.

"맞아요. 학교 다닐 때 보면 꼭 공부 못하고 농땡이 부리던 애들이 선생한테 대들고 학칙이 뭐니, 학생 인권이 뭐니 따졌다니까요."

저는 고기를 먹다 그만두었습니다. 계속 먹다간 체할 거 같았습니다. 예전 같으면 그냥 넘기거나 동조했을 건데 오늘 왜 이러나. 저는 저를 이해하지 못했습니다. 제가 물러나니 딸이 고기를 꾸었습니다. 남편은 못 볼 것을 보았다는 듯이 텔레비전을 거칠게 껐습니다. 저는 커피를 올리자 아들이 한 잔 달라고 했습니다.

"고기 더 먹지 그러니?"

저는 아들한테 미안해서 말했습니다.

"많이 먹었어요."

아들과의 대화가 서먹하게 느껴졌습니다. 저는 아들과 딸에게 커피를 내려주곤 한 잔 들고 피곤하다며 안방으로 들어왔습니다. 자식들이 왔기에 빈방이 없었습니다. 남편하고 잘 일이 곤혹스럽게 느껴졌습니다. 저는 침대 위로 올라가서 커피를 마셨습니다. 입 안이 깔끔하게 느껴졌습니다. 무슨 말이든 아들과 잘 맞았는데 오늘은 맞지 않아 저는 찜찜했고 그 기분을 털어내려는 듯 커피를 연거푸 몇 모금 마셨습니다. 그러다 앞을 보았는데 화장대 거울 속의 여자가 커피를 들고 나를 바라보고 있었습니다. 오늘따라 유난히 거울 속의 여자가 낯설게 느껴졌습니다.

설거지해야 하는데, 생각하며 저는 저도 모르게 잠에 빠져들었습니다. 주위가 어둑한 거 같았고 일어나야 하는데 하면서도 계속 잠으로 빠져들었습니다. 얼마나 시간이 흘렀을까. 저는 아랫도리에 스멀거리는 느낌에 눈을 떴습니다. 창으로 들어온 빛이 방안을 투명하게 비추고 있었습니다. 남편의 손이 가슴을 거쳐 팬티 속에 들어가 있었습니다. 닭살이 솟았습니다. 저는 남편의 손을 뿌리쳤습니다. 남편은 아랑곳하지 않았습니다.

"그만 해요."

마침내 저는 작은 소리로 말했습니다.

"가만히 있어! 오늘따라 왜 이래!"

남편은 협박조로 말했습니다.

"좀 떨어져요."

저는 남편이 밀착해오자 어깨를 떨면서 옆으로 움직였습니다. 남편은 제가 벗어난 만큼 다가와 몸을 더듬었습니다.

"아파요."

저는 애원했습니다. 오늘따라 남편의 몸이 저의 몸에 닿는 것 자체가 징그럽게 느껴졌습니다. 제가 생각해도 이상한 일이었습니다.

"아야."

저는 비명을 지르며 남편의 손을 잡았습니다.

"조용히 해."

남편은 손을 뺄 생각은 안 하고 얼굴을 저의 가슴으로 가져왔습니다. 남편을 밀어냈지만 완력을 이길 수 없었습니다. 남편은 어느새 저의 속옷을 벗기고 거친 숨소리를 내며 저의 몸 위로 올라왔습니다. 제가 몸을 비틀었지만 남편의 힘을 이길 수 없었습니다. 저의 몸이 떨렸습니다. 굴욕감이 느껴졌습니다. 남편의 몸이 낯설게 느껴졌습니다. 예전부터 그다지 남편과의 성관계가 원활했던 건 아니지만 오늘은 남편의 몸이 징그럽게 느껴졌습니다. 힘껏 남편의 몸을 옆으로 밀었지만 꿈쩍도 하지 않았습니다. 남편이 저의 몸 속으로 들어왔습니다.

"악"

저는 저도 모르게 큰소리로 비명을 지르며 옆으로 몸을 비틀었습니다.

아랫도리가 칼날에 베인 것처럼 쓰라렸습니다. 옆방에 아이들이 자고 있어 큰소리를 내지 않으려 했는데 저도 모르게 큰소리가 나왔습니다. 제가 어쩔 줄 몰라 하고 있는데 옆으로 떨어진 남편이 화난 얼굴로 저를 바라보았습니다.

"이 여자가 미쳤나!"

저는 남편의 시선을 피했습니다. 저도 모르겠습니다. 왜 이렇게 남편의 몸이 소름 끼치는지. 저는 안 되겠다 싶어 침대를 내려와 옷을 주섬주섬 주워 입었습니다.

"거실에서 잘게요."

순간 남편에게 미안한 마음이 들었지만 어쩔 수 없었습니다. 남편의 우악스러운 손길이 닿을까 재빨리 거실로 나와 안방 문을 단단히 닫았습니다.

휴.

나도 모르게 한숨이 나왔습니다. 1시 20분. 그제야 벽에 걸린 뻐꾸기 시계를 봤습니다. 거실은 깊은 심해처럼 어둠이 고요했습니다. 아이들이 자는 방을 둘러보았지만 두 방 모두 아무런 기척이 없었습니다. 술을 많이 마셨기에 잠에 곯아떨어졌으리라. 다행이라는 생각이 들었습니다.

저는 거실을 서성거리다 거실의 커튼을 치고 소파에 가서 누웠습니다. 생각보다 아늑했습니다. 누워서 눈을 감으니 아랫도리에 통증이 느껴졌습니다. 이상했습니다. 지금껏 한 번도 남편과의 잠자리에서 아랫도리가 아픈 적은 없었습니다. 저는 왼손을 들어 팬티 속으로 넣었습니다. 질이 매달라 있었습니다. 저는 이해할 수 없었습니다. 주방에 가서 저녁에 먹다 남은 양주를 한잔하고 싶은 생각이 일었지만 꾹 참았습니다. 남편과의 잠자리를 좋아하지 않았지만 오늘처럼 몸이 심하게 거부하지는 않았습니다. 남편은 저와 잠자리를 할 때마다 불만스러운 표정을 지었습니다. 목석처럼 꼿꼿이 있는 저의 몸이 달아오르기를 바랐지만 나의 몸은 언제나 차가웠습니다. 이거야 원. 저의 차가운 몸속에 사정하고 난 뒤 남편은 번번이 한숨을 쉬었습니다. 나도 그런 남편에게 미안한 마음이 들어 잠자리에 들 때마다 일부러라도 신음을 내려 했지만 그것조차 잘되지 않았습니다. 그렇더라도 남편이 원하면 응해주었고 끝나고 나면 큰일을 치른 기분이었습니다. 그런데 오늘따라 남편의 몸이 징그럽게 느껴지고 질은 건조한 것은 무엇인가. 그 정도는 아니었는데. 저는 돌아누우며 끙, 신음을 냈습니다. 여전히 아랫도리가 얼얼했습니다.

저는 꿈을 꾸었습니다. 꿈에서 카페 여자아이의 혀가 나의 젖가슴을 탐하기 시작했습니다.
아.
여자아이의 혀가 저의 몸 곳곳을 탐할 때마다 나의 입술이 벌어졌고 신음이 흘러나왔습니다.
이러면 안 된다. 이러면 안 된다.
멀리서 창백한 소리가 들렸습니다. 그럴수록 여자아이의 혀가 빨라졌습니다.
아.
나는 몸을 비틀며 두 손으로 여자아이의 머리를 움켜쥐었습니다.
나는 죽는다. 너와 나는 죽는다. 곧 남편과 자식들에게 알려질 것이고 나는 죽는다.
차가운 소리는 여자아이의 혀를 자극했습니다. 죽음을 감지한 혀. 나의 옹달샘을 거칠게 탐닉했습니다.
아.
그래 죽여라. 죽여라. 이미 난 모든 걸 얻었노라. 더는 얻을 게 없노라.
제 몸이 여자아이와 하나가 되어 뒹굴었습니다. 죽음을 인식한 몸은 뜨겁게 타올랐습니다. 교성이 방안을 뒤흔들었습니다. 나의 몸이 여자아이의 몸에 올라갔다가 여자아이의 몸이 제 위에 올라갔다가 마침내 하나가 되길 수백 번 수천 번 반복했습니다. 죽음을 감지한 단말마가 방안을 휘저었습니다.

 마침내 두 나신은 죽은 듯 하나가 되어 요 위에 누웠습니다. 저는 저의 몸과 여자아이의 몸이 하나 된 것을 보며 눈물을 흘렸습니다. 이건 꿈이야 꿈. 하지만 꿈인 줄 알면서도 꿈에서 깨어나질 못했습니다. 아니, 깨어나고 싶지 않았습니다. 영원히 이대로 있고 싶었습니다. 나의 입에서 잠꼬대가 삐져나왔습니다.

 "죽어도, 죽어도 좋아, 죽어도."

 아침에 저는 딸이 자던 방에 들어와 요 위에 웅크리고 누웠습니다. 요에는 아직 딸의 체취와 온기가 남아 있었습니다. 집을 나서며 근심스러운 눈빛으로 바라보던 딸의 얼굴이 떠올랐습니다. 어릴 때부터 친가나 외가를 비롯해 부모로부터 사랑을 듬뿍 받고 커서 행동이나 말이 거침없는 아이. 세상에 대해 두려움이 없는 아이. 저는 그런 아이가 부러웠습니다. 세상에 대해 뭐가 그렇게 두려운지 항상 앞과 뒤 양옆을 둘러보며 살아가는 제가 한심스럽게 느껴졌습니다.

 "엄마 무슨 일 있어?"

 딸애는 나의 눈을 보며 물었습니다.

 "일은 무슨. 어서 가. 기다리겠다."

 남편과 애들이 아침 식사하고 관악산에 다녀오겠다며 현관문을 나서던 참이었습니다. 남편은 내가 함께 가지 않는다며 인상을 썼는데 어젯밤의 일에 아직 화가 풀리지 않은 거 같았습니다. 아들도 함께 가자고 졸랐지만, 저는 몸살감기 기운이 있다며 셋이 갔다 오라고 했습니다.

 "분명 무슨 일이 있는데."

 딸은 현관을 나서며 근심스러운 목소리로 말했습니다. 산에서 내려와 원룸으로 바로 가겠다고 했습니다. 아들이나 딸은 용케 취직하고 난 뒤 독립을 선언했습니다. 남편은 안 된다고 했지만, 저는 원룸 보증금을 순순히 내주었습니다. 월세는 각자 알아서 내기로 했습니다.

"다 커서도 부모와 함께 사는 거 보기 안 좋아요."

물론 저도 아들에 이어 딸이 독립할 때 허전했습니다. 그건 집이 허전한 것보다 마음이 그랬습니다. 자식은 품에 있을 때 자식이라 했던가요. 아이들이 커갈수록 저의 몫이 작아진다는 느낌을 받았습니다.

"이제 엄마도 하고 싶은 거 하시면서 사셔요. 집에서만 있지 마시고요."

딸은 살뜰하게 말했지만 하고 싶은 것도 없었습니다. 남편은 오직 직장 일에만 매달렸고 저는 살림하는 것으로 만족했습니다.

누워 있으니 또다시 몸에서 열이 솟구쳤습니다. 얼굴에는 불이 붙은 것 같았습니다. 저는 속옷만 남기고 모두 옷을 벗었습니다. 그러나 시원한 것은 잠시뿐 속에서 올라오는 열은 여전했습니다.

끙.

저는 신음을 내며 반대 방향으로 돌아누웠습니다. 온몸이 쑤셨고 몸은 아래로 추락했습니다. 몸은 바닥을 뚫고 아래로 떨어질 것 같았습니다.

얼마쯤 잤을까. 비몽사몽으로 누워 있다가 휴대폰의 진동 소리에 화들짝 깨어났습니다. 처음엔 집이 울려 지진이 일어났나 싶을 정도로 휴대폰 진동이 크게 느껴졌습니다. 딸에게 온 전화였습니다. 망설이다 전화를 받았습니다.

"엄마. 점심 식사하러 나오셔요. 여기 관악산 밑에 내려왔는데 돌솥비빔밥 잘하는데 가려고요. 엄마 돌솥비빔밥 좋아하시잖아요."

순간 저는 눈물이 주르륵 흘렀습니다. 이런. 저는 휴대폰을 멀리하고 손등으로 눈물을 닦았습니다. 이유 없이 눈물이 흐를 때가 많았습니다.

아니면 누군가 나에게 따뜻한 말 한마디라도 하면 또 눈물이 흘렀습니다. 나이가 들수록 주책이라는 생각이 들었습니다.

"생각 없어. 셋이 맛있게 먹고 원룸으로 잘 가. 네가 좋아하는 간장게장 만들어 줄까?"

"아휴, 엄마는. 아침도 안 드셨잖아요. 나오셔요. 바람도 쐬고. 반찬은 됐어요. 제가 알아서 잘해 먹으니까 신경 끄시고요."

딸은 반찬을 가져가지 않았습니다. 남편은 집에서 갖다 먹지 왜 사 먹느냐고 했지만, 딸은 집에서는 거의 밥을 해 먹지 않는다고 했습니다.

"난 생각 없다. 셋이 맛있게 먹어. 원룸에 가서도 건강하게 잘 지내고. 딸, 고마워."

저는 또다시 흐르는 눈물을 닦았습니다.

"엄마 왜 그래? 어디 멀리 떠나는 사람처럼? 점심 먹고 집에 들를까?"

딸의 말에 저는 손사래를 쳤습니다.

"뭔 소리냐. 좀 쉬고 싶어서 그래."

딸은 뭐라도 챙겨 먹으라고 하곤 전화를 끊었습니다. 전화를 끊고 다시 누우니 외로움이 태풍처럼 밀려왔습니다. 제가 의도했더라도 저만 빠지고 남편과 두 애들이 산에 가고 식사한다는데 왕따를 당하는 기분이었습니다. 초등학교 때부터 고등학교를 졸업할 때까지 남들과 잘 어울리지 못해 왕따당하는 기분을 잘 알았습니다. 망망대해에 혼자 통통배를 타고 있는 기분이랄까.

몇 시간째 끙, 몸을 뒤척이며 앓던 저는 벌떡 일어났습니다. 시계를 보니 4시였습니다. 아직 저녁 시간까지는 시간이 많이 남아 있었습니다. 요즘 들어 남편은 저녁 식사 때 제가 없으면 화를 내곤 했습니다.

힘들게 회사에서 돈 벌다 오면 밥이라도 차려줘야지. 밥도 내가 차려 먹으라고?

반찬과 국을 다 준비했기에 밥만 퍼서 먹으면 그만인데도 남편은 불같이 화를 냈습니다. 어릴 때부터 지금까지 밥을 직접 차려 먹어 본 적이 없다고 했습니다. 당연히 밥할 줄도 몰랐습니다.

저는 욕실에 들어가 뜨거운 물로 샤워를 하고 집을 나섰습니다. 카페에 가서 뜨거운 커피를 한잔 마시고 싶었습니다. 샤워를 금방 해서인지 몸이 서늘했습니다. 잎을 모두 떨어뜨린 가로수들이 추워 보였습니다. 한때는 하늘을 향해 찬란한 꿈을 펼쳤을 테지만 자연의 섭리 앞에서 누구나 공손해질 수밖에 없었습니다. 저는 옷이라도 많이 입고 올걸. 코트 속에 얇은 블라우스만 입은 게 후회됐습니다. 두 팔을 앞으로 감싸 쥐고 어깨를 잔뜩 움츠린 채 지하철역으로 향했습니다.

카페에 들어가니 여자아이는 카운터에 앉아 있었습니다.
"어서 오세요."
여자아이는 앉은 채 고개를 숙여 인사를 했고 저는 고개를 약간 숙이곤 안쪽, 며칠 전에 앉았던 곳으로 갔습니다. 실내는 따뜻했습니다. 자리에 앉아 여자아이가 주문받기를 기다리는데 벌써 몸이 다 녹은 것 같았습니다.
"술요, 술."
여자아이가 무엇으로 드시겠냐고 물었을 때 저는 저도 모르게 술이라고 했습니다. 전혀 생각지 못한 말이었습니다. 분명 따끈한 커피를 마시고 싶었음에도 술을 달라니.
"술이요? 어떤 걸로 드릴까요?"
여자아이 또한 의외라는 듯 되물었습니다.
"시원한 맥주 줘요."
입에서 또한 마음과 다르게 말이 나왔습니다. 시원한 맥주라니. 몸속에 제가 아닌 누군가 있어 대신 시키는 것 같았습니다. 저는 여자아이가 갖다 놓은 뜨거운 보리차를 후후, 불면서 마셨습니다. 커피도 한 잔 시켜야겠군. 저는 뜨거운 보리차를 마시며 주위를 둘러보았습니다. 들어올 때 모르는 손님 몇 팀이 있던 것을 보았음에도 또다시 아는 사람이 있을까 둘러보았습니다. 보리차를 다 마시고 났을 때 여자아이는 맥주 한 병과 땅콩을 가져왔습니다. 저는 맥주병 뚜껑을 따서 유리잔에 가득 따랐습니다. 그리곤 단숨에 한 잔을 다 마셨습니다. 속이 시원했습니다. 가슴에 막혔던 무엇이 뻥, 뚫리는 기분이었습니다. 카운터로 돌아가는 여자아이의 뒷모습을 보며 또다시 유리잔에 맥주를 가득 따랐습니다. 여자아이의 뒷모습을 보니 어젯밤 꿈이 떠올랐습니다. 순간 가슴이 펄쩍 펄쩍 뛰었습니다.

처음 여자의 벗은 몸을 연극을 통해 보았을 때 같은 여자의 몸이지만 징그럽다는 느낌이 들었습니다. 공중목욕탕에서 본 벗은 몸과는 느낌이 확연히 달랐습니다. 특히 두 여자가 사랑으로 엉켜있는 모습은 불쾌감과 수치심이었습니다. 오물을 뒤집어쓴 느낌이었달까요. 하지만 이제는 여자의 몸이 그렇게 아름다울 수가 없었습니다. 투명하게 속이 훤히 들여다볼 수 있을 것 같은 매끈한 여자의 몸은 이 세상 어떤 아름다움과 비교할 수 없을 것 같았습니다.

술병은 금방 비었습니다. 아침 점심을 굶은 터라 술기운이 확 올랐습니다. 커피를 시킬까 아니면 맥주를 한 병 더 시킬까 고심하고 있는데 앞에서 사람이 어른거렸습니다. 고개를 들어보니 여자아이가 맥주 한 병을 들고 서 있었습니다.

"고마워요."

이러면 안 되는데 하면서도 나의 입에서 말이 툭, 튀어나왔습니다. 여자아이는 말없이 제 앞에 앉았습니다. 유리잔도 하나 가지고 왔는지 자기 앞에 놓았습니다. 저는 저의 잔에 맥주를 따르는 여자아이의 조그마한 손을 바라보았습니다.

손이 참 예쁘구나.

저는 속으로 말하며 침을 꿀꺽 삼켰습니다. 여자아이는 나의 잔에 술을 따른 후 자신의 잔에 따랐습니다. 저는 고개를 들어 술을 따르는 여자아이의 모습을 바라보았습니다. 단발머리에 커다란 둥근 귀걸이를 하고 있었습니다. 둥근 얼굴이 모범생 같지만, 눈매를 보니 어딘가로 훨훨 날아다니는 새 같다는 느낌을 주었습니다. 여전히 옷은 청재킷에 청바지를 입고 있었습니다. 여자아이가 나를 향해 맥주잔을 들었습니다. 저는 엉겁결에 맥주잔을 들었습니다. 여자아이는 나의 잔에 자신의 잔을 가볍게 부딪치곤 반쯤 마시다 잔을 내려놓았습니다. 나도 여자아이처럼 반쯤 마시곤 내려놓았습니다.

"고마워요."

또다시 저는 말을 하고선 스스로 놀랬습니다. 저도 모르게 말이 툭툭 튀어나왔습니다. 여자아이는 미소를 띠며 말없이 나를 바라보기만 했습니다. 저는 얼굴이 빨개졌습니다. 가슴이 쿵닥쿵닥 뛰었습니다.

난 왜 이 여자아이만 보면 가슴이 두근거릴까.

갈증이 일었고 왠지 모르게 죄책감이 들었습니다. 저는 여자아이를 보다가 술잔을 들어 반쯤 남은 술을 마저 마셨습니다. 여자아이도 잔을 들어 마저 비웠습니다. 이번엔 제가 술병을 들어 여자아이의 술잔에 따랐습니다. 그리고 제 잔에도 따랐습니다. 여자아이는 또다시 미소를 띠며 저를 바라보았습니다. 저는 할 말을 찾았지만 무슨 말을 해야 할지 몰랐습니다. 가만히 있어도 가슴이 두근거리고 온몸에 힘이 빠지는 느낌이었습니다. 저는 또다시 잔을 들어 반쯤 마셨습니다. 입이 말랐습니다. 갈증이 일었습니다. 얼굴에서 열이 확확 올랐습니다.

"저, 온종일 알바하는가요?"

저는 마치 시골의 소녀처럼 겨우 말을 꺼냈습니다.

"아뇨. 오전 열 시부터 밤 열 시까지요. 그 다음엔 다른 사람이 하고요."

아, 예. 저는 또다시 잔을 들어 입으로 가져가며 고개를 끄덕였습니다. 그러면서 조바심이 났습니다. 무슨 말이라도 꺼내야 할 텐데. 아님 여자아이가 곧 자리를 뜰 텐데. 저는 머리가 하얗게 비는 느낌이었습니다. 아무 생각도 나지 않았습니다. 여자아이는 그런 저를 미소를 띠며 바라보기만 했습니다.

무슨 말이라도 하지.

저는 여자아이가 말하기를 열망했지만 여자아이는 미소를 띠고 바라보기만 했습니다.

"고마워요."

저는 또다시 말을 해놓고 후회했습니다. 왜 자꾸 고맙다는 말만 하는가. 제가 술잔을 들자 여자아이도 술잔을 들었습니다. 함께 술잔을 비웠습니다. 저는 술맛이 꿀맛 같다고 생각했습니다. 그러면서 흘깃 술병을 보니 술이 남아 있지 않았습니다. 어쩌지? 하며 술잔을 놓는데 여자아이가 말했습니다.

"한 병 더 가져올게요."

저는 하마터면 또다시 고마워요, 하고 고개를 숙일 뻔했습니다. 여자아이가 걸어가는 뒷모습을 바라보았습니다. 옷이 몸에 착 달라붙어 탄탄한 엉덩이의 근육이 그대로 드러났습니다. 마치 엉덩이가 옷을 뚫고 나올 것 같았습니다. 걷는 모습도 경쾌했습니다. 등을 꼿꼿이 세우고 고개를 든 채 앞을 바라보며 걸었습니다. 저는 달려가 뒤에서 안고 싶다는 충동을 문득, 느꼈습니다.

아니, 아니야.

순간 남편의 화난 얼굴이 떠올랐고, 저는 그런 출렁이는 속내를 잔인하게 누르며 고개를 저었습니다. 여자아이가 주방으로 들어가자 일어섰습니다. 아까부터 아랫도리가 묵직했던 터라 여자아이가 술을 가져올 동안에 빨리 화장실을 다녀올 생각이었습니다. 그래야 조금이라도 여자아이와 더 오래 있을 것 같았습니다. 휘청, 나의 몸이 옆으로 휘청거렸습니다. 빈속이라 그런지 취기가 금방 올랐습니다. 한 손으로 탁자를 짚었다가 화장실로 향했습니다. 화장실을 가면서 주방 쪽에 귀를 기울였으나 아무런 소리가 나지 않았습니다. 저는 화장실 문을 열고 들어가 옷을 내리기 바쁘게 변기에 앉았습니다. 하지만 금방이라도 폭포수 같이 쏟아질 것 같았던 오줌은 쫄쫄쫄 나왔습니다. 여전히 아랫배가 묵직한데도 오줌은 시원하게 나오지 않았습니다. 아랫배에 몇 번 힘을 주어 겨우 오줌을 누곤 옷을 추슬렀습니다. 빨리 홀로 가고 싶어 마음이 급하게 느껴졌습니다. 문을 열고 세면대로 가는데 여자아이의 뒷모습이 보였습니다. 저는 가까이 가지 못하고 그 자리에 섰습니다. 여자아이가 상체를 숙이니 허리 곡선이 완만하게 휘어졌고 엉덩이가 옷을 비집고 나올 듯 탱탱했습니다. 저는 저도 모르게 계속 여자아이의 엉덩이를 바라보았습니다. 가슴이 심하게 두근거렸습니다.

여자아이가 손을 씻다 고개를 들어 거울 속을 바라보았습니다. 순간 눈이 마주쳤고 저는 고개를 돌리려 했지만, 몸이 말을 듣지 않았습니다. 여자아이가 나를 향해 미소를 지었습니다. 저는 같이 미소를 지으려 했지만 얼굴 근육이 움직이지 않았습니다. 세면대로 가려고 했지만 발이 떨어지지 않았습니다. 제가 어찌할 바를 모르고 있는데 수건으로 손을 닦은 여자아이가 제 쪽으로 다가왔습니다. 저는 흔들리는 눈으로 여자아이를 바라보기만 했습니다. 여자아이는 저를 향해 미소를 지으며 두 팔로 저의 양어깨를 잡았습니다. 저는 놀란 눈으로 꼼짝 못 하고 얼어붙은 듯 서 있었습니다. 여자아이는 두 손으로 저의 얼굴을 잡더니 입술에 키스했습니다. 저는 뒷걸음질치며 저항하려고 했지만, 몸에 힘이 들어가지 않았습니다. 여자아이는 부드럽게 나의 입안으로 혀를 집어넣었습니다.

흡.

여자아이의 입에서 오이향 냄새가 났습니다. 저는 저도 모르게 두 팔로 여자아이의 허리를 잡았습니다. 손에 힘이 들어갔습니다.

음.

여자아이는 오른손으로 저의 윗옷 속을 헤집더니 왼쪽 젖가슴을 움켜쥐었습니다. 저는 움찔거렸습니다. 부드럽게 움켜쥐더니 이번엔 왼손으로 저의 오른쪽 젖가슴을 쥐었습니다. 저는 양 젖가슴이 터져나가는 듯한 느낌에 신음을 냈습니다.

안 돼. 이러지 마, 제발.

저는 말을 하려고 했지만 혀가 굳어 나오지 않았습니다. 여자아이의 허리를 잡은 손에도 힘이 풀려 힘을 쓸 수가 없었습니다. 눈물이 나오려고 했습니다.

음.

여자아이는 익숙하게 입술로 저의 목을 핥으면서 두 손으로 저의 양 젖가슴을 꼭 쥐었다 놓았다 쥐었다 놓았다 반복했습니다. 그럴 때마다 저의 몸은 놀란 듯 움찔거렸습니다. 그때 여자아이의 손이 팬티 속으로 불쑥 들어왔습니다. 아. 저의 입에서 비명 같은 신음이 터져 나왔습니다.

제발. 제발 이러면 안 돼.

저는 몸을 움직이지 못한 채 눈물을 흘렸습니다. 저도 모르게 자꾸만 눈물이 났습니다. 여자아이를 밀어내야 하는데, 하는 생각만 들었습니다. 저 문을 열고 누가 들어오면 어떡해, 하는 생각이 들었습니다. 남편의 화난 얼굴이 휙휙 머릿속에서 지나갔습니다.

흡.

여자아이는 저의 가슴으로 입을 가져갔습니다.

제발. 이러지 마.

저는 겨우 팔로 여자아이를 밀어냈습니다. 눈에서는 계속 눈물이 흘러내렸습니다. 여자아이는 젖가슴으로 가던 얼굴을 들었습니다. 저는 눈물이 흐르는 눈으로 간절히 여자아이를 바라보았습니다. 여자아이는 젖가슴과 팬티 속에 있던 손을 빼고 뒤로 물러났습니다. 미소를 띠고 저를 바라보았습니다. 하지만 저는 차마 여자아이를 똑바로 볼 수 없어 고개를 숙이고 윗옷을 내렸습니다. 순간, 수치심과 불쾌감 죄책감이 온몸으로 타고 올랐습니다. 몸이 부들부들 떨렸습니다. 저는 흐르는 눈물을 닦을 생각도 없이 화장실 문을 박차고 뛰쳐나왔습니다.

8.

오토바이 탄다는 친구들에게 일일이 전화하고 만나보았지만 얘기가 편의점 친구랑 비슷했다. 사건 이후론 연락이 안 된다고 했다. 또한 피해자와 심하게 싸웠는데 오토바이 타는 것뿐만 아니라 원룸에 박정아의 친구들이 잠시 있었다는 것 때문에 싸웠다고 얘기했다. 새로운 사실이었지만 그것뿐이었다. 더 이상 아는 게 없다고 했다. 사건에 대해서도 박정아의 실종에 대해서도 이미 소문났는지 다 알고 있었다.
"어서 가자고."
고 형사는 차에 오르며 말했다. 오늘은 피해자 가족을 만나볼 예정이었다.
"예."
고 형사의 말에 조 형사는 가속기를 밟은 발에 힘을 주었다. 차가 쏜살같이 앞으로 나갔다.
피해자의 남편은 점심시간에만 시간이 있다고 하여 두 형사는 회사 앞 카페에서 기다렸다. 정확히 약속 시간이 되자 남편이 나타났다.
"바쁘실 텐데 시간 내주셔서 감사합니다."

고 형사가 일어서서 말했다.

"무슨 일입니까. 빨리 끝내죠?"

남편은 무뚝뚝하게 말했다. 사건 당일에 만났을 때와 똑같았다.

"뭘 마시겠습니까?"

"커피로 하죠."

남편은 귀찮다는 듯 말했다. 조 형사가 커피 세 잔을 주문했다.

"장례는 잘 치르셨습니까? 가보지도 못하고."

"예. 가족끼리 치렀습니다."

안 좋은 일로 사망했으니 그럴 만하다고 고 형사는 생각했다. 옛날식으로 말하면 객사가 아닌가.

"저번에도 물어봤지만 아내분께 이상한 점은 없었습니까?"

"없었습니다. 저번에 얘기한 게 다입니다."

"기분이 좋았다가 우울했다가, 말입니까?"

"예."

"부부 사이는 좋았습니까?"

"그건 왜 묻습니까?"

남편은 불쾌감을 굳이 숨기지 않고 말했다.

"수사상 의례적으로 묻는 겁니다."

"사이 좋았습니다."

"그럼, 혹 부인께서 누구랑 사귀는 눈치는 아니었습니까?"

"그 여편네, 아니 그 사람이요?"

남편은 말도 안 된다는 듯 말했다.

"정말 모릅니까?"

"아니 그럼 있었단 말입니까?"

남편은 항의 투로 말했다. 여차하면 자리를 박차고 나갈 기세였다.

"예."

"예?"

남편은 피식 웃었다. 말도 안 되는 소리 하지 말라는 뜻이었다. 알고 있었을 텐데, 대단한 연기다. 고 형사는 속으로 생각했다.

"여자를 말입니다. 이십 대 여자."

남편은 인상을 찡그리며 두 형사를 번갈아 보았다. 고 형사는 남편을 보며 배우를 해도 되겠다는 생각을 했다. 저렇게 뻔뻔하게 모른 척하다니.

"정말이요?"

"정말입니다."

"음."

남편은 불편한 기색을 드러냈다. 이 자리 자체가 불편했다. 아내가 동성애자라는 자체가 고개 못 들고 다닐 일인데 게다가 딸 같은 여자와 동거 비슷하게 했다니. 끙. 남편은 신음이 나오는 걸 겨우 참았다.

"별로 놀라지 않는군요?"

남편은 말없이 커피를 한 모금 마셨다.

"언제부터 알았습니까?"

"뭘 말입니까?"

남편은 도전적으로 물었다.

"부인께서 동성애자라는 걸 말입니다."

"꼭 말해야 합니까?"

남편은 손을 들어 시계를 보았다. 불쾌한 표정이었다.

"선생님의 마음 이해합니다. 하지만 저희로서는 수사를 해야 하니 협조해 주셔야 범인을 빨리 잡습니다."

고 형사의 말에 남편은 대꾸도 없이 커피를 마셨다.

"여자를 사귀는 것도 알고 계셨죠?"

고 형사는 말하고 나서 남편의 표정을 슬쩍 보았다.

"모릅니다!"

남편은 화를 참으며 말했다.

"혹 사귀는 사람하고 연락했습니까?"

"모르는데 어떻게 연락합니까!"

남편은 큰 소리로 말하고 나서 스스로 놀란 듯 주위를 둘러보았다. 카페 손님들은 관심 없는 듯 자신들의 얘기에만 열중했다.

"부인께서 다른 사람을 사랑하는데 연락 안 했다고요? 그것도 같은 여자인데?"

고 형사가 음성을 높였다.

"몰랐다지 않습니까!"

남편은 화를 냈다.

"그럼 한 가지만 묻겠습니다."

고 형사가 커피를 한 모금 마시고 나서 말했다.

"그날 오전에 어디에 계셨습니까? 회사에는 오후에 출근하신 걸로 알고 있는데요?"

"예?"

남편은 이미 자신에 대해 많이 알고 있다는 사실에 놀랬다. 형사들이 어디까지 조사했나. 가슴이 쿵, 내려앉았다. 하지만 티를 내서는 안 된다는 생각이 퍼뜩 들어 커피잔을 들었다. 손이 미세하게 떨렸다.

"그러니까 사건 당일 오전에 어디에 계셨느냐고 묻는 겁니다."

"아니, 날 마누라 죽였다고 의심하는 겁니까?"

"아닙니다. 원래 주변인들 조사 그렇게 다 합니다."

조 형사가 달래듯 말했다.

"불쾌해서 말하지 않겠습니다."

남편은 벌떡 일어섰다.

"말씀 안 하시면 경찰서로 오셔야 합니다. 아님, 회사로 우리가 찾아가

든지요."

고 형사의 말에 가려던 남편은 주춤했다.

"협박합니까?"

"수사 절차가 그렇다는 겁니다."

"집에 있었습니다."

남편은 체념한 듯 말했다.

"누구랑요?"

"혼자서요."

"왜요? 근무일이잖습니까?"

"몸이 안 좋아서요."

"본 사람 있습니까?"

"없습니다."

남들이 보면 마치 싸우는 듯해 조 형사가 나섰다.

"자, 됐습니다. 가셔도 됩니다."

남편은 인사도 없이 돌아서서 가더니 카운터에서 계산을 마치고 갔다. 정신을 차리고 보니 카페 밖이었다, 어떻게 나왔는지 전혀 기억에 없었다. 주저앉으려는 몸을 겨우 가누고 차가 있는 곳으로 걸어갔다.

"뭔가 숨기는 거 같아요."

차가 있는 쪽으로 걸어가며 조 형사가 말했다.

"그러게. 숨길 게 뭐가 있을까? 또 화만 내고."

"자존심 상해서요? 여자와 바람난 거 때문이에요?"

"부인이 죽었는데도 자존심 상해서 슬프기보다 화가 난다?"

"이상하죠?"

고 형사는 고개를 끄덕였다.

"이번엔 피해자 아들과 딸을 만나보자고."

"오늘요?"

"아니. 참, 그 왜 반찬가게 한다는 사람하고는 통화했어?"

고 형사는 차에 오르며 물었다.

"아, 피해자 친구분요."

"어제 연락이 안 된다며 오늘 아침에 하기로 했잖아."

"아. 했습니다."

"뭐래?"

고 형사는 피곤한 듯 자리에 앉자마자 머리를 뒤로 눕히며 말했다.

"남편이 너무 가부장적이어서 힘들어했다고 하고요."

"맞는 말이네."

고 형사가 말하자 조 형사는 뒤돌아보곤 계속 말을 이었다.

"친구가 사랑하는 사람 생겼느냐고 하자 웃기만 해서 조심하라고 했답니다. 괜히 가정 깨지 말고요."

"그래서?"

"아들딸도 곧 결혼하는데 소문나면 혼사 망친다고 충고했답니다."

"여자를 사귄다는 걸 알고 있었단 말이지?"

"그냥 사랑하는 사람이 생겼구나, 생각했대요. 기침하고 사랑은 숨길 수 없다지 않습니까?"

조 형사가 말했다.

"여자를 사귄 거 모른다고?"

"그런 거 같습니다. 말할 수 없었겠죠."

"하긴. 소문나서 좋을 게 없으니까."

고 형사는 고개를 끄덕였다.

9.

저는 휴대폰을 꺼놓고 며칠 동안 지냈습니다. 세상과 단절하고 싶었고 멀리 달아나고 싶었습니다. 하루에 두 번 아침저녁 남편에게 식사를 차려주고 방안에서 웅크리고 지냈습니다. 세상이 무섭다는 생각이 들었습니다. 밖에 나가면 사람들이 저에게 손가락질할 것 같았습니다.

변태 새끼야!

눈을 감고 있으면 사람들의 아우성이 들리는 것 같았습니다. 꿈에서도 사람들이 나타나 저에게 손가락질을 했습니다.

에이즈 옮기는 변태야!

정신병자야!

아이를 데리고 나온 사람은 혹 아이가 나와 접촉할까 봐 아이들을 저로부터 멀리 떨어지게 했습니다.

당신이 그런 변태라고? 그래서 저번에 텔레비전 볼 때 미친 여자들 편 들었구만.

남편이 당장이라도 멱살을 잡고 요절을 낼 것 같은 얼굴로 말했습니다.

엄마가 그런 사람인 줄 몰랐어요. 전 이제 집에 안 올 거예요.

아들이 실망했다는 투로 말했습니다.

에이 그래도 엄마가 그러면 안 되지. 병원에 가 봐. 고칠 수 있을 거야. 소문나면 나나 오빠가 어떻게 결혼하라고.

딸이 병원에 가자고 이끌었습니다.

아니야. 안 가.

소리치다가 꿈에서 깨어나기도 했습니다. 가족으로부터 버림받고 혼자가 된 기분이었습니다. 외로움이 폭풍처럼 밀려왔습니다.

아니야. 안 돼.

저는 고개를 흔들었습니다.

가족에게만은 알려지면 안 돼. 애들이 곧 결혼도 해야 하는데 상대방 집에서 알면 어떡할 거야. 당장 혼사가 깨질 거야.

저는 밤새 뜬눈으로 지새웠습니다.

소문나면 애들은 결혼도 못 할 거야. 남편은 당장 이혼하자고 할 테고.

저는 비몽사몽으로 사람들의 멸시를 받다 깨어났습니다. 밥은 거의 먹지 않았습니다. 남편이 먹고 나면 밥을 물에 말아 몇 숟가락 뜨다 그것마저 개수대에 쏟았습니다. 밥이 목구멍으로 넘어가지 않았습니다. 퇴근한 남편이 다그쳤습니다.

"도대체 무슨 일이야? 무슨 일이 있는데 그래? 어디 아프면 병원에 가 봐!"

남편은 혀를 차며 말했습니다. 퇴근한 어느 날은 왜 전화를 꺼놓았느냐며 화를 냈습니다.

"세희가 전화했다고. 계속 전화기가 꺼져 있다고. 무슨 일이냐고!"

남편은 방문을 닫으며 미련스럽기는, 했습니다. 다음 날 딸이 집으로 전화했습니다. 집으로 걸려 오는 전화를 받지 않았는데 이번의 전화는 집요하게 벨이 울렸습니다. 할 수 없이 거실로 나와 전화를 받았더니 딸이었습니다.

"엄마 대체 무슨 일이야? 무슨 일 있어?"

딸은 제가 수화기를 들자마자 속사포처럼 말을 쏟아냈습니다.

"일은 무슨 일. 너는 아무 일 없지?"

"내가 일이 있을 게 뭐 있어? 근데 왜 휴대폰를 계속 꺼놓은 거야? 그래서 얼마나 집으로 전화했는데. 전화를 안 받고. 아빠한테 전화하니 아무 일도 없다고 그러시고. 이번에도 전화 안 받으면 퇴근하고 집으로 가려고 했다고."

저는 속으로 전화 받기를 잘했다고 생각했습니다. 퇴근하고 집에 오면 귀찮다는 생각이 들었습니다.

"정말 아무 일 없는 거지?"

딸은 미심쩍다는 투로 말했습니다.

"그렇다니까. 너는 밥 잘 먹고 다니지? 굶지 말고 꼬박꼬박 먹어."

딸은 반찬을 해주려고 해도 집에서 밥 먹을 때가 별로 없다고 반찬을 못 만들게 했습니다. 늦잠을 좋아하는 딸은 아마도 아침에 일어나기 바쁘게 출근할 것이었습니다.

"저번에도 엄마 이상했단 말이야. 마치 얼빠진 사람 같았다고."

"무슨 소리야. 내가 얼빠진 사람 같았다니. 그만 끊자. 바빠."

저의 말에 딸은 전화를 끊지 않았습니다.

"그랬다니까. 엄마 눈이 텅 비었던 거 같아어. 무슨 일 있는 거지? 말 못 할 사정이 있는 거야?"

"야가 점점."

저는 속이 뜨끔하며 손을 내저었습니다.

"그만 끊자. 걱정하지 말고 차 조심 잘하고 다녀."

저는 수화기에서 엄마, 하는 소리를 무시하고 전화기를 내려놓았습니다. 가슴이 벌렁거렸습니다. 마치 딸이 눈치를 챈 거 같았습니다.

아냐, 아냐.

저는 고개를 저으며 방으로 들어가서 누웠습니다. 누우니 여자아이가 떠올랐습니다. 따스한 손길이 가슴에 느껴졌습니다. 그리고 팬티 속으로 여자아이의 손이 금방 들어올 것 같았습니다. 저는 생각이 생각의 꼬리를 무는 것을 끊으려고 눈을 뜨고 고개를 저었습니다. 하지만 여자아이의 손길 느낌은 지워지지 않았습니다. 미소를 짓는 얼굴도 바로 눈 앞에 있는 것 같았습니다.

빌어먹을 계집이라고.

저는 딸 때문에 여자아이가 자꾸 생각나는 거 같아 딸의 전화를 받지 말 걸, 하는 후회가 되었습니다. 하지만 곧 여자아이의 손길이 가슴이며 팬티 속에서 스멀스멀 살아났습니다. 아랫도리에서 열이 확 솟구치기도 했습니다. 남편의 손에는 무덤덤했는데 여자아이의 손에 그렇게 민감하

99

게 반응하다니. 저는 제 몸을 이해하지 못해 고개를 저었습니다.

저녁을 먹은 남편은 왜 저녁을 먹지 않느냐? 전화기를 왜 꺼놓고 지내냐. 무슨 죄를 지었냐며 저를 보고 따지듯 물었습니다. 저는 아무것도 아니라고 말하곤 물을 세게 틀어놓고 설거지했습니다. 그날 밤 남편은 점령군처럼 당당하게 저에게 다가왔습니다. 문을 열고 들어온 남편은 제 옆에 누웠습니다. 저는 깨어 있었지만 가만히 있었습니다. 남편은 옷을 벗더니 저를 뒤에서 안았습니다. 저는 몸을 움직이며 거절의 의사를 표시했으나 남편은 어느새 저의 바지와 팬티를 내렸습니다. 저는 포기하고 남편이 하는 대로 가만히 두었습니다. 그동안 남편에 대한 죄책감도 한몫했습니다.

"돌아누워 봐."

뒤에서 가슴을 손으로 쓰다듬던 남편도 제가 잠이 들지 않았다는 것을 알고 말했습니다.

"그만 해요. 저번에도 못 했잖아요."

저는 울듯이 말했습니다.

"그러니까."

남편은 저의 오른쪽 어깨를 자신에게로 돌렸습니다. 저는 힘으로는 남편을 대항할 수 없었습니다. 남편은 며칠 전 섹스를 하지 못해 더 안달하는 것 같았습니다. 남편은 서둘러 제 위로 올라왔습니다. 그리곤 곧바로 삽입했습니다.

"앗!"

순간 저는 소리를 질렀지만, 남편은 아랑곳하지 않고 엉덩이를 움직였습니다. 다행히 저번처럼 심하게 아프지는 않았습니다. 하지만 남편의 몸이 징그럽게 느껴지는 것은 저번과 마찬가지였습니다. 남편의 움직임에 눈을 감고 있던 저는 두 팔을 들어 남편의 등을 안았습니다.

그래. 노력해보자. 지금껏 해왔고 자식도 둘이나 낳지 않았던가.

저는 남편의 움직임에 따라 몸을 움직이려고 했지만, 몸은 오히려 더 굳는 것 같았습니다.

이러면 안 돼. 노력해야 돼.

저는 안간힘을 쓰며 남편의 등을 안았습니다. 하지만 여전히 아랫도리에서 쓰라린 통증이 칼날처럼 일었습니다.

아.

고통으로 신음이 났습니다. 질의 껍질이 다 벗겨지는 것 같았습니다.

참아야지. 참아야 한다.

저는 이를 악물었습니다. 점점 남편의 움직임이 빨라졌습니다. 그럴수록 통증은 심해졌습니다. 저는 계속 살이 찢어지는 고통으로 신음을 냈습니다. 남편의 몸이 더 빨라지는가 싶더니 끙, 하며 옆으로 내려왔습니다.

휴.

저는 저도 모르게 한숨을 크게 내쉬었습니다. 아랫도리에서 피가 왈칵, 쏟아지는 것 같았습니다.

"왜 그래!"

남편은 옆에 누워 숨을 고르며 화난 목소리로 말했습니다. 저는 남편의 눈길을 피해 눈을 감았습니다. 빨리 남편이 나가길 바랐습니다. 불만스럽게 저를 바라보던 남편은 옷을 손에 들고 밖으로 나갔습니다. 곧이어 욕실 문이 열렸다 닫히는 소리가 났습니다.

휴.

저는 한 번 더 한숨을 크게 내쉬었습니다. 여전히 아랫도리에서 살갗이 벗겨지는 통증이 일었습니다.

다음 날 저는 며칠이라도, 아니 단 하루만이라도 집을 떠나고 싶었습니다. 무엇보다 집이 답답했고 아무도 모르는 곳에 가서 조용히 생각 좀 하고 싶다는 생각이 들었습니다. 모든 것이 혼란스러웠고 머릿속이 폐허가 된 느낌이었습니다. 일단 집을 벗어나자. 단 며칠만이라도. 저는 아침에 남편이 출근하고 나자 부리나케 아파트 가까이 있는 마트로 갔습니다. 이름난 탤런트가 사장으로 있는 식품회사 제품인 곰국과 쇠고기 수육을 10인분 샀습니다. 그리고 남편이 좋아하는 멸치와 간장게장을 사 집으로 왔습니다. 멸치는 볶아 놓고 간장게장은 냉장고에 넣었습니다. 그리고 편지를 썼습니다. 며칠 동안 여행 좀 다녀오겠다고. 미안하다고. 반찬은 어디 어디 있으니 곰국을 데워 쇠고기 수육이랑 함께 먹으라고. 끼니 건너뛰지 말고 꼭 챙겨 먹으라고. 저는 편지를 읽으며 화를 이기지 못해 부들부들 떠는 남편을 상상하며 죄를 짓는 기분이 들었습니다.

저는 샤워하고 막상 옷가지를 챙기니 불안한 마음이 들었습니다. 결혼하고는 혼자 여행해본 적이 없었습니다. 항상 가족과 함께였습니다. 하물며 친구들하고도 여행을 다닌 적이 없었습니다.

그래 며칠 인천 바닷가에 머물다 오면 모든 게 정상으로 되어 있을 거야. 여자아이도 잊고 새 출발 하는 거야. 남편에게도 자식들에게도 잘해주고.

저는 현관문을 잠그며 속으로 다짐했습니다. 어떻게 이룬 가정인데, 무너뜨릴 수는 없었습니다. 어젯밤 밤새 잠도 못 자고 내린 결론이었습니다.

인천역에 도착해 주변 가게에 가서 바닷가로 가는 방법을 물었습니다. 예전에 아이들을 데리고 가족과 함께 온 기억은 있지만, 대중교통을 통해 온 적은 없었습니다. 다행히 버스로 월미도로 해서 영종도 거쳐 용유로 가는 방법이 있었습니다. 저는 일단 월미도로 가는 버스에 올라탔습니다. 두려움이 집에서부터 계속 따라붙어 떨어질 줄 몰랐습니다. 아침도 안 먹고 점심시간이 지난 터라 배가 고팠지만 일단 바닷가에 가서 뭘 좀 먹어야겠다는 생각이 들었습니다.

 백사장은 생각보다 길었고 양옆으로 기암괴석이 우뚝 솟아 있어 원시적인 느낌이 들었습니다. 바닷물은 깨끗하지 않았으나 어차피 바다에는 들어가지 않을 터이니 상관없었습니다.

 저는 바다의 경계를 따라 걸었습니다. 모래에는 자갈과 조개껍데기가 많이 보였습니다. 저는 조금 걷다가 모래에 앉았습니다. 후회되었습니다. 집을 떠난 지 불과 몇 시간이 지나지 않았지만 돌아가고 싶은 생각이 들었습니다.

 어떻게 이룬 가정인데. 남편이 또 화낼 텐데.

 저는 가정이 깨지는 걸 원하지 않았습니다. 혼자 사는 게 겁이 나서, 외로워서 한 결혼이었습니다. 남자에 대한 욕망 같은 건 애초에 없었습니다. 대학 시절 친구들은 미팅하고 남자를 사귀기도 했지만, 저는 남자에 관심이 없었습니다.

 그래 난 이미 알고 있었던 거야. 남자가 아니라 여자를 사랑할 수밖에 없다는 것을.

 저는 먼바다에 시선을 던졌습니다.

 난 주위 사람들을 속였던 거야. 부모님도 속이고 오빠 언니 동생들도 속이고. 그리고 남편도 속이고 애들도 속이고, 친구들도 속이고…….

 저는 한숨을 쉬었습니다.

 무엇보다 나 자신을 속였어. 아니라고. 초중고등학교 졸업할 때까지 남자 같다고 놀림을 당하고 따돌림당하고. 그게 무서웠던 거야. 내 주위에 아무도 없었고 아무도 나와 친구 하려 들지 않았고. 그래서 난 무서웠던 거야. 외로웠던 거야.

 외로움이 무서움과 같다는 것을 저는 뼈저리게 느꼈습니다.

 그래서 광대뼈도 깎고 코를 세우고. 여자답게 보이려고 했지. 머리카락도 기르고 치마도 입고. 정말로 치마는 입기 싫었었지. 치마를 입으라고 해서 중고등학교도 안 다니려고 했으니까. 근데 외로움 때문에, 혼자 외톨이가 된다는 불안 때문에 치마를 억지로 입었고 하이힐을 신고 머리카락을 길렀지. 그렇게 내 자신을 속이며 지금까지 살아왔던 거야.

저는 코끝이 찡하며 눈물이 나오려는 걸 눈에 힘을 주며 참았습니다. 이제 울면 안 된다고 생각했습니다.

어떻게 여기까지 왔는데. 내 옷이 아닌 남의 옷을 입은 기분으로 여기까지 왔는데. 가정도 꾸리고 자식들 낳아 단란한 가정을 꾸렸는데. 그걸 부술 수는 없어. 오십오 년을 참으며 살아왔는데. 남편한테서 석녀라는 소리를 들으며, 남편이 어디 가서 바람이라도 피우고 저에게 잠자리를 요구하지 않았으면 좋겠다는 치욕감을 느끼면서 이렇게 살아왔는데.

저는 바다를 바라보다 주위를 둘러보았습니다. 겨울이라 그런지 사람들은 많지 않았습니다. 게다가 여자끼리 다니는 사람은 없었습니다. 다들 남자와 여자였습니다. 그게 당연한 것처럼 느껴졌습니다. 순간 여자아이가 떠올랐습니다. 저는 고개를 저었습니다. 이제 생각하지 말아야 할 아이였습니다. 다만 이렇게 내가 누구인지 명확하게 해준 것만도 고마웠습니다. 여자아이가 아니었다면 제가 어떤 인간인지 왜 학교 다닐 때부터 왕따였는지, 왜 지금껏 남의 옷을 입고 사는 기분이었는지 몰랐을 것이었습니다.

이제 여자아이를 잊고 지금껏 그래왔듯 남의 옷을 입고 살아가는 거야. 잊어야 해. 잊어야지.

순간 숨이 헉, 막히는 기분이 들었습니다. 허허벌판에 혼자 서 있는 듯 막막한 느낌에 가슴이 먹먹했습니다.

제기랄.

저는 한숨을 길게 내쉬었습니다. 잊어야 한다고 생각하니 오히려 더 간절히 보고 싶었습니다. 저 멀리서 젊은 남녀 둘이 팔짱을 끼고 바닷가를 걷는 것을 보고 저는 여자아이를 떠올렸고 함께 왔으면 좋았을 텐데

하는 터무니없는 생각을 했습니다.

　내게 성 정체성을 확실히 가르쳐준 것만으로도 감사해야지. 그 아이도 나이가 어린데 시집도 가야 하고. 나도 가정을 지켜야 하고.

　저는 먼바다로 눈길을 던졌습니다. 낙조가 끝내준다더니 구름이 많이 끼어 있어 즐기지는 못할 것 같았습니다. 저는 엉덩이를 털며 일어섰습니다. 집으로 가고 싶은 생각이 간절했지만, 펜션에서 며칠 머물 생각이었습니다. 그래야 제대로 마음을 추스르고 비록 가짜 인생이지만 집에서 살 수 있을 거 같았습니다.

　펜션은 일단 크고 큰 도로에 접해 있는 것을 골랐습니다. 구석진 곳에는 혹 강도나 불량배들이 밤에 침입할까 봐 겁이 났습니다. 다행히 제가 고른 펜션은 지은 지 얼마 안 되며 아래층에는 횟집을 겸했습니다. 3일치 이용료를 미리 내고 룸으로 들어가니 룸 또한 우윳빛 벽에 가구가 고급스러워 보였습니다. 침구류도 깨끗했습니다. 주인은 저 혼자 왔다고 하니 자꾸 흘깃 보았습니다. 저는 개의치 않고 침대 옆에 있는 소파에 앉았습니다. 정면은 통유리로 되어 창밖으로 바다가 훤히 보였습니다. 몇몇 남녀들이 팔짱을 끼고 걷고 있었습니다. 가족인 듯 30대 중후반의 남자와 여자가 나란히 걷고 있고 꼬마 아이 둘이 앞서서 물가로 뛰어갔다 오곤 했습니다. 저는 그런 가족의 모습을 물끄러미 바라보았습니다. 가족이 그리웠습니다. 가족과 함께 오지 않으니 가족으로부터 버림받은 기분이었습니다. 가족들 모두 놀러 갔는데 집에 혼자 남겨진 기분이랄까요. 지금이라도 집으로 갈까 싶은 생각이 간절했습니다. 저는 머리를 흔들곤 아래층 식당으로 내려갔습니다. 따끈한 국물이 먹고 싶었습니다. 휴대폰을 켤까 하다가 참았습니다. 집에서부터 줄곧 켜지 않은 채였습니다. 남편과 통화를 한다면 아마도 남편은 제가 미쳤다며 어디인지 다그칠 것이었습니다. 아이들도 무슨 일인지 모르지만, 집으로 돌아가라고 할 것이 분명했습니다. 저는 휴대폰을 꺼냈다 다시 주머니에 넣고 빈자리에 가서 앉았습니다.

 욕탕에 뜨거운 물을 가득 담아놓고 옷을 벗고 들어갔습니다. 오랜만에 매운탕에 밥 한 공기로 포식하고 나니 나른했습니다. 침대에 기대 바다를 바라보다 욕실로 들어온 것이었습니다. 뜨거운 물에 몸을 담그니 온몸이 녹아내릴 듯 시원했습니다. 집을 떠나 혼자라는 불안감은 여전히 가슴 한구석에 붙어 있었지만 일단 방도 구했으니 지내보기로 했습니다. 뜨거운 물에 계속 있으니 머리에 있는 땀구멍으로 엉킨 실타래가 빠져나가 머릿속이 맑아지는 느낌이었습니다. 몸을 앞으로 밀어 머리가 물에 잠기게 했습니다. 따스한 물이 얼굴을 간질이는 것 같았습니다.
 푸.
 오랫동안 숨을 참고 있다가 얼굴을 물 밖으로 내고 숨을 쉬었습니다.
 이렇게 하여 숨을 안 쉬면 죽을 수도 있겠군. 혹 내가 여기서 죽으면 우리 가족들이 알 수 있을까. 신분증은 가져왔나. 안 가져왔는 거 같은데. 운전은 안 하니 운전 면허증은 없고, 신분증이 있어야지 우리 가족들이 내가 여기서 죽더라도 알 수 있지 않을까. 이런. 지금 무슨 생각하는 거야. 죽으러 온 것도 아닌데.
 저는 어이가 없어 피식 웃었습니다. 그때였습니다. 피식 웃고 나니 갑자기 여자아이가 떠올랐습니다.
 마치는 시간이 열 시랬지. 그 후론 다른 사람이 알바하고. 그럼 오늘 딱 하루만 그 아이를 만나볼까. 딱 한 번만, 마지막으로.
 저는 금세 가슴이 두근두근거리는 것을 느꼈습니다.
 이리로 오라고 할까. 오라고 하면 올까. 아니 내가 가면 되지. 열 시까지는 시간이 있지 않은가.
 저는 손으로 물을 가슴에 끼얹었습니다. 물은 양 젖꼭지를 감싸며 흘러내렸습니다. 다시 물을 손으로 퍼서 젖꼭지에 부었습니다. 물이 닿는 젖꽂지가 간지러웠습니다. 간지러움에 계속 물을 끼얹다 양손으로 가슴을 움켜쥐었습니다. 손에 힘을 주다 저도 모르게 아, 신음을 냈습니다. 여자아이가 움켜쥐는 것 같았습니다. 여자아이의 손바닥 느낌이 고스란히 느껴졌습니다.

저는 벌떡 일어섰습니다. 이대로 있으면 영영 여자아이를 못 볼 것 같았습니다. 저는 물이 뚝뚝 떨어지는 몸을 닦을 생각도 안 하고 욕실을 나왔습니다. 벽에 걸린 나비 모양의 벽시계를 보니 벌써 9시에 가까웠습니다.

맙소사.

저의 입에서 비명이 터져 나왔습니다. 인터폰을 들었습니다. 주인이 받았습니다. 지금 서울에 급히 가야 하는데 택시를 불러 줄 수 있느냐고 물었습니다. 주인은 밤 10시에 시내버스가 오니 그걸 타고 가라고 했습니다. 저는 입이 마르는 것을 느끼며 지금 당장, 택시를 불러 달라고 했습니다. 요금은 얼마든 상관없다고 했습니다.

"시간이 좀 걸릴 거예요. 영종도에서 불러야 되거든요."

"되도록 빨리 와 달라고 해주세요."

열 시. 열 시까지 가야 한다. 열 시가 넘으면 여자아이는 퇴근하고 없을 것이다.

저는 다시 욕실로 가서 급하게 머리를 감고 나서 몸을 닦았습니다. 금방이라도 택시가 도착했다는 인터폰이 울릴 것 같았습니다. 룸으로 와 펜션에 있던 드라이기로 머리를 말리다 창을 흘깃 보았습니다. 창밖에 벌거벗은 여자가 머리를 말리다 저를 바라보고 있었습니다. 저는 저도 모르게 몸을 움찔거렸습니다. 가족이 없더라도 집에서 옷을 다 벗은 채로 거실에 있던 적이 없었습니다.

그래. 이번이 마지막이야. 마지막으로 딱 한 번만 보고 다시는 보지 않는 거야. 보고 다시 이리로 돌아오는 거야.

저는 간단하게 화장하곤 옷을 입었습니다. 시계를 보니 겨우 10분이 지났을 뿐이었습니다. 침대에 앉아 창밖을 보았습니다. 멀리 바다에서 불빛이 마치 별처럼 여기저기 빛나고 있었습니다. 어떤 곳에서는 불빛이 여럿 달린 것이 있기도 했습니다. 펜션에 들어올 때 밤에 바다낚시를 간다는 사람들의 말을 기억했습니다. 자세히 보니 멀리서 커다란 불빛이 여럿 보였습니다. 저는 다시 벽에 걸린 시계를 보았습니다. 겨우 3분이 지났습니다. 인터폰은 울릴 기미가 없었습니다.

왜 휴대폰 번호도 모른단 말인가. 전화번호를 알아야 내가 간다고, 기다려 달라고 할 것 아닌가.

저는 참지 못하고 아래층으로 내려갔습니다. 주인은 의아하게 바라보며 좀 더 기다려야 한다고 했습니다. 여기서 서울까지 얼마나 걸리느냐고 물었습니다. 서울 어디 가느냐고 주인은 되물었고 저는 대학로에 간다고 하자 빨리 가도 차가 막힐 시간이니 두 시간이 안 걸리겠느냐고 말했습니다. 맙소사. 2시간이면 11시가 넘어서 도착할 것이었습니다. 이미 여자아이는 다음 아르바이트생과 교대하고도 한참이나 지난 시간이었습니다. 저는 초조하게 왔다 갔다 하다가 밖으로 나왔습니다. 안에는 답답해서 있을 수가 없었습니다.

모래사장을 걸으니 몸이 오들오들 떨렸습니다. 밤바람은 차가웠습니다. 내가 미쳤지. 드라마를 보면 불륜에 빠진 사람은 가정이고 뭐고 다 팽개친다더니. 내가 그 꼴이구나. 저는 저의 행동이 이해가 되지 않으면서도 그렇게 하는 제가 한없이 미웠습니다. 내가 왜 이러는 건가. 스스로도 통제되지 않는 자신의 감정을 저는 속수무책으로 당할 수밖에 없었습니다. 내가 미쳤어, 미쳤지. 저는 중얼거렸습니다. 점점 더 추웠습니다. 금방 씻은 데다 머리도 덜 말랐습니다. 오한이 났습니다. 이러다 서울로 가기 전에 감기에 걸려 드러누울 것 같았습니다. 저는 발걸음을 돌려 펜션으로 되돌아왔습니다.

"저기요. 그렇게 급하면 전화하면 안 돼요?"

모래사장에 서성거리는 것을 지켜보았던 주인이 안타까움으로 말했습니다. 저 사람은 내가 한 여자에게 미쳐서 이러는 것을 알면 나를 위해 저럴까? 아니 미친년이라고 택시 호출조차 취소해버리지 않을까. 저는 혼란스러운 생각에 머리를 좌우로 흔들었습니다.

"폰번호를 몰라요. 알았으면 진작 했겠죠."

저는 누군가 조금만 잘못 건드리면 싸움이라도 벌일 듯했습니다. 주인은 친구나 뭐 그런 사람한테 물어보면 되지 않느냐고 했을 때 저는 앞이 환해지는 기분이었습니다. 왜 그걸 생각 못 했을까. 저는 가방에서 휴대폰을 꺼냈습니다. 아직 전원을 안 켰구나. 혹시 여자아이가 전화하지 않았을까. 저는 전원을 켜며 생각했다가 그 애가 어떻게 내 번호를 알까 싶어 헛웃음이 나왔습니다. 재빨리 서울 지역번호를 누르고 114를 눌렀습니다. 한참 동안 시간이 간 후 안내원이 받았습니다. 노르웨이의 가을이라고 했더니 조금 기다리라고 했고 저는 들으며 가방에서 볼펜을 꺼냈습니다. 주인이 카운터에서 메모지를 가지고 왔습니다. 안내원은 서울 어느 지역이냐고 물었습니다. 제가 대학로라고 말하자 같은 상호 번호가 세 개가 나온다고 했고 저는 재빨리 다 불러 달라고 했습니다. 어쨌든 번호가 있다는데 안심이 되었습니다.

마지막 번호에서 여자아이가 직접 전화를 받았습니다. 목소리는 금방 알았습니다.

"어쩐 일이세요?"

여자아이는 의아한 투로 전화를 받았습니다.

"그냥 시간 좀 있고 해서. 좀 만날 수 있을까 싶어서요."

"어딘데요?"

"여긴……"

인천 바닷가라고 말하기가 머뭇거려졌습니다.

"좀 멀리 있는데 지금 택시 타고 가려고요."

"지금요?"

"지금 출발하면 열한 시가 넘어서 도착할 거 같은데."

저는 조바심을 내면 안 된다고 생각했지만, 말이 떨리는 것은 어쩔 수 없었습니다. 여자아이는 10시 넘어서는 가게에 없다고 잔인하게 말했습니다. 제가 도착할 때까지 만이라도 안 된다는 것이었습니다.

"꼭 만나고 싶어요. 그럼 어디 다른 장소에 가 있으면 거기로 갈게요. 약 두 시간쯤, 아니 한 시간 반쯤이면 갈 듯한데."

저는 입이 바짝 타들어 갔습니다. 여자아이가 망설이는 듯 잠시 숨소리만 들렸습니다.

"그럼요, 아이로 올래요?"

"아이요?"

저는 무슨 말을 하는가 싶어 다급하게 물었습니다.

"나이트에요. 오늘 친구들과 만나기로 했는데 거기로 오세요. 가게 이름이 아이예요. 영어로 아이, 나."

"아. 어, 어딘데요?"

혹 여자아이가 끊을까 봐 급하게 물었습니다. 저는 한편으론 여자아이를 만날 수 있다는 기대감에 안도의 한숨을 내쉬었습니다.

"홍대 앞이요. 와서 전화해요. 제 번호 불러드릴게요."

저는 다시 볼펜을 들고 예예, 하며 말 잘 듣는 학동처럼 받아 적었습니다.

휴.

저는 얼굴로 흘러내린 머리카락을 끌어올리며 한숨을 내쉬었습니다. 어디 먼 데를 다급하게 다녀온 기분이었습니다.

"고맙습니다."

저는 주인에게 생명의 은인이라도 된 것 양 인사를 했습니다. 주인이 커피라도 한잔하며 기다리라고 하곤 식당 안에 있는 자판기에서 커피를 뽑아왔습니다. 저는 또다시 고맙다고 말하며 커피를 두 손으로 받았습니다. 모든 게 고마웠습니다. 지나가는 강아지에게라도 고맙다고 인사를 할 지경이었습니다. 저는 평소엔 자판기 커피를 마시지 않는데 오늘따라 유난히 맛있다고 생각하며 커피를 마셨습니다.

'I'를 찾기는 쉬웠습니다. 택시 기사에게 얘기했더니 내비게이션에 검색해보고는 나온다고 했습니다. 저는 일이 잘 풀려 안도감을 느끼며 빨리 출발해 달라고 했습니다. 하지만 찾는 게 문제가 아니었습니다. 여자아이를 만난다고 생각했지, 그곳이 나이트클럽이라는 것과 친구들을 만날 예정이라는 말을 귓등으로 흘려버린 것이었습니다. 'I'앞에 서자 그제야 단둘이 만나는 것이 아니라는 것을 깨달았고 문을 열고 들어서자 음악 소리에 건물이 들썩거려 불안했습니다. 감미롭고 열정적인 외국 여자의 노래가 귀청을 때렸습니다. 온갖 색색으로 염색한 젊은이들이 '미친 듯이' 몸을 흔들며 춤을 추는 모습과 한쪽에는 떠들며 술 마시는 사람들을 보고는 잘못 들어왔다는 생각이 들었습니다. 여자아이는 밖에서 아무리 전화해도 받지 않아 무작정 문을 열고 들어온 참이었습니다. 들어와서 두리번거리자 웨이터가 다가와 깍듯이 인사를 하곤 어떻게 왔느냐고 물었습니다. 홀에 있는 테이블로 안내하는 것이 아니라 용건부터 물었습니다. 이름은 모르겠고 아는 사람 만나러 왔다니까 뭐 하는 사람이냐고 물었습니다. '노르웨이의 가을'에서 알바하며 청재킷과 청바지를 주로 입는다고 했더니 아, 하며 잠깐 기다리라고 했습니다. 저는 카운터 앞에서 테이블에 앉은 사람들이나 홀에 나가 춤을 추는 사람 중에 여자아이를 찾으려 했지만 그 사람이 그 사람인 듯하여 구분되지 않아 찾을 수가 없었습니다. 저는 여자아이가 오면 당장 데리고 나갈 생각이었습니다. 적어도 칸막이가 쳐진 조용한 술집에서 한잔하면 좋겠다고 생각했습니다.

"왜 여기서 기다리세요?"

길고 긴 기다림의 시간이 흐르고 난 뒤에야 여자아이가 나타났고 다가오자마자 팔짱을 꼈습니다. 술 냄새가 확 풍겼습니다.

"그게 좀. 전화도 안 되고."

저는 반갑기도 하고 죄를 짓는 기분이 들어 얼버무렸습니다.

"아, 여긴 시끄러워서 원래 전화가 잘 안 돼요. 저기로 가요."

여자아이는 연신 탁자에 앉은 사람들과 손을 흔들며 인사를 했습니다.

"저 나가면 안 될까요?"

저는 애원하는 듯한 표정을 지었습니다.

"에이, 괜찮아요. 저기 친구들 있어요."

여자아이는 테이블이 나란히 있는 곳으로 저의 팔을 끌었습니다.

"아니. 그럼, 거기 말고 다른 곳으로."

소가 도살장에 끌려가며 버티듯 저는 발에 힘을 주며 여자아이에게 끌려가지 않으려 했습니다. 난감한 표정을 짓던 여자아이는 왼쪽의 구석진 곳으로 저를 끌었습니다. 구석진 곳이라 상대적으로 손님들이 적었습니다. 저는 그나마 다행이라는 생각이 들었습니다. 혹 누구 아는 사람이라도 만날까 두려움에 주위를 두리번거렸습니다. 그러다 테이블에 앉고 나서야 여자아이를 찬찬히 바라보았습니다. 헤어스타일이나 옷차림이 변한 게 없는데도 '노르웨이의 가을'에서보다 더 활발하고 생기 있어 보였습니다. 옷도 여전히 몸에 꽉 끼는 청재킷과 청바지를 입고 있었습니다.

"잘못 왔지요, 내가. 주책이게."

저는 귀를 쾅쾅 울리는 음악 소리에 상체를 앞으로 밀고 여자아이를 바라보며 말했습니다.

"뭘요. 안 그래도 전화 기다렸는데요. 뭘 마실래요?"

여자아이는 테이블을 가리켰습니다. 테이블에 코팅된 메뉴판이 보였습니다. 저는 슬쩍 보고는 시원한 맥주 한잔하자고 했습니다. 여자아이는 테이블에 있는 불빛 봉을 들었고 웨이터가 다가오자 '기본'이라고 말했습니다.

"불편하세요?"

여자아이는 저의 표정을 살피며 물었습니다. 저는 여전히 꿔다 놓은 보릿자루처럼 느껴졌습니다. 대부분이 20대로 보였고 몇몇이 30대로 보였을 뿐이었습니다. 나처럼 나이 많은 사람이 오면 애들이 싫어할 텐데, 하는 생각을 하는데 여자아이가 말했습니다.

"신경 쓰지 마세요. 여기 있는 사람들 아줌마한테 아무도 신경 안 써요."

"그러면 다행이고요. 근데 내가 눈치가 보여서."

저의 말에 여자아이는 미소를 지었습니다.

"여기 이름이 아이잖아요. 나, 다들 나예요. 나만 있는 거예요. 다른 사람한테는 전혀 신경 안 써요. 놀기도 바쁜데 남들 신경 쓸 시간이 어디 있어요?"

저는 여자아이의 말을 들으며 조심스럽게 주위를 꼼꼼히 둘러보니 정말로 나를 보는 사람은 아무도 없었습니다. 심지어 어떤 테이블에는 남녀 둘이 부둥켜안고 있거나 키스하는 커플도 있었습니다. 심지어 남자끼리 혹은 여자끼리 안고 춤을 추거나 키스하는 장면을 보며 놀랍다는 표정을 지었습니다.

"자꾸 보지 마세요. 실례에요."

여자아이는 저를 바라보며 미소를 짓다가 웨이터가 가져온 맥주의 뚜껑을 따곤 맥주병 통째로 저에게 건네주었습니다.

"아, 그러네요."

저는 부끄러운 마음으로 맥주병을 받았습니다. 맥주는 보라색 테가 둘린 외국산이었는데 작았습니다. 맥주 5병에 여러 과일이 섞인 안주가 테이블에 놓여 있었습니다. 여자아이는 뚜껑을 따더니 통째로 입으로 가져갔습니다. TV를 통해 몇 번 본 장면이었습니다. 맥주를 병째로 마시다니. 멋있어 보였습니다. 저도 맥주병을 들어 한 모금 마셨습니다. 달콤한 맛이 났습니다. 저는 기분이 좋았습니다. 여자아이와 함께 있는 것 자체가 좋았습니다. 귀가 먹먹하도록 시끄럽고 젊은이들밖에 없어 자꾸 움츠러들었지만 앞에 여자아이가 있으니 마음이 설레었습니다. 저는 순식간에 한 병을 다 마셨습니다. 여자아이 또한 한 병을 비우더니 뚜껑을 따서 한 병은 저에게 주고 한 병은 자기 앞에 놓았습니다.

"나 때문에 친구들과 못 어울리고. 미안해요."

저는 여자아이에게 진정 미안한 마음으로 말했습니다. 여자아이는 씩 웃었습니다. 고른 치아가 하얗게 빛났습니다.

"신경 쓰지 마세요. 친구들이야 매일 보는데요, 뭘."

여자아이는 대수롭지 않게 말했습니다. 저는 다시 맥주병을 들어 입으로 가져갔습니다. 대화가 끊기면 마음이 초조했고 손은 자꾸 맥주병으로 갔습니다. 시간이 갈수록 젊은이들이 많이 몰려들었고 서로 어울려 춤추는 젊은이들이 늘어갔습니다. 저는 그런 젊은이들을 보며 부럽다는 생각이 들었습니다. 저도 젊다면, 저렇게 열정의 시간을 맘껏 누리고 싶었습니다. 지금껏 산 인생이 남의 옷을 입고 남의 시선을 의식하며 산 인생이라는 생각에 또다시 제가 비참하게 느껴졌습니다.

"춤출까요?"

여자아이는 두 병째 술을 마시고 나서 춤추는 곳을 흘끔거리는 저를 보며 말했습니다.

"아녜요. 내가 가면 분위기 망칠 것 같아요. 다른 사람들도 좋아할 것 같지 않고요."

내가 손을 내 젓자 여자아이는 그런 저의 모습이 재미있다는 듯 깔깔깔, 웃었습니다. 저는 여자아이의 그런 웃는 모습이 티 하나 없이 맑다고 생각하며 같이 웃었습니다.

"남들 신경 쓰지 말라니까요. 각자 인생을 사는 거지요, 뭐. 참, 그리고 저에게 말 놓으세요, 편안하게. 이름은 박정아예요."

여자아이의 말에 저는 정말 고마운 생각이 들었습니다. 상대방을 배려하는 마음이 묻어났습니다. 택시를 타고 오기를 잘했다는 생각이 들었습니다.

"그럴까? 박정아? 이름 참 예쁘다. 근데 여기 자주 와? 열 시에 마치면 피곤할 텐데."

저는 조심스레 물었습니다.

"에이, 피곤하기는요. 친구들과 자주 와요."

여자아이의 말은 경쾌했습니다. 저는 기분이 날아갈 듯 좋았고 술병을 들어 수시로 마셨습니다. 술이 너무나 달았습니다. 안주는 저녁을 많이 먹어서 그런지 생각이 없었습니다. 여자아이도 잘 마셨습니다. 우리는 술을 권하지도 말리지도 않았습니다. 마시고 싶으면 마셨습니다. 그러다 누군가 얘기하면 성의껏 들었고 까르르, 웃었습니다. 음악 소리가 컸지만 입 모양만으로도 무슨 말을 하는지 충분히 짐작되었습니다. 사랑하게 되면 느낌만으로도 상대방의 마음을 안다더니. 저는 시간이 빨리 흐르는 것 같아 안타까웠습니다. 여자아이는 화장실에 다녀오겠다며 일어섰습니다. 저는 고개를 끄덕이며 미소를 지었습니다. 여자아이도 미소를 지었습니다. 저는 여자아이의 미소를 보며 가져갈 수 있다면 주머니에 넣고 다니면 좋겠다는 생각이 들었습니다. 보고 싶을 때 언제든 볼 수 있도록.

저는 여자아이가 화장실에 간 사이 시간을 확인하러 휴대폰을 꺼내니 문자가 여럿 와 있었고 부재중 전화도 여럿 있었습니다. 인천에서 여자아이에게 전화하러 휴대폰을 켰을 때 문자가 많이 와 있는 걸 보고는 확인해야지 싶었는데 깜박 잊고 있었습니다. 부재중은 주로 남편과 애들이었고 문자는 애들과 친구들 것이었습니다. 대부분 어디냐, 무슨 일 있느냐, 언제 돌아올 거냐, 하는 문자였습니다. 저는 못 볼 것을 본양 얼른 휴대폰의 전원을 끄고 가방에 넣었습니다. 술기운이 올랐습니다. 인천에 방 잡아놨는데. 그런 생각이 들었고 춤을 추는 젊은 남녀들을 보며 부럽다는 생각이 들었습니다. 저는 맥주 한 병을 들어 뚜껑을 따며 오늘은 그냥 마음 가는 대로 해보자는 생각이 들었습니다. 지금껏 단 한 번도 마음껏 해본 적이 없던 인생이었습니다. 번쩍번쩍이는 불빛도 아름답다는 생각이 들었습니다.

"맥주 더 시킬까요?"

언제 왔는지 여자아이가 옆에 앉으며 말했습니다.

"응. 그럴까."

앞자리에 앉지 않고 옆자리에 앉은 여자아이를 사랑스럽게 바라보며 말했습니다. 여자아이와 무릎이 맞닿으니 전기가 통하듯 찌릿했습니다. 여자아이에게서 담배 냄새가 났습니다. 아마도 담배를 피우고 온 것 같았습니다. 저도 담배를 피우고 싶다는 생각이 들었습니다. 오늘 같은 날 한 대 피울 수 있지 않은가.

웨이터가 맥주 다섯 병을 가져오자 여자아이가 뚜껑을 따고 저에게 건넸습니다. 또 한 병을 따더니 저를 향해 술병을 들었습니다. 저도 술병을 들어 여자아이의 술병에 부딪혔습니다. 여자아이는 미소를 짓더니 한 모금 마시곤 병을 내려놓았습니다. 저 또한 한 모금 마시곤 내려놓았습니다. 여자아이가 하는 대로 따라 하고 싶었습니다. 그때였습니다.

흡.

여자아이는 왼손으로 저의 어깨를 잡더니 저의 입술에 입을 가져갔습니다. 순식간의 일이라 저는 얼어붙는 듯 저항도 못 하고 가만히 있었습니다. 오른손이 저의 젖가슴을 잡았습니다.
 흡.
 저의 몸이 움찔거렸습니다. 여자아이는 저의 입속으로 혀를 길게 내밀었고 오른손으로 젖가슴을 세게 움켜쥐었습니다. 저는 몸을 움칫거리며 신음을 냈습니다. 그리곤 고개를 뒤로 젖혀 여자아이의 입에서 입을 뗐습니다.
 "여기서는, 안 돼. 우리, 나가자."
 홀에 있는 사람들 모두가 나를 쳐다보는 것 같았습니다.
 "아니에요. 우리 이런다고 아무도 관심 없어요."
 여자아이는 또다시 얼굴을 제 쪽으로 내밀었고 저는 옆으로 피했습니다.
 "제발. 우리 나가자. 우리 단둘이 있고 싶어."
 저의 애원하는 듯한 말에 여자아이는 머뭇거리다 자세를 똑바로 했습니다.
 "그럼, 나가요, 우리."
 여자아이는 저의 팔을 세게 끌었습니다. 저는 휘청거리며 가방과 외투를 들었습니다. 여자아이는 저의 팔을 잡고 뛰다시피 걸었고 나 또한 정신없이 탁자 사이를 빠르게 지나갔습니다. 빨리 계산하고 다시 입구까지 뛰다시피 온 저는 후, 하고 숨을 몰아쉬었습니다. 여자아이도 숨이 차는지 헐떡거렸습니다. 저는 차가운 바람을 쐬니 가슴이 시원하게 느껴졌습니다. 하지만 그것도 잠시 또다시 여자아이는 저의 팔을 끌고 빠른 걸음으로 걸었습니다.
 "어디 가는데?"
 궁금해서 물었습니다. 무섭지는 않았습니다. 둘이 있고 싶다 해서 나왔으니 어디든 따라갈 참이었습니다. 아니 저를 데리고 둘만이 있을 수 있는 곳을 찾아가는 여자아이에게 황송할 지경이었습니다.

"다 왔어요."

여자아이의 숨이 거칠었습니다. 저는 끌려가면서도 주위를 두리번거렸습니다. 큰길에서 골목 안으로 조금 들어왔을 뿐인데도 분위기는 완전히 달랐습니다. 간간이 모텔들이 붉은 불빛의 욕망을 드러내고 있었습니다. 여자아이는 골목 안으로 들어가더니 '청아 모텔' 간판이 붉은 혓바닥을 내밀고 있는 곳으로 들어갔습니다. 안으로 들어서자 여자아이는 저를 잡았던 팔을 놓았습니다.

"두 분이세요?"

주인이 카운터에서 물었습니다. 제가 네, 라고 대답하며 지갑을 꺼내자 주인은 또다시 물었습니다.

"주무시고 갈 거예요?"

제가 또다시 네, 하고 대답했습니다. 그리곤 카드를 내밀었습니다. 주인은 카드를 결제하곤 방 번호가 적인 열쇠를 내밀었습니다.

"2층이에요."

여자아이는 저에게 열쇠를 받아 쥐고 익숙한 듯 오른쪽으로 돌았습니다. 계단이 나오자 성큼성큼 올라갔습니다. 저는 여자아이를 쫓아가기에 바빴습니다.

그래. 마지막으로 이 아이를 만나는 거야. 내일부터는 안 만나는 거야. 오늘 딱 하루만 이 아이와 지내자.

터질 것 같은 가슴을 손으로 누르며 여자아이에게 끌려갔습니다.

여자아이는 방에 들어가자마자 빠르게 저의 옷을 하나하나 벗겼고 저는 마치 마네킹처럼 꼼짝도 할 수 없었습니다. 손가락 하나도 움직일 수가 없었습니다. 여자아이는 저의 옷을 능숙하게 금방 다 벗겼습니다. 저는 여자아이가 이끄는 대로 침대로 가 누웠고 여자아이는 자기 옷 또한 금방 벗고 제 옆에 누웠습니다. 저는 여자아이가 옆에 누웠는데도 천장만 바라보았습니다. 몸이 움직이지 않았습니다. 천장의 거울 속에 두 여자가 옷을 모두 벗고 누운 모습이 보였습니다. 문득 나이가 많이 든 저의 몸이 부끄럽다는 생각이 들었습니다. 이불을 덮어야겠는데, 생각했지만 마치 몸이 마비된 것처럼 손가락 하나 움직일 수가 없었습니다. 마치 딴 세상에 온 것 같았습니다. 내가 숨 쉬고 밥 먹고 똥 싸던 세상이 아니라 세상의 가장 깊숙한 곳, 세상의 끝, 여자아이와 나만의 비밀 공간, 지금까지 살던 세상과 완전히 단절된 곳. 약간은 두려움과 설렘과 그리고 친밀함이 느껴지는 곳이었습니다. 여자아이는 입으로 저의 입술을 덮쳤고 손으로 저의 가슴을 움켜쥐었습니다.

흡.

저는 숨이 멈추는 것 같았습니다. 여자아이는 왼쪽 오른쪽 번갈아 젖가슴을 움켜쥐었고 유두를 손가락으로 튕기기도 했습니다. 그럴 때마다 저는 몸을 움찔거렸습니다.

"긴장 푸세요."

여자아이는 저의 귀에 대고 속삭였습니다. 하지만 여자아이의 손길이 제 몸에 닿을 때마다 눈물이 나려 했습니다. 괜찮다고. 괜찮아. 말을 하고 싶었지만, 혀 또한 굳었는지 말이 나오지 않았습니다. 하늘로 붕 떠올랐습니다. 몸이 허공을 유영했습니다. 잠시 후 몸이 하늘로 솟구쳤다가 가라앉기를 반복했습니다. 태어나서 처음 느끼는 신세계에 정신을 잃었다 깼다를 반복했습니다. 열락이었습니다. 가슴속에 열락이 있었고 정수리에 열락이 있었습니다. 또한 발바닥에 열락이 있었고 눈물에 열락이 있었습니다.

여자아이는 똑바로 누운 채 몸만 떨고 있는 저의 옆으로 와 누웠습니다.

휴.

그제야 막혔던 숨이 터졌습니다. 팔을 뻗어 여자아이를 팔베개해 주었습니다.

"미, 미안해."

겨우 말을 했습니다. 여자아이는 손가락을 뻗어 저의 입술에 대었습니다.

"미안하긴요. 아무 말 말아요. 처음엔 다 그래요. 저 먼저 잘래요."

여자아이는 눈을 감고 저의 가슴을 만지다 잠이 금방 들었습니다. 저는 여자아이의 등을 토닥토닥 두드렸습니다. 새로 태어난 기분이 들었습니다. 새사람이 된 것 같았습니다. 이렇게 마음이 편안할 수가. 여자아이가 잠을 깰까 봐 화장실에 가는 것도 참았습니다. 천장에도 두 여자가 나란히 누워 있는 모습이 보였습니다. 안온한 모습이었습니다.

저는 얼굴에 따스한 기운을 느끼며 눈을 떴습니다.

이런.

방안이 훤했습니다. 벽시계를 보았습니다. 디지털시계는 9시 43분을 가리키고 있었습니다. 이렇게 잠을 자다니. 이렇게 죽음 같은 잠을 잔 적은 태어나서 처음인 것 같았습니다. 아주 작은 꿈조차 꾸지 않고 잠을 자다니 거짓말처럼 느껴졌습니다. 여전히 여자아이는 옆에 누워 있었습니다. 잘 때와는 다른 점은 여자아이가 팔베개하지 않고 옆에서 엎드려 자고 있었습니다. 그거 외엔 달라진 점이 없었습니다. 여자아이의 등을 토닥이다 행복감에 빠져들었고 잠깐 잠이 들었는데 아침이라니. 저는 옆으로 돌아누웠습니다. 여자아이는 얼굴을 나와 반대 방향으로 엎드려 자고 있었습니다. 저는 손을 뻗어 여자아이의 등을 쓰다듬었습니다. 손바닥에 따스한 기운이 느껴졌습니다. 허리를 거쳐 저도 모르게 여자아이의 엉덩이를 어루만졌습니다. 탱탱한 근육이 느껴졌습니다. 이렇게 살이 보드랍다니. 저의 손길이 양쪽 엉덩이를 쓰다듬을 때마다 가슴이 두근거렸습니다. 이대로 시간이 멈추면 좋겠다고 생각하는데 여자아이가 음, 하며 제 쪽으로 돌아누웠습니다. 잠이 깼나 싶어 가만히 있었습니다. 여자아이는 잠에 빠져 숨소리도 거의 내지 않았습니다. 저는 여자아이의 얼굴을 바라보다 손을 얼굴에 가져갔습니다. 볼수록 사랑스럽고 깨물어 주고 싶었습니다.

왜 우리 이제야 만났니.

아쉬움으로 여자아이의 볼을 만졌습니다. 그러다 손을 여자아이의 가슴으로 가져갔습니다. 손바닥 가득한 보드라운 젖가슴. 금방이라도 터질 듯 탱탱했습니다. 가슴이 두근거렸습니다. 손바닥으로 살며시 젖가슴을 쓰다듬었습니다. 보드라운 감촉이 손바닥을 거쳐 제 가슴으로 오자 가슴이 터질 듯 뛰었습니다. 잠시 손을 멈추었다가 다른 쪽 젖가슴을 어루만졌습니다. 그러다 멈추고 여자아이를 꼭 안았습니다. 여자아이도 저를 꼭 안았습니다. 다른 세상. 다른 삶이 있는 걸 저는 보았습니다. 신세계였습니다. 그동안 알지 못했던 세상. 허위와 거짓으로 살았던 몸뚱이가 이제야 제 세상을 찾은 세상. 이렇게 산다면 언제든 죽어도 여한이 없다는 생각이 들었습니다.

"몇 시에요?"

여자아이가 저의 품속에서 잠꼬대 같은 목소리로 물었습니다.

"열 시 다 되어가."

제 말에 여자아이는 용수철처럼 뛰어올랐습니다.

"큰났네요. 열 시까지 가야 하는데."

여자아이는 침대를 내려가 옷을 주섬주섬 입었습니다. 저는 그제야 여자아이가 오전 10시부터 밤 10시까지 아르바이트를 한다는 말을 기억했습니다.

"아침을 먹어야 되는데."

안타까운 마음으로 말했습니다.

"아녜요. 가서 먹으면 돼요. 더 주무세요. 피곤할 텐데."

여자아이는 청재킷을 입으며 말했습니다. 저는 재빨리 침대를 내려와 가방을 열었습니다.

"여기. 가다 뭐라도 사 먹고 가."

저는 10만 원을 내밀었습니다. 어제 집을 나오면서 돈을 많이 가져오길 잘했다는 생각이 들었습니다.

"예?"

여자아이는 어이없다는 표정을 지었습니다.

"빈속으로 가니 내 마음이 편치 못해서 그래."

저는 여자아이의 손에 돈을 쥐여주었습니다.

"밥은 가서 먹는다잖아요. 이런 거 필요 없어요."

여자아이는 돈을 침대에 두고 문을 열었습니다.

"아침 꼭 챙겨드시고요. 먼저 가서 미안해요. 참, 머릴 좀 잘라요. 저처럼 짧게요. 후후."

여자아이는 웃으며 문을 닫았고 저는 문을 망연히 바라보았습니다. 외로움이 엄습했습니다. 팔짱을 끼고 돌아서던 저는 깜짝 놀라 침대 위로 재빨리 올라가 이불을 덮었습니다. 천장만 유리인 줄 알았더니 사방이 유리였습니다. 발가벗고 팔짱을 낀 여자를 거울 속에서 본 순간 저는 하마터면 비명을 지를 뻔했습니다.

아이는 잘 갔을까. 빨리 가려다가 뭔 사고라도 저지른 건 아니겠지. 저는 침대에 누워 걱정하다가 평온하다는 생각이 들었고 스르르 잠이 들었습니다. 그리고 꿈을 꾸었습니다. 어떤 일인지 화가 잔뜩 난 남편이 저에게 다가갔습니다. 저는 주춤주춤 뒤로 물러났습니다. 도움을 청하려 주위를 둘러보니 마당에 모인 사람들이 수군거리며 손가락질하고 있었습니다. 저런 년은 죽여야 해. 죽여라. 변태다. 에이즈 옮기는 정신병자다. 영영 여기에 못 오도록 해야 한다. 사람들은 당장이라도 저에게 달려들 태세였습니다. 그때였습니다.

악!

남편은 저의 목을 두 손으로 잡았고 저는 숨이 막힌 채 남편의 두 팔을 잡았습니다.

아악!

저는 고함을 지르다 잠에서 깨어났습니다. 목을 만져보았습니다. 아직도 남편의 차가운 손 느낌이 있는 것 같아 진저리를 쳤습니다. 휴, 저는 한숨을 내쉬었습니다. 그리곤 옆으로 돌아누웠습니다. 두려움. 두려움이 폭풍처럼 몰려왔습니다. 남편에게 이제 알려질 것이다. 집에서 쫓겨날 것이다. 아들은 날 다시는 보지 않으려 할 것이다. 딸은 이 엄마를 이해해줄까. 친구들은? 친정 식구들은? 어머니는? 동생은? 저는 사람들이 달려와 저에게 손가락질하고 목을 조를 것 같아 이불을 뒤집어썼습니다.

저는 좀 더 있다 갈까 하다가 남편에게 큰 죄를 지었고 또다시 남편이 크게 화 낼 거 같아 집에 가기 위해 일어나 얼른 샤워했습니다. 인천으로 갈까. 아냐 집으로 갈까. 저는 샤워하는 내내 망설였습니다. 이제 여자아이와는 끝인가. 저는 옷을 입으며 생각했습니다. 일단 집으로 가자는 생각이 들었습니다. 어차피 제가 감당해야 할 몫이라는 생각이 들었습니다. 일단 집으로 가서 생각해 볼 참이었습니다. 아직 나의 정체를 아무도 모르지 않느냐는 생각에 안심이 되었습니다.

모텔을 나서는데 뒤통수가 당겼습니다. 남편의 얼굴이 떠오르고 불륜을 저지르고 나오는 기분이었습니다. 거리는 어젯밤과는 다르게 고요했습니다. 바람도 불지 않아 나무들이 추위에 굳어 있는 것 같았습니다. 골목 군데군데 토한 오물이 어젯밤의 상황을 잘 보여주는 것 같았습니다. 저는 어깨를 펴고 반듯하게 걸었습니다.

지하철을 타러 가려다가 눈에 띄는 미용실로 다가갔습니다. 여자아이가 모텔을 나서면서 머리카락을 자르면 좋겠다고 한 말이 생각났기 때문이었습니다. 희한하게도 말 잘 듣는 학동처럼 일말의 망설임도 없이 미용실로 들어갔습니다.

"서운하지 않겠어요? 또 겨울철이라 목덜미가 허전할 텐데요."

미용사는 긴 머리카락을 만지며 한 번 더 생각해보라는 듯 거울 속의 저를 바라보았습니다.

"그냥 짧게 쳐주세요. 요즘 젊은 애들처럼요."

저는 여자아이의 짧은 머리카락을 떠올리며 말했습니다.

"어깨까지만 치고 볼륨을 좀 넣으면 좋을 텐데요."

"그냥 생으로 할 거예요."

마치 고집 센 아이처럼 말했습니다. 미용사는 아깝다는 듯 머리카락을 매만지다 가위를 들었습니다.

머리카락을 자르고 나니 낯설었습니다. 저는 거울 속의 얼굴과 머리를 몇 번이나 보았습니다.

"너무 짧게 친 건 아니지요?"

미용사는 혹 자신이 실수했나 싶어 저를 바라보았습니다. 머리카락을 자를 때부터 이만큼 자르면 되느냐, 를 몇 번이나 물어본 터였습니다. 그럴 때마다 좀 더 짧게요, 를 남발했습니다.

"됐어요. 맘에 드네요."

우선 긴 머리카락보다 더 젊어 보인다는데 마음이 흡족했습니다. 이제 화장을 밝고 진하게 해야지. 저는 미용실을 나서며 미소를 지었습니다. 미용실을 나와 걷던 저는 발걸음을 멈추었습니다. 이대로 집에 가기엔 뭔가 허전했습니다. 하려고 한 것을 하나 잊고 그냥 가는 것처럼 뒤가 허전했습니다.

그래. 청바지와 청재킷을 사자. 그 애처럼.

갑자기 콧노래가 나왔습니다. 그 애가 입은 것과 똑같은 걸로. 저는 택시를 타고 가까운 백화점으로 가며 중얼거렸습니다. 청바지는 어릴 때부터 많이 입어보았지만, 청재킷은 입어본 적이 없었습니다. 모텔에서의 죄책감은 어느새 말끔히 사라졌습니다.

이제 새롭게 태어나는 거야. 다른 삶을 사는 거야. 나라고 못 할 게 뭐 있어.

저는 백화점에 들어서며 입을 꼭 다물었습니다. 아침과 점심을 먹지 않았음에도 배가 고픈 줄 몰랐습니다.

청바지와 청재킷의 종류는 다양했습니다. 털이 달린 것부터 짧은 청재킷, 롱자켓. 저는 여자아이가 입은 옷을 떠올렸습니다. 별 특징이 없었습니다. 레이스나 털도 없었고 다른 장식 또한 없는 맨 재킷이었습니다. 여러 장신구가 달렸을 것으로 생각했던 것과는 달리 막상 떠올리고 보니 매우 달랐습니다. 저도 아무 장식이 없는 청바지와 짧은 청재킷을 샀습니다. 잘 어울릴까, 하는 의구심이 들었지만, 여자아이가 좋아할 것 같았습니다.

"잠깐만요."

저는 결제를 위해 카드를 내밀었다가 롱 청재킷이 있는 곳으로 갔습니다. 요즘 젊은 애들도 검은 롱패딩을 많이 입던데. 저는 이것저것을 보며 어떤 것을 살까 고민하고 있는데 판매원이 다가와서 물었습니다.

"사모님께서 입으실 건가요?"

"나랑……"

저는 갑자기 말문이 막혔다. 뭐라고 부르지? 연인? 저는 속으로 깔깔 깔 웃었습니다.

"나하고 딸이 입을 거예요. 요즘 젊은 애들이 좋아할 만한 것으로 주세요. 같은 걸로요."

저는 신이 나서 말했습니다. 함박웃음을 짓는 여자아이의 모습을 상상하니 제 입도 벌어졌습니다.

"좋은 일 있으신가 봐요?"

판매원의 말에 저는 미소를 띠었습니다. 누구에게나 막 자랑하고 싶은 심정이었습니다. 누구에게라도 박정아를 소개하고 싶었습니다. 제가 좋아하는 애예요. 제가 진정 사랑하는 애예요. 여기저기 돌아다니며 자랑하고 싶었습니다. 우리는 사랑하는 사이라고.

백화점을 나온 저는 여자아이를 만나러 가려다가 겨우 참았습니다. 아침까지 같이 있었는데 또 찾아가면 여자아이가 싫어할지도 모른다는 생각이 들었습니다. 집을 나올 때 가방이며 옷을 산 종이팩이 많아 택시를 탔습니다.

집이 낯설게 느껴졌습니다. 불과 어제 나갔다가 오늘 돌아왔건만 수개월은 집을 비운 것처럼 썰렁했습니다. 냉장고를 열어보니 제가 사다 놓은 반찬은 손도 대지 않고 그대로 있었습니다. 곰국 팩도 하나도 없어진 게 없었습니다. 아마도 남편은 아침저녁 모두 밖에서 사서 먹은 모양이었습니다. 저는 남편에게 죄송한 마음이 들어 멍하니 있다가 딸이 쓰던 방으로 들어가 옷을 갈아입었습니다. 거실로 나와 휴대폰을 꺼냈습니다. 전원이 꺼진 채 그대로였습니다. 전원을 켰습니다. 남편의 부재중 전화가 4통 아들과 딸의 부재중 전화와 문자가 각각 5통씩이었습니다. 친구들한테도 부재중 전화와 문자가 몇 통 있었습니다. 어제 집을 나가기 전에도 며칠 동안 전원을 꺼놓았기에 친구들은 무슨 일이 있느냐는 문자가 주를 이루었습니다. 아들과 딸은 왜 집을 나갔느냐. 아빠와 무슨 일이 있느냐. 걱정하는 문자였습니다. 저는 커피를 내려놓고 남편을 비롯해 아들과 딸에게 집에 왔다고 문자를 보냈습니다.

"엄마, 무슨 일이야?"

딸에게 금방 전화가 왔습니다. 저는 커피를 한 모금 마셨습니다. 뜨거운 커피가 식도를 타고 내려가는 걸 느꼈습니다.

"듣고 있어?"

저는 아무 말도 하지 않았습니다. 딸은 걱정스레 말했습니다.

"엄마 말해."

왠지 마음이 차분해졌습니다. 아침까지만 해도 여자아이와의 관계를 가족에게 들킬까 봐 조바심을 냈던 것과는 전혀 딴판이었습니다.

"엄마, 무슨 일 있지?"

딸은 며칠 전에도 엄마에게 무슨 일이 있는 것 같다고 했으면서 또다시 집요하게 물었습니다. 저는 잠시 마음이 흔들렸습니다.

딸에게 얘기 다 할까? 딸은 이해해줄지도 모르는데.

"일은 무슨."

생각과는 다르게 말이 나왔습니다.

"근데 왜 외박하고 그래? 무슨 일 있지?"

"왜 나는 외박하면 안 되니? 여행 좀 하고 싶어서 다녀왔어."

저는 오기가 생겨 음성을 높였습니다. 딸은 이해가 안 된다고 했습니다.

"여행이야 할 수도 있지만 엄만 지금껏 한 번도 혼자 안 했잖아."

"이젠 자주 할 거야."

저는 마치 선언하듯 말했습니다.

"……."

잠시 말이 없던 딸은 한숨을 내쉬며 말했습니다.

"그래요. 이젠 아빠랑 자주 여행도 다니시고 하셔요. 집에만 있지 말고요."

"왜 네 아빠랑 한다니? 혼자 할 거야. 혼자 하니까 아주 좋았어. 너무 좋았어."

저도 모르게 말이 마구 튀어나왔습니다.

"에이, 엄마도. 그래도 아빠랑 나란히 손잡고 여행하면 좋지 뭐. 이젠 연세도 있으신데."

딸은 달래듯 말했습니다.

"내 나이가 어때서. 아직 팔팔해. 너 그런 소리 하려거든 끊어."

제 말에 딸은 안 그래도 끊으려던 참이었다며 푹 쉬시라고 했습니다. 계집애가.

지금까지 좋았던 기분을 딸이 망쳐놓은 듯 저는 휴대폰을 노려보았습니다. 전화를 끊자마자 아들한테서 전화가 왔습니다. 왜 그렇게 전화가 안 되냐고 투덜거렸습니다.

"무슨 일 있는 건 아니죠?"

왜 다들 무슨 일이 있는 것처럼 얘기할까. 저는 커피를 한 모금 마시며 바람 쐬러 갔다 왔다고 했습니다.

"아빠한테서 몇 번 전화 왔었어요. 식사도 밖에서 하신 모양인데. 같이 가시지 그랬어요."

아들의 말에 저는 발끈했습니다.

"곰국도 사다 놓고 밑반찬도 만들어놓았는데 안 먹은 사람이 잘못이지 왜 나한테 그러니?"

생각과 다르게 말이 술술 나왔습니다.

"그런 게 아니고요. 그래도 엄마가 집에 안 계시니까 아빠가 식사도 안 하시고."

"그건 내 잘못이 아니야. 난 네 아빠 밥해 주는 사람이 아냐. 나도 이제 여행도 다니고 하고 싶은 거 하며 살 거야. 내가 왜 집에만 처박혀 있어야 하니?"

"……"

저의 말에 아들은 침묵했습니다. 아마도 태어나서 이런 투의 말은 처음 들을 것이었습니다. 저는 말을 이었습니다.

"하여튼 그렇게 알아. 니들도 다 컸고 이제 내 맘대로 살 거야. 나라고 맨날 네 아빠 뒷바라지만 하고 살아야 한다는 법이라도 있니?"

저는 생각지도 못했던 말이 술술 나오는데 놀랐습니다.

"엄마 말씀이 맞긴 하는데요. 그래요. 그동안 저희들 때문에 여행도 못 하셨는데 이젠 좀 다니시고 그래요. 언제 동남아 쪽으로 아빠랑 가실래요? 제가 여행사 쪽으로 알아봐 드릴게요."

"됐어. 왜 네 아빠랑 가야 하니? 간다면 혼자 갈 거야."

저는 하마터면 여자아이와 함께 간다고 말할 뻔했습니다.

"엄마, 아빠하고 무슨 일 있죠? 있더라도 화 푸셔요. 사신 지가 얼마인데. 연세도 있으신데 오순도순 사셔야지요."

"너도 그딴 소리니? 끊어!"

저는 씩씩거리며 전화를 끊었습니다. 내 나이가 어때서. 아직 한창인데. 딸과 아들의 전화를 받고 나서는 가족을 떠나 어디 멀리 가고 싶다고 생각했습니다. 이런 가족을 어제 내내 걱정했다니. 좀 있으면 남편한테도 전화가 올 거라는 생각이 들었습니다. 얼른 휴대폰의 전원을 껐습니다. 그리고 식은 커피를 개수대에 버렸습니다.

10.

아침 강력팀 분위기는 무거웠다. 사건 발생 2주가 지났지만 강력한 용의자인 박정아의 행방을 전혀 알아내지 못했기 때문이었다.

"하늘로 솟았나 땅으로 꺼졌냐 말이야."

팀장은 불만스러운 표정으로 팀원들을 둘러보았다.

"도망칠 때는 현금 지급기나 시시티브이에 흔적이 남거나, 그도 아니면 누군가 도와주는 사람이 있을 텐데 말이야."

여전히 팀장의 말에 팀원들이 입을 다물고 고개를 숙이고 있었다. 박정아의 지인뿐만 아니라 그의 부모 그리고 피해자의 남편까지 조사했지만 이렇다 할 용의점을 찾아내지 못했다. 자칫 영구미제로 남을 가능성까지 생각해야 할 판이었다.

"근데 말입니다."

조 형사가 조심스럽게 말을 꺼냈다.

"말해."

팀장이 말했다.

"지금까지 박정아를 유력한 용의자로 수사했는데요. 만약 박정아가 범인이 아니라면 말입니다."

"뭐?"

팀장이 소리쳤고 팀원들도 조 형사를 바라보았다. 고 형사만이 고개를 숙이고 있었다.

"박정아가 범인이 아니라니. 피해자가 죽기 전 마지막까지 같이 있었던 것으로 드러났지 않은가? 목격자도 있고."

"그렇더라도 증거도 없고 살해 동기도 약하고요."

"그러니까 단지 피해자와 싸웠다는 것만으로 범인이라고 단정 짓기 힘들다?"

"예."

조 형사는 자신 없는 투로 말했다.

"허!"

팀장이 한숨을 토해냈다.

"이럴 가능성도 검토해야 한다는 생각입니다."

고 형사가 말했다.

"무얼?"

팀장이 마뜩잖은 얼굴로 말했다.

"지금 박정아의 흔적이 하나도 없다는 건 또 다른 피해자일 수도 있다는 가능성 말입니다."

"뭐? 피해자? 죽었을 수도 있다는 말인가?"

"그렇지 않고서야 조직폭력배도 아니고 이십 대 여자가 이렇게 흔적도 남기지 않고 도망치는 게 과연 가능한가 싶기도 하고요."

"음."

팀장은 고개를 들어 천장을 바라보았다.

"단지 그런 게 이유라면 너무 앞서가는 거 아닌가요?"

박정아의 친구들을 조사했던 김 형사가 말했다.

"흔적이 없는 게 아니라 우리가 아직 못 찾았을 수도 있잖습니까?"

김 형사의 파트너인 현 형사가 말했다.

"물론 그렇게 생각할 수도 있지만 살해당했을 가능성도 염두에 두자는 얘깁니다."

조 형사가 말했다.

"그럼 두 사람이 죽었는데 한 사람은 있고 한 사람은 사라졌다? 이건 어떻게 설명할 건데?"

팀장이 고 형사와 조 형사를 돌아보며 말했다.

"범인이 같을 수도 있고 다른 사람일 수도 있겠지요."

고 형사의 말에 팀원들은 술렁거렸다. 일부는 고개를 끄덕였고 일부는 고개를 저었다.

"그렇다면 대체 누가?"

팀장이 여전히 두 사람을 보며 말했다.

"두 사람의 사랑을 반대하는 사람이겠죠."

"뭐?"

팀장이 말했고

"그럼, 가족이란 말입니까?"

김 형사가 말했다.

"그럴 가능성도 있다고 봅니다."

고 형사가 확신에 차서 말했다.

"허! 가족이라면 부모나 남매 자식인데."

"피해자 남편이나 박정아 아버지를 만나보니 가부장적이며 동성애를 극도로 반대하고 있었습니다. 근데 좀 이상했습니다."

"이상하다니?"

"뭔가 숨기는 눈치였습니다."

"숨긴다?"

조 형사의 말에 팀장이 따라 했다.

"그러니까 가족이 극도로 반대하는 동성애를 했으니 응징했다?"

팀장의 말에 고 형사가 고개를 저었다.

"응징이라기보다 서로 서로의 가족을 살해했을 수도 있잖습니까?"

"응?"

팀장이 어이가 없다는 듯 말했다.

"그러니까 피해자 가족이 박정아를 죽이고 박정아 가족이 피해자를 죽였다?"

"그럴 가능성도 충분히 있습니다. 날짜가 다르다면요."

조 형사가 말했다. 팀장은 천장을 보았다. 팀원들도 서로의 얼굴을 보며 눈치를 보았다. 그럴 가능성이 있는가?

"가족들은 처음 두 사람이 사랑에 빠졌을 때는 몰랐다가 나중에 알게 되어 상당이 충격을 받았을 것입니다."

조 형사가 말했다.

"그래, 알았다. 그럼 고 형사와 조 형사는 박정아도 죽었을 경우를 가정해 두 가족을 집중 조사하고."

팀장은 다른 팀원들에게도 박정아의 지인들과 피해자의 지인들을 다시 조사하라고 명령을 내렸다.

"정말 그랬을까요?"

조 형사가 주차장으로 가며 말했다.

"그럼 자네는 확신도 없이 그런 말 했는가?"

고 형사가 돌아보며 말했다.

"가능성은 충분히 있지만 가족이 살해했다는 것은 좀."

"허, 이 사람! 형사는 가족이니 뭐니 그런 감성에 젖으면 안 된다는 걸 모르는가?"

고 형사는 인상을 썼다.

"알지만요. 그렇게 사회가 썩지 않았다는 말입니다."

조 형사는 흠칫, 하며 말했다.

"그래서? 박정아가 죽지 않았다?"

"현 상황에서는 죽었을 가능성이 크지만 가족은 아니라는 말입니다."

조 형사가 운전석에 오르며 말했다.

"그러면 제삼자가 있다?"

"그럴 가능성이 있다는 생각입니다."

"그렇다면 누군가 박정아를 사랑했다든지 혹은 피해자를 사랑한 사람이 있어야지. 혹은 두 사람이 각각 다른 여자를 사랑했다든지. 그래야 그럴 가능성이 있는 거 아닌가?"

"그러니까 그런 쪽으로도 수사해야겠죠. 수사 방향을 좀 더 넓게 해야 한다는 생각입니다."

"음."

고 형사는 안전띠를 맸다. 그리곤 고개를 끄덕였다.

"일단 가자고."

고 형사는 차를 출발시키라고 했다. 피해자의 아들과 딸을 만나는 게 급선무였다.

조금 가다 고 형사가 휴대폰을 꺼내 통화 버튼을 눌렀다. 그리곤 눈을 감았다. 고민이 많이 되는 모습이었다.

"아, 팀장님. 예. 예. 아무래도 박정아와 피해자 지인들 중심으로 그 두 사람을 사랑한 사람이 있는지. 혹은 두 사람이 각각 사랑한 여자가 있는지 김 형사한테 조사하라고 해주세요. 예. 예. 제가 시키면 좀 그러니까요. 예? 예. 만약에 두 사람 중 한 사람이라도 사랑한 여자가 있었다고 한다면 얘기가 달라질 수 있으니까요. 예. 예. 감사합니다."

고 형사는 통화를 끝낸 후 휴대폰을 들고 있었다.

"조사하게 한답니까?"

"응. 근데 대답이 시원찮은데?"

"믿지 못하는가 보죠."

조 형사가 불만스레 말했다.

"그러게. 그쪽일 가능성도 있어 보이는데. 가족보다야 치정 살인이 더 많잖아."

고 형사는 휴대폰을 들고 망설이다 주머니에 넣었다.

점심시간 직후라 카페에 사람들이 많았다. 잠시라도 쉬려는 사람들인 것 같았다. 다행히 피해자 아들과 딸은 미리 와 있었다.

"빨리 끝내주세요. 출장 갔다 와서 일이 밀려서요."

커피 주문을 마치자마자 아들은 말했다.

"알겠습니다."

고 형사는 아들과 딸을 번갈아 보았다.

"평소에 어머니께서는 어땠나요?"

"예?"

사건과 관련된 질문을 할 줄 알았는지 질문을 제대로 이해하지 못했다.

"가족에게 어떻게 대했다든지, 성격이나. 주변인들과의 관계라든가. 아무튼 아무거나 말씀해 주시면 고맙겠습니다."

"그냥 평범했어요. 저희에게도 자상하게 잘해주시고요."

딸이 말했다.

"사이는 좋았나 보죠?"

"그럼요."

아들이 대답했다.

"아버지와의 관계는 어땠습니까?"

"만나보시지 않았나요?"

아들이 의아하다는 듯 말했다.

"본인이 직접 얘기하는 거랑 삼자가 보는 거랑 다를 수 있으니까요."

"좋았어요. 아버지께서 좀 성격이 무뚝뚝하시긴 해도 사려 깊으신 분이라."

"아, 예."

조 형사가 두 사람을 번갈아 보다 물었다.

"혹 어머니께서 누구랑 사귄다는 거 알고 계셨습니까?"

"사귀다니요? 누굴요?"

아들과 딸은 놀란 표정을 지었다. 고 형사는 씁쓰레 웃었다. 다들 왜 이리 연기를 잘하는가 싶었다.

"이십 대 여자와 사귀셨습니다."

"예?"

아들이 말했고

"말도 안 돼."

딸이 말했다.

"정말 모르셨습니까?"

"전혀 몰랐습니다. 세상에."

딸이 놀라면서도 화가 난다는 듯 말했다. 순간 겨드랑이에서 땀이 주르륵 흘러내렸다. 엄마가 어떤 여자아이와 사귄다는 걸 이미 알았고 직접 만나 사귀지 못하게 할 작정이었다. 그런데 이렇게 사고를 당하고 보니 형사에게 사실대로 말할 수가 없었다. 의심을 하고 이것 저것 물어볼 게 뻔했다.

"사귀는 사람과 통화하거나 만나본 적은 있습니까?"

"사귀는 거 자체를 몰랐는데 무슨 애깁니까?"

아들이 항의 조로 말했다. 고 형사는 커피를 한 모금 마셨다. 이렇게 시치미를 뗄 줄은 몰랐다. 하지만 딸은 조금 달랐다. 당황스러워하는 게 뭔가 아는 눈치였다.

"휴대폰 기록 조회해도 괜찮겠습니까?"

"예? 그건 프라이버시에 해당하지 않나요?"

"개인정보라 타인은 볼 수 없을 텐데요."

아들과 딸은 강력하게 반발했다.

"영장 받으면 가능합니다."

고 형사는 단호하게 말했다.

"말도 안 돼."

아들과 딸이 동시에 대답했다.

"휴대폰 안 보여주시겠습니까?"

"안 보여주겠습니다."

아들은 단호하게 말했다.

"알겠습니다. 그럼 사건 당일, 십사 일 오전에 어디에 계셨습니까?"

"아니 지금 우리를 의심하는 겁니까?"

"우리가 엄마를 죽였다고 생각하시는 거예요?"

말도 안 된다는 듯 아들과 딸이 말했다.

"현재 박정아 씨가 유력한 용의자인 건 맞는데 박정아 씨 또한 피해자일 수도 있기에 말씀드리는 겁니다."

"피해자일 수도 있다니요?"

"말 그대로입니다. 죽었을 수도 있다는 말입니다."

고 형사는 아들과 딸의 표정을 살피며 말했다.

"헐!"

"설마!"

아들과 딸은 놀란 표정을 지었다. 이게 어떻게 된 일인가. 그 여자가 실종되었다더니. 설마 살해당했다고? 딸은 태연한 척 했지만 가슴이 두근거리고 숨이 찼다.

"그날, 십사 일 오전에 어디 계셨습니까?"

"회사에 있었습니다."

"저도요."

"회사 이름 좀 불러주시겠습니까?"

"사일 전자요. 본점입니다."

"쁘리에트 백화점입니다."

"어느 점이죠?"

"무양점입니다."

조 형사는 수첩에 적으며 고개를 끄덕였다.

"정말로 박정아 씨가 죽었다고 생각하세요?"

아들이 물었다.

"박정아 씨를 아십니까? 자연스럽게 이름을 말씀하셔서."

"아까 형사님이 박정아라고 말씀하셨잖아요."

아들이 불쾌한 듯 말했다.

"아, 예. 현재로선 그렇습니다. 수사 중이라 더는 말씀드릴 수 없습니다."

"그럼, 이만 가도 됩니까?"

아들이 물었다. 고 형사가 조 형사를 보았다.

"최근에 어머니에게 무슨 변화 같은 거 못 느끼셨습니까?"

"특별한 변화는 없었어요."

"그래요? 알겠습니다. 시간 내주셔서 감사합니다."

고 형사가 인사를 했다. 아들과 딸은 일어서서 두 형사에게 인사를 하고 출입문 쪽으로 몸을 돌렸다.

"아, 잠깐만요."

고 형사가 재빨리 말했다. 아들과 딸은 또 뭐냐, 하는 표정으로 돌아보았다.

"따님께서는 잠깐만 얘기할 수 있을까요?"

고 형사가 딸의 얼굴을 빤히 보며 말했다.

"왜요?"

딸의 음성이 떨렸다.

"그냥 간단하게 몇 가지 물어볼 게 있어서요."

"저 혼자만요?"

딸은 오빠를 두려운 눈으로 보았다.

"잠깐이면 됩니다."

"예."

딸은 오빠를 보며 마지못해 자리에 앉았다. 오빠가 밖으로 나가는 걸 확인한 고 형사가 입을 열었다.

"어머니께서 어떤 여성분과 사귀는 걸 알았죠?"

고 형사는 단도직입적으로 물었다.

"예? 그게 저."

"알고 있었잖아요."

고 형사가 오금을 박았다.

"그렇긴 한데."

"어떻게 알았습니까?"

고 형사가 틈을 주지 않고 물었다. 만약 알고 있었다면 수사에 큰 도움이 되리라 고 형사는 생각했다.

"말하지 않겠어요."

"예?"

고 형사는 불쾌한 표정을 지었다.

"말하지 않겠다고요."

"왜죠?"

조 형사가 물었다.

"말할 의무가 없잖아요. 더구나 엄마 사생활인데."

"어머니께선 살해당하셨습니다."

"그러니까요. 괜히 이런저런 소문 나는 게 싫습니다."

딸은 단호하게 말했다.

"음. 그러면 서로 가시겠습니까?"

"절 데려가도 절대 말하지 않을 겁니다."

마치 고집 센 초등학생 같은 표정을 지었다.

"어머닐 살해한 범인은 잡아야 하지 않겠습니까?"

"그것하고 이거하고 무슨 상관이죠?"

말이 이어지자 딸은 정신을 차렸는지 당돌하기까지 했다.

"상관있는지 없는지는 우리가 판단합니다."

"그럼, 그쪽에서 판단하세요. 전 저대로 판단할 테니까요."

"허."

고 형사가 딸을 똑바로 바라보며 한탄했다.

"자, 그럼. 알고 계셨다치고 묻겠습니다. 알고 난 뒤 어머니에게 어떻게 하셨죠?"

"그런 가정하의 질문엔 답하지 않겠습니다."

고 형사는 인상을 찡그렸다. 그렇다고 어찌할 수 있는 상황도 아니었다. 단지 참고인으로 만나고 있었다.

"그럼."

고 형사는 뜸을 들였다가 말을 했다.

"박정아 씨를 만났습니까? 무슨 말을 했죠? 헤어지라고 했습니까?"

"참 나."

순간 딸은 한심하다는 표정을 지었다. 두 형사는 의아해서 딸을 바라보았다.

"지금 소설 쓰시는 거예요? 아님, 유도 심문이에요? 전 이만 바빠서 가 보겠습니다."

딸은 말을 마치자마자 벌떡 일어서서 불쾌하다는 듯 인사도 없이 출입문 쪽으로 걸어갔다.

"허."

고 형사는 큰 숨을 토해냈다. 그리곤 식은 커피를 한 모금 마셨다.

"왜 저럴까? 뭘 숨기려고?"

"그러게요. 숨길 수밖에 없는 이유가 있을 텐데요."

"일단 두 사람 통화기록 확보하고 그날 알리바이도 확인해 보자고."

"알겠습니다."

조 형사가 일어서며 말했다.

11.

일상으로 돌아왔습니다. 그동안 무수히 싸웠다는 생각이 들었습니다. 비록 상상이기는 하지만 말입니다. 저를 미워하고 남편에게 쫓겨날까 봐 두려워하고 자식들에게 버림받을까 봐 두려워하고 꿈에선 순빈 봉씨가 되어 세종대왕에게 추궁당하다가 사가로 쫓겨나 큰오라버니에게 목 졸려 죽기도 했습니다. 이제 할 것은 다 해봤으니 겁날 게 없다는 생각이 들었습니다. 다만 아직 상상이나마 여자아이와 단둘이서 여행하지 못했으니 한번 했으면 좋겠다는 출렁이는 욕망이 꿈틀거렸습니다.

그동안 청소를 자주 안 해서 그런지 집안 온 구석에 먼지가 가득 쌓였습니다. 저는 아침을 먹고 남편이 출근하고 나자 냉장고부터 정리했습니다. 묵은 것은 버리고 얼룩이 진 곳은 닦았습니다. 그동안 정신이 나가서 냉장고도 제대로 정리 못했다고 생각하니 문득 어제 퇴근한 남편이 떠올랐습니다.

"어?"

남편이 퇴근해서 저를 본 순간 첫마디였습니다. 어? 말도 못 하고 한참 저를 바라보았습니다. 짧게 친 머리가 낯설었을까. 아니면 저에게서 다른 점을 느꼈는가.

"미쳤나?"

그제야 정신을 차린 남편은 의심스러운 눈초리로 바라보았습니다. 낮에 내가 문자를 보냈기에 이미 내가 집에 있는 걸 알고 있었을 텐데 전혀 모르는 눈치였습니다.

"미쳐요?"

저는 하마터면 웃음을 터트릴 뻔했습니다. 그래요, 미쳤어요. 말이 나오려는 걸 꾹 참았습니다. 사랑하는 사람이 생겼어요. 난 그 애를 영원히 사랑할 거예요. 입에서 무수한 말들이 아우성쳤습니다.

"여자가 아무 말도 없이 집을 나가 외박을 해? 이젠 나이가 드니까 노망이 들었구먼."

남편은 화를 삭였습니다. 나 또한 발끈했습니다. 또 그놈의 나이. 딸이랑 아들도 나이 타령했는데.

"내 나이가 어때서요. 이때껏 집에서 살림만 했는데 혼자서 여행도 못해요?"

남편은 어이가 없다는 듯 저를 바라보았습니다. 남편 또한 이러한 상황이 당황스러운 것 같았습니다.

"이 여자가 단단히 미쳤구만. 그래, 도대체 어디 갔다 온 거야?"

"인천에요. 인천 바닷가요. 가니 좋기만 하더이다."

"이젠 완전 미쳤구나. 살림 내팽개치고 주부가 놀러나 다니고. 다들 배 따지가 불러서 그래. 옛날처럼 쫄쫄 굶어봐. 어디 그런 소리 나오는가."

남편은 방으로 들어가 옷을 갈아입으며 큰 소리로 말했습니다. 저는 남편이 거실로 나오기를 기다렸다가 말했습니다.

"저도 이제 내 맘대로 할 거예요. 여행도 다니고 취미생활도 하고."

남편은 이상한 여자를 본다는 듯한 표정을 지었습니다.

"왜 사랑하는 사람이라도 생겼냐? 왜 그렇게 당신 맘대로 못했다고 야단인데?"

"그래요. 사랑하는 사람 생겼어요. 둘이서 막 다닐 거예요. 맛있는 것도 막 사서 먹고 놀러도 다니고 할 거예요."

제 말에 남편은 피식, 웃었습니다.

"사랑하는 사람? 아무나 사랑하는 사람이 생기냐? 네 얼굴에 네 몸매에, 거울을 봐. 거울을! 그래, 네 맘대로 사랑하는 사람이랑 놀러도 다니고 네 맘대로 해라."

남편은 어처구니가 없다는 표정이었고 오히려 내가 화가 났습니다. 남편이 믿어야 싸움이 되고 그래야 그동안 억눌렸던 걸 다 말할 수 있을 텐데 남편이 무시하고 믿지 않으니 할 말을 잃었습니다.

"밥이나 줘. 그리고 정신 차려 이 사람아."

남편은 식탁에 앉으며 말했습니다.

저는 반찬통을 냉장고에 다시 차곡차곡 집어넣으며 빙긋 웃었습니다. 어제 남편은 제가 사랑하는 사람이 생겼다고 하자 전혀 믿는 눈치가 아니었습니다. 다행이라는 생각이 들었습니다. 어제 홧김에 그 아이까지 다 말했다면 어쩔 뻔했습니까. 그때야 집을 나갈 각오가 있었지만, 이젠 아니었습니다.

내가 집을 왜 나가. 나도 이 집에 오십 프로 권리가 있는데. 나를 속여가며 남의 옷 입은 기분으로 살아오며 가꾼 집인데 왜 나가.

저는 냉장고의 문을 닫고 허리를 펴며 중얼거렸습니다.

아무도 모르게 여자아이를 만나면 된다. 굳이 커밍아웃인가 뭔가를 해서 분란을 일으킬 필요가 없지 않은가. 일상은 변하지 않았습니다. 내가 누군지 이제 명확히 알았으니 그렇게 살면 된다. 그러다 도저히 숨길 수 없으면 그때 내 정체를 밝히면 된다. 그런 단단한 생각이 들었습니다.

저는 입술을 깨물었습니다. 각오가 섰습니다. 마음도 편안했습니다.

거실과 각 방 청소를 끝내고 오후엔 빨래하고 화장실까지 청소하고 나니 벌써 해가 저물었습니다. 겨울이라곤 하나 이렇게 빨리 해가 지는 줄 몰랐다. 신세계를 경험하고 나니 일상이 다르게 다가왔습니다. 이제 남편 저녁 준비를 해야겠다고 생각하고 있는데 남편한테서 전화가 왔습니다. 직원들 회식이 있으니 늦을 거라고 했습니다. 저는 갑자기 할 일이 없어져 무얼 할까 하다가 문득 여자아이와 커플로 산 롱 청재킷이 생각났습니다.

가볼까.

갑자기 가슴이 두근거리기 시작했습니다. 한 번 그런 생각을 하자 계속 여자아이가 떠올랐습니다. 오늘 꼭 롱 청재킷을 주지 않으면 큰일이라도 일어날 것 같은 생각이 들었습니다. 여자아이의 퇴근 시간까지는 여유가 있었습니다. 하지만 저는 마음이 바빴습니다. 우선 욕실로 들어가서 샤워부터 했습니다. 머리카락이 짧으니 감기도 좋았고 말리기도 쉬웠습니다. 그리고 무엇보다 내가 생각해도 10년은 젊어 보인다는 데 있었습니다. 속옷은 레이스가 달린 분홍색 브래지어 팬티를 착용했습니다. 눈 화장은 핑크 색상으로 청순한 느낌이 들게 하였습니다. 얼굴은 밝은 파운데이션에 페이스 오일을 두 방울 떨어뜨려 섞어서 발랐습니다. 눈썹은 연한 브라운 색으로 칠하고 난 뒤 아이브로우 갈색으로 눈썹 중간부터 꼬리까지 칠했습니다. 이렇게 화장에 열중한 것도 오래만인 듯했습니다. 예전에, 얼굴 성형수술을 하고 화장을 정성스레 한 기억이 났습니다. 그때는 오직 여자가 되기 위해 한 화장이었습니다. 그러나 지금은 사랑하는 연인에게 잘 보이기 위해서, 한 살이라도 더 젊어 보이기 위해서였습니다.

화장하고 시계를 보니 거의 1시간이 흘렀습니다. 저는 재빨리 일어나 어제 산 청재킷과 청바지를 입었습니다. 옷이 몸에 착 들러붙었지만, 겨울용이라 울퉁불퉁한 허릿살과 뱃살이 드러나지 않았습니다. 그 위에 롱 청재킷을 입었습니다. 옷을 입고 나니 20년은 젊어 보인다고 생각하며 저는 혼자 웃었습니다. 그리고 여자아이에게 줄 롱 청재킷이 든 가방을 들었습니다. 콧노래가 저절로 나왔습니다.

여자아이는 저를 보더니 놀란 표정을 지었습니다. 그리곤 제가 의자에 앉으려는데 일어서게 하고는 머리를 들여다보고 몸을 앞뒤로 둘러보았습니다.

"왜 그래. 민망하게."

저는 그렇게 말했지만, 여자아이가 저에게 관심 두는 것을 즐겼습니다.

"몰라보겠어요. 머리를 이렇게 짧게 치니 얼마나 보기 좋아요. 옷도 아주 잘 어울려요."

여자아이는 마치 유치원생을 칭찬하는 선생님처럼 박수를 쳤습니다.

"그만해, 민망하게. 이거."

저는 여자아이에게 가방을 내밀었습니다.

"뭐예요?"

여자아이는 가방을 열어보며 말했습니다.

"커플로 롱 청재킷 샀어. 맘에 들지 모르겠네."

"와우. 좋아요. 저도 함 입어 보고 싶었거든요."

여자아이는 손님들이 듣든 말든 큰소리로 말했습니다. 그러더니 가방을 열어 롱 청재킷을 꺼내 입었습니다. 저는 잘 맞아야 할 텐데, 걱정스럽게 바라보았습니다.

"어때요?"

여자아이는 다 입고 나서 후드를 머리에 쓰고서 한 바퀴 빙 돌았습니다. 입고 있던 옷과 잘 어울렸습니다.

"고마워요."

여자아이는 저에게 다가와 볼에 키스했습니다. 저는 당황하여 뒤로 물러나며 주위를 둘러보았습니다. 다행히 손님들은 동료들과 얘기하기에 바빴습니다. 또다시 여자아이가 이번엔 저의 입에 키스를 깊숙이 했습니다. 내가 부끄러워하자 오히려 장난을 친 것이었습니다.

"이러면 못 써."

저는 웃으며 여자아이에게 가까이 가서 섰습니다.

"우리 잘 어울리네요."

여자아이는 저와 자신을 번갈아 보며 흡족해했습니다. 저는 날아갈 듯한 기분을 진정시키며 자리에 앉았습니다.

"조금만 기다리세요. 제가 한잔 쏠게요."

여자아이는 주방으로 가더니 맥주 두 병과 치즈를 들고 와 제 옆에 앉았습니다. 술병의 뚜껑을 따더니 하나는 저에게 건네주고 하나는 들어 저에게 내밀었습니다. 저는 맥주병을 여자아이의 병에 부딪혔습니다. 쨍, 경쾌한 소리가 났습니다.

"바쁠 텐데 미안하네."

저는 여자아이가 입은 옷을 보고 또 홀을 둘러보며 말했습니다. 시간이 지날수록 사람들이 모여들기 시작했습니다.

"괜찮아요. 여긴 낮엔 차를 팔고 밤에 술을 파니까 밤늦게 되어야 손님이 많이 와요."

여자아이는 말을 하며 몸을 저에게 밀착시켰습니다. 저는 몸이 후끈 달아오르는 것을 느끼며 자꾸 홀의 손님들에게 눈길이 갔습니다.

"오전부터 밤까지 하면 힘 안 들어?"

저는 어깨에 와 닿은 여자아이의 하얀 피부의 어깨를 떠올리며 말했습니다.

"오늘부터 여덟 시에 교대해요. 원래 여덟 시였는데 현정이가 사정이 있어서 그동안 두 시간 더 한 거예요."

아마도 현정이는 여자아이 후에 아르바이트하는 사람인 것 같았습니다. 저는 여자아이가 8시에 퇴근한다는 말에 눈이 번쩍 띄었습니다.

"정말? 그럼 곧 퇴근하겠네."

저는 저도 모르게 음성을 높이며 여자아이를 바라보았습니다. 사람들이 많은 곳보다 조용한 곳을 원했습니다. 아무래도 사람들의 시선을 의식하지 않을 수 없었습니다.

"제가 한잔 살게요. 선물도 받았고."

여자아이의 말에 저는 미소로 띠었습니다.

"아냐. 알바생한테 술 얻어먹었다가 무슨 욕 얻어먹으려고."

제 말에 여자아이도 웃었습니다. 그때 여자아이는 갑자기 제 입에 키스하면서 손은 제 젖가슴을 움켜쥐었습니다. 저는 또다시 꼼짝 못 하고 가만히 있을 수밖에 없었습니다. 여자아이의 기습적인 공격에 저는 손 하나 움직일 수 없었습니다. 이상하게도 여자아이의 손이 몸에 닿으면 저는 완전 무장해제가 되었습니다. 마치 마네킹이 된 것 같았습니다. 여자아이는 손을 빼고 저를 바라보았습니다.

"조금만 기다리세요. 곧 교대할 거예요."

여자아이의 말에 얼굴이 빨개진 저는 말은 못 하고 고개만 끄덕였습니다. 여자아이는 저를 보며 눈을 찡긋하고 카운터로 갔습니다. 저는 얼른 술병을 들어 입으로 가져갔습니다. 시원한 맥주가 식도를 거치자 열기가 좀 가라앉는 것 같았습니다. 몸이 허공을 둥둥 떠다니는 것 같았습니다. 충만한 행복감으로 가슴이 터질 듯 벅찼습니다. 시계를 보니 7시 50분이었습니다.

밖으로 나온 여자아이는 어디로 갈까 물었습니다. 안에서 보는 것보다 밖에서 보니 여자아이는 한층 발랄해 보였습니다. 여자아이가 롱 청재킷의 후드를 쓰자 저도 후드를 썼고 우리는 마주 보며 웃었습니다.
"저녁 안 먹었잖아. 맛있는 거 사 줄게. 가고 싶은 데 가."
"카페에서 대충 먹어요."
여자아이는 그러면서 주위를 두리번거렸습니다. 그때 포장마차가 보였습니다. 어묵과 붕어빵을 파는 곳이었습니다.
"우리 오뎅 먹으러 가요."
여자아이는 제 팔짱을 꼈습니다. 저는 순간 또다시 주위를 살폈습니다.
"왜요? 부담스러우세요?"
여자아이의 말에 저는 아니라고 고개를 저었지만, 타인의 시선에 신경 쓰이는 것은 어쩔 수 없었습니다.
"신경 쓰지 말아요. 다른 사람들은 아마도 우리 둘을 모녀 사이로 볼걸요?"
여자아이는 환하게 웃었습니다.
"정말 그렇겠네."
왜 미처 그런 생각을 못 했을까. 저는 자책하며 깔깔깔 웃었습니다. 오랜만에 길에서 웃는 것 같았습니다. 하지만 웃음 뒤끝은 달지 않았습니다. 모녀 사이가 아니라 연인으로 보아야 할 것이었습니다. 저는 그걸 바랬습니다. 우리는 사랑하는 사이입니다, 이 애는 내가 이 세상에서 제일 사랑하는 사람입니다, 손나발이라도 불고 싶었습니다.

  길에서 어묵을 먹는 것도 태어나서 처음인 것 같았습니다. 무엇보다 불결하다고 생각했고 지저분하다 여겼습니다. 아이들한테도 절대 길에서나 학교 앞에서 아무것도 못 사 먹게 했습니다. 대신 아이들이 학교 마치고 집에 오면 직접 떡볶이나 어묵을 요리해 주었습니다. 다행히 아이들도 제가 해주는 음식을 좋아했습니다.

  저는 오뎅을 세 개나 먹었고 여자아이는 오뎅 4개에 붕어빵을 두 개나 먹었습니다. 처음엔 생각 없다더니 막상 포장마차로 들어가니 맛있게 먹었습니다.

  "전요. 여기만 오면 막 시장기를 느껴요. 평소엔 배고픈 줄 모르다가요."

  "한창 땐 다 그래. 더 먹어."

  제 말에 여자아이는 배를 쓰다듬으며 그만 먹겠다고 하며 돈을 꺼냈습니다. 제가 아니라고 내가 내겠다고 하니 이건 자신이 쏘겠다며 한사코 저를 밀어냈습니다. 저는 포장마차를 나오며 여자아이에게 미안한 생각이 들었습니다.

  포장마차를 나오며 걷던 여자아이는 제 팔짱을 꼈습니다. 저는 여자아이와 같은 옷을 입고 팔짱을 끼고 걷는다는 게 실감이 나지 않았습니다. 마치 꿈을 꾸는 것 같았습니다. 발이 저절로 움직이는 것 같았습니다.

  "우리 집에 갈래요?"

  여자아이가 저를 돌아보며 말했습니다.

  "우리 집?"

  저는 걸음을 멈추고 말했습니다.

  "자취방이요. 친구가 마침 오늘 어디 가서 비었거든요."

  "아, 그래?"

저는 날아갈 듯이 기뻤습니다. 여자아이와 함께라면 어디든 좋았습니다. 더군다나 둘이서만 지낼 수 있다니. 이 지구상에 어디 그런 공간이 있단 말인가. 저절로 발걸음이 빨라졌습니다.

여자아이의 자취방은 그야말로 콧구멍만 했습니다. 반지하에다 원룸식으로 방과 주방 시설이 함께 있었습니다. 들어가니 곰팡내와 눅눅한 공기가 답답했습니다.
"좀 지저분하죠?"
여자아이는 들어가자마자 방바닥에 있던 옷가지를 벽에 걸며 말했습니다. 2인용 침대 하나 옷장 하나에 냉장고. 가구는 단출했습니다. 밥은 거의 안 해 먹는지 싱크대는 텅 비어 있었습니다.
"밥은 안 해 먹어요. 나나 걔나 아르바이트하는 곳에서 대충 때우고."
여자아이는 제 시선을 의식했는지 변명조로 말을 늘어놓았습니다.
"그래도 밥은 제때 먹어야 몸 안 상하는데."
저는 안타깝다는 듯 여자아이를 보다 물었습니다.
"같이 지내는 친구는?"
차마 속에 품고 있는 것을 다 묻지 못했지만 여자아이는 눈치를 채고 말했습니다.
"걔는 아니에요. 남자 친구도 있는걸요."
"응, 그래."
다행이라는 생각이 들면서 혹시나 같이 사귀는 사이가 아닐까, 의구심을 가졌던 저를 탓했습니다. 그때 여자아이가 저에게 다가오더니 얼굴을 바라보았습니다. 저는 여자아이를 바라보며 몸이 뜨거워지는 걸 느꼈습니다. 여자아이는 두 손으로 제 얼굴을 감싸더니 입술을 가져갔습니다. 저는 엉거주춤 서 있었습니다. 여자아이의 혀가 제 입속에서 깊숙이 들어갔습니다. 또다시 저는 꼼짝도 못 하고 몸이 굳었습니다. 잠시 후 여자아이는 입을 뗀 후 제 롱 청재킷을 벗겼습니다. 그다음 청재킷 청바지를 벗겼습니다. 저는 여전히 굳은 몸으로 가만히 있을 수밖에 없었습니다. 몸이 파르르, 떨렸습니다. 몸에서 열이 퍼져나갔습니다.

횃불이 여기저기 날아다녔습니다. 저는 횃불에 올라타고 횃불이 움직이는 대로 따라 움직였습니다. 또다시 열락이었고, 신세계가 펼쳐졌습니다. 저는 눈을 감고 오롯이 열락의 세계에 몸을 맡겼습니다.

마침내 횃불이 꺼지고 따스한 기운이 남았습니다. 저는 그제야 여자아이의 몸을 안았습니다. 아직 불씨가 남은 몸뚱이의 열기는 여전했습니다. 제 품에 안겨 숨을 고르던 여자아이는 옆으로 내려와 나란히 누웠습니다.

이대로 시간이 멈추었으면 좋겠다.

눈을 감은 채 그런 생각을 했습니다. 스르르 잠이 왔습니다. 이대로 집에 가지 말고 여자아이와 함께 잠이 들었으면 좋겠다는 생각이 들었습니다. 잠시 후 여자아이는 제 몸에 이불을 덮어주었습니다.

"아냐. 더워."

저는 그제야 눈을 뜨고 여자아이 쪽으로 돌아누웠습니다.

"덮어줄까?"

제가 이불을 들자 여자아이는 고개를 저었습니다.

"근데 말이야. 궁금한 게 있는데."

여자아이는 가만히 있었습니다. 저는 여자아이의 머리 밑으로 팔을 넣어 팔베개해 주었습니다. 여자아이의 콧김이 목덜미로 전해왔습니다.

"처음에, 그러니까 나를 어떻게 알아봤지? 이런 여자라는 걸?"

여자아이가 웃는지 더운 김이 목덜미를 간질였습니다.

"아줌마도 절 알아봤잖아요."

"내가?"

저는 의아해서 여자아이를 내려 보았습니다. 여자아이는 눈을 감고 있었습니다.

"그날 저를 자꾸 보셨잖아요."

"그러니까, 내가 친구들과 연극을 보고 간 날 말이야? 그날 자꾸 봤다고? 내가?"

기억에 없었습니다. 둘째 날인가, 두 번째 연극을 보고 간 날에 여자아이에게 느낌이 심상치 않다는 걸 느낀 것은 어렴풋이 기억이 나는 것 같았습니다.

"처음 오신 날, 친구분들과 순빈 봉씨인가 하는 여자가 동성애자인데 어떻게 그럴 수 있느냐고 막 떠들고 할 때요. 여자끼리 한다는 말이 자주 나오길래 저도 모르게 자꾸 듣게 됐죠."

"아니, 그날 연극이 조선시대, 그러니까 세종대왕의 맏며느리가 동성애 하다 쫓겨났다, 뭐 그런 내용인데 우리한테는 너무 충격적이어서, 또 정사 장면이 너무 적나라해서 당황했던 건 기억나는데."

"그때 아줌마는 친구분들과 얘기를 별로 안 나누고 저에게 자꾸 눈길을 주셨어요. 저도 아줌마를 알아봤구요."

"내가 레즈비언이라는 걸 단번에 알아봤다고? 나도 알아보고?"

"왜 그렇다잖아요. 동성애하는 사람끼리는 한눈에 척 알아본다고."

그러고 보니 둘째 날인가 여자아이를 보고 가슴이 철렁, 내려앉았던 기억이 났습니다.

"그래. 하여튼 고마워. 난 너무 행복해."

저는 여자아이를 꼭 껴안았습니다. 가슴에 여자아이의 물컹한 젖가슴이 느껴졌습니다.

"저도요."

여자아이도 저를 꼭 껴안았습니다. 저는 이대로 죽어도 여한이 없겠다는 생각이 들었습니다. 오른쪽 다리를 여자아이의 허벅지 위로 올렸습니다. 여자아이의 젖가슴을 쓰다듬으며 물었습니다.

"참, 학교는 안 다녀?"

"안 다녀요."

여자아이는 왼팔로 제 허리를 감싸며 말했습니다.

"왜? 다들 다니는데, 안 다니고 싶어?"

"초중고 십이 년이나 좆빠지게 다녔는데 또 다니라고요. 아휴 지겨워."

여자아이는 제 유두를 손가락으로 튕기며 말했습니다.

"전 이대로가 좋아요."

여자아이는 묻지도 않은 말을 했습니다.

"이대로?"

"예. 이대로. 누구에게도 간섭받지 않고 내 맘대로 사는 거요."

"그래도 부모님은 안 그러실 텐데."

제 유두를 만지작거리던 여자아이의 손가락이 멈췄습니다. 여자아이의 젖가슴에 있던 저의 손도 멈췄습니다.

"전 부모님이 없어요."

다시 여자아이의 손이 유두를 만지작거렸습니다.

"없어? 저런. 언제 돌아가셨는데?"

저는 안타까운 마음이 들었습니다.

"제가 버렸죠. 그런 인간들이 부모라고."

또다시 여자아이의 손가락이 멈췄습니다. 무슨 일이 있었구나. 저는 물어보면 여자아이가 싫어할 것 같아 묻고 싶은 걸 참았습니다.

"저 담배 하나 피워도 되죠?"

여자아이가 저를 똑바로 보았습니다.

"그럼."

저는 미소를 지으며 안았던 여자아이에게서 상체를 뒤로 뺐습니다. 여자아이는 벌거벗은 채 바닥에 있는 청재킷을 들더니 담배와 라이터를 꺼냈습니다.

"여기서 피워. 괜찮아."

저는 여자아이가 빠져나간 품이 허전하여 말하였습니다. 여자아이는 담배를 들고 화장실에 갔다가 재떨이를 들고 침대 위로 올라왔습니다.

"한 대 드릴까요?"

"아냐. 난 못 피워."

저는 여자아이의 입에 있는 담배를 빼앗아 한 모금 피워볼까 하다가 그만두었습니다. 여자아이는 제 옆에 엎드려 담배 연기를 깊게 빨았다가 길게 내뿜었습니다.

"저, 집에서 쫓겨났어요."

여자아이의 얼굴에 앙상한 신열이 느껴졌고 저는 가만히 있었습니다.

"처음엔 가족이 받아주고 이해할 거라 믿었죠. 바보같이."

여자아이는 재떨이에 재를 털더니 또다시 담배 연기를 깊게 들이마셨다가 길게 내뿜었습니다. 저는 담배를 참 맛있게 피운다는 생각이 들었습니다. 오른손이 여자아이의 탱탱한 엉덩이로 갔습니다.

"그래서 집을 나왔죠. 대학도 안 가고."

여자아이는 대학에 합격한 후 부모님에게 자신이 레즈비언이라는 사실을 커밍아웃했다고 했습니다. 직접 말은 못 하고 편지를 썼는데 자신은 지금까지 남자를 좋아한 적은 없다, 여자를 좋아한다, 평생 여자를 좋아하는 운명으로 태어났다, 그렇게 태어났으니 이해해 달라, 그런 내용을 편지로 써서 어머니 화장대에 두고 친구 집에 가 있겠다고 했습니다.

"근데 말이죠. 친구 집에 있는 동안 전 부모님이 절 걱정하고 이해해줄 줄 알았어요. 이삼일인가 지나자, 엄마한테 문자가 왔어요. 집으로 오라고. 집에 와서 얘기하자고."

저는 여자아이의 엉덩이를 토닥토닥 두드렸습니다. 참, 용기 있구나. 어떻게 그렇게 했니. 속으로 말했습니다.

"물론 간간이 밥은 먹고 다니냐, 어디 아픈 데는 없냐, 라는 문자를 보내왔지만, 집으로 와서 얘기하자는 문자는 처음이었어요. 아빠의 뜻이기도 했겠죠."

여자아이는 문자 속에 있는 절제된 감정을 알기 위해 유심히 들여다보았다고 했습니다. 엄마의 뜻을 파악하기 위해 몇 번 읽었지만, 한숨과 걱정스러운 표정이 오버랩될 뿐이었다고. 하지만 언젠가는 부딪쳐야 할 문제이고 그 몫은 자신에게 있기에 일단 설득하든 실패하든 집에 가기로 했다고. 그리고 집으로 가며 온갖 상상을 했다고 했습니다.

"특히 아빠가 맘에 걸렸어요, 씨발."

여자아이는 담배 연기를 길게 내뿜으며 말했습니다. 저는 가슴이 먹먹했지만 말하면 안 될 것 같아 여자아이의 수박을 엎어놓은 듯한 엉덩이를 토닥토닥 두드리기만 했습니다.

"소위 말하는 그거요. 딸바보라나. 하긴 내가 그 말을 꺼내기 전까진 내 말이라면 깜박 죽었죠. 어릴 때부터 오빠보다도 절 더 귀여워해서 오빠가 저를 잘 데리고 놀지 않고 구박했다더군요. 씨발. 그래서 더더욱 아빠를 믿은 건지도 몰라요."

그렇게 엄마의 문자를 받고 여자아이는 집에 갔습니다. 하지만 현관에 들어서면서부터 느낌이 이상했다고 했습니다. 문을 열어준 건 엄마였는데 엄마는 담담하게 어서 와, 이렇게 말했고, 아빠는? 물으니 거실에 계신다고 했습니다. 이건 자신이 집에 오며 상상했던 거랑 전혀 다른 거라고 했습니다.

정아야, 어서 와.

아빠가 다가와 어릴 때 그랬던 것처럼 자신을 안아서 머리 위로 올렸다가 내리며 빙글빙글 돌 거라고.

애야, 진작 얘기하지 그랬니. 얼마나 힘들었어. 아빠가 다 도와주었을 텐데.

그러면 자신은 아빠의 품에 안겨 그동안 참아왔던 눈물을 몽땅 쏟아 냈을 것이고. 그런 상상을 했다고 했습니다. 물론 가족에게 커밍아웃해 집에서 쫓겨나거나 인간 이하의 취급을 받은 경우를 책이나 인터넷으로 많이 봤다고 했습니다. 일반인들과 똑같이 이해해주고 대해 주는 가족은 점점 늘어가지만, 아직 많지 않다는 것쯤은 알고 있었다고. 하지만 이제 대학도 들어갈 거고 성인이 되니 부모님께 인정받고 싶었다고. 모든 사람이 자신을 인정 안 해도 부모님에게만은 인정받고 항상 그래왔 듯 당당히 사랑받으며 생활하고 싶었다고.

"그래도 믿었어요. 부모님이 날 사랑하니까 날 쫓아내지 않고 받아주실 거라고. 난 그런 기대를 하고 집에 갔죠. 그런데 아빠는 굳은 표정으로 소파에 앉아 계시고. 소파에 앉아 마치 화난 것처럼 굳은 얼굴로 저를 바라보기만 했어요. 참, 오빠 부부도 왔었어요. 뭐가 바쁜지 코빼기도 안 보이더만 그날은 왔더라고요. 오빠는 날 외면했고 새언니가 아가씨 오셨느냐고 인사를 하더라고요, 내 참. 내 집에 내가 왔는데, 왔냐고 인사를 받다니. 그때 이상한 기분이 들더라고요."

저는 여자아이의 엉덩이 위로 손을 뻗어 허리를 쓰다듬었습니다. 참으로 힘들었겠구나. 마치 내가 겪은 것처럼 가슴이 쓰라렸습니다.

"근데 할머니가 나오시더라고요. 정아 왔니? 밥은 제때 먹고 다녔어? 아이고 불쌍한 거. 할머니는 내 손을 잡더니 눈물을 글썽거리셨어요. 저도 코끝이 찡한 게 눈물이 나오려 하더라구요. 그때 엄마가 서둘러 말씀하셨어요. 식사부터 하자. 그래서 다들 주방으로 가서 식사했죠. 분위기가 어색했어요. 보통 얘기를 나누며 식사를 했는데 그날따라 아무도 말을 하지 않았어요. 할머니만이 나한테 그동안 어떻게 지냈느냐는 둥 밥은 굶지 않았느냐는 둥 말을 건넸지요."

여자아이는 담배를 재떨이에 비벼 끄곤 재떨이를 침대 아래로 내려놓았습니다. 그러곤 제 품속으로 파고들었습니다. 저는 여자아이의 등을 토닥토닥 두드렸습니다.

"식사를 다 하고 다시 거실로 나와 소파에 앉았을 때 아빠가 병원부터 가자고 하더군요. 이게 무슨 소리람? 저는 어이없어하는데 병원 치료하면 낫는다잖아. 너 계속 그렇게 살 거야? 오빠가 내 표정을 살피더니 고함을 지르더군요. 이건 치료하면 낫는 것이 아니라 그냥 그렇게 태어난 거라고. 저는 항의를 했지요. 엄마가 다가오더니 내 손을 꼭 잡았어요. 아니야. 우리도 알아봤는데 치료하면 된대. 어릴 때 잘못된 생각으로 그렇게 된 경우가 많대. 저는 무언가 잘못 돌아간다고 생각했지만, 말이 나오지 않았어요, 씨발."

여자아이의 거친 숨결이 목을 간질였습니다. 여자아이는 분노로 떨고 있었습니다. 괜찮아 괜찮아. 저는 말은 하지 못하고 여자아이를 꼭 안았습니다.

"오빠가 그러더군요. 넌 왜 그렇게 이기주의야. 아빠가 널 얼마나 귀여워하셨는데 배신을 하냐. 나보고 아빠를 배신했대요. 참 어처구니가 없어서. 그리곤 그러고도 인간이냐? 그건 변태야. 죽으면 지옥에 떨어질 거야. 오빠, 그 새끼는 작심한 듯 음성을 높이는데, 결국 엄마는 울음을 터트렸어요. 저는 오빠에게 달려가 손톱으로 그 잘난 얼굴을 할퀴고 싶었지만 몸이 말을 듣지 않았어요. 사람이 너무 흥분하면 몸이 마비된다는 걸 그때 알았어요. 전 그냥 부들부들 떨기만 했죠."

여자아이는 한숨을 크게 내쉬면서 개새끼라는 말을 여러 번 내뱉었습니다. 그럴 때마다 저는 가슴이 철렁, 내려앉았습니다.

"그때 아빠가 말씀하셨어요. 너도 치료하고 오빠처럼 공부에만 전념해. 그래서 좋은 데 취직도 하고 좋은 사람 만나 결혼도 해야 할 거 아냐? 그래서 전 말했죠. 전 결혼 안 해요. 아니 여자하고 할 거예요. 그리고 지금 행복해요. 나중엔 성 소수자인권센터에서 일하고 싶어요. 주위로부터 멸시와 천대를 받는 사람들을 위해… 내 말이 끝나기도 전에 오빠가 버럭 소리를 지르더군요. 뭐 인권? 꼭 돈도 없고 못사는 것들이 인권 따져. 돈이 많고 사회 지위가 높아 봐. 왜 인권이 없는지. 우리나라가 얼마나 인권이 잘 된 나라… 갑자기 앞이 캄캄해졌어요. 그리고 희한하게도 오빠의 말이 들리지 않고 왱왱거렸어요. 저는 일어섰지요. 다시는 집에 안 올 거야, 씨발. 이러면서요. 그리고 현관이 있는 곳으로 휘청거리며 걸어가는데 어딜 가. 병원에 가야지. 오빠가 팔을 잡았어요. 그래 얘야, 병원에 가자. 변태인가 뭔가 그걸 고쳐야 너도 새 사람으로 살 거 아냐. 엄마가 다가오며 말했구요. 저는 니들보다 더 정상이야. 내가 왜 병원에 가? 당신들이 병원 가야 해, 하고 소리치고 싶었으나 혀가 움직이지 않더군요. 하필 또 그때 몸에 마비가 온 거예요. 그러다 있는 힘을 다해 팔을 뿌리치려고 했지만 오빠는 손에 힘을 더 주고 꽉 잡았어요. 앞이 안 보였어요. 완전 캄캄한 거 있죠. 막막함에 쓰러질 것 같았는데 그때 할머니의 목소리가 들리더군요.”

여자아이는 제 품속으로 더 파고들었습니다. 저는 여자아이를 꼭 껴안고 등을 토닥토닥 두드렸습니다.

“됐다. 정아가 하고 싶은 대로 해줘라. 자기가 행복하다는데 뭔 소리가 그렇게 많아. 그냥 놔둬. 정아가 행복하다잖아. 행복하면 됐지, 뭘 더 바래! 이런 소리가 들리더니 언제 다가왔는지 할머니의 얼굴이 희미하게 보이더군요. 순간 할머니는 저를 와락 안으셨는데 그제야 내 눈에 고였던 눈물이 터져 나오더군요.”

언제 흐르기 시작했는지 여자아이의 눈물이 제 가슴을 타고 아래로 흘러내렸습니다.

“그래서 집을 나왔구나.”

“예. 개 같은 집에 있을 필요가 있겠어요? 눈칫밥 먹으며 살 필요 없잖아요. 전 자유롭게 살고 싶었어요.”

여자아이는 딸꾹질하며 말했습니다.

"그래도 집인데. 부모님도 계시고."

"제가 부모님을 버린 게 아니라 부모님이 절 버렸다고요. 제가 집을 나온 후 부모님은 저에 대해 좀 더 알아볼 생각은 안 하고 치료 얘기만 꺼냈어요. 성적 취향이 아니라 이건 타고나는 거라고. 마치 왼손잡이처럼 그렇게 태어나는 거라고 해도 제 말을 믿지 않았어요. 씨발."

저는 잠자코 여자아이를 안기만 했습니다.

"오빠 새낀 뭐라는지 아세요?"

"뭐라는데?"

저는 추임새를 넣듯 말했습니다.

"나 보고 악마래요. 자신밖에 모르는. 아마도 제가 레즈비언이라는 게 알려지면 주위에 쪽팔릴까 봐 그랬겠죠. 장인이 목사라나 뭐라나. 그러니 하나밖에 없는 동생한테 정신병자니, 에이즈 옮기는 병균자니, 변태니. 하여튼 개새끼에요."

여자아이는 화가 나는지 씩씩거렸습니다.

"걱정 마. 이제 내가 네 옆에 항상 있을게. 항상 네 편이 되어줄게."

저는 여자아이의 엉덩이를 토닥토닥 두드렸습니다.

"이젠 겁나는 게 없어요. 부모님에게 버림받았다고 생각하니까 오히려 세상 하나도 겁 안 나더라고요. 제가 무슨 짓을 해도 간섭하는 사람도 없고요. 내 맘대로 사니까 얼마나 좋은지 몰라요."

진심이다, 라고 저는 생각했습니다. 가정이 올가미가 된다면 벗어나는 게 옳다. 가족이라는 혈연 때문에 지지고 볶고 하지 않은가.

"그래서 친구랑 여기서 계속 생활한 거야?"

"첨엔 친구들 집에 있다가 지금 같이 자취하는 친구랑 이 방을 구했죠. 친구도 집을 나왔거든요. 아빠가 술만 마시면 자는 데 들어와 몸을 더듬고 올라타고."

"세상에. 친아빠가?"

"걔 아빠도 개새끼래요. 집을 나오니까 얼마나 좋은지 모르겠대요."

여자아이가 다리를 들어 제 허벅지 위로 올렸습니다. 저는 여자아이의 엉덩이를 꼭 껴안았습니다. 이대로 영원히 있으면 좋겠다는, 저도 집을 나와 여자아이와 함께 생활하면 세상 부러울 게 없겠다는 생각이 들었습니다.

"힘 안 들어? 알바비 얼마 안 될 텐데."

여자아이는 웃었습니다.

"후후. 아껴 쓰면 돼요. 그래도 내가 벌어 쓰니까 부모한테 용돈 받는 것보다 훨 좋아요."

저는 여자아이의 말에 침을 꿀꺽 삼켰습니다.

"그래도 미래가 없잖아. 직장도 반듯한 거 가지고……."

여자아이가 제 말을 끊었습니다.

"우리 같은 동성애자가 직장에서 제대로 생활하겠어요? 면접 때 알려지면 입사 자체가 안 되고요. 다니다가도 탄로 나면 쫓겨난대요. 갖은 멸시를 어떻게 견디겠어요?"

저는 고개를 끄덕였습니다. 어디서 그런 내용의 글을 읽은 적이 있는 것 같았습니다. 그래 우리는 같은 운명을 타고났구나. 저는 오히려 여자아이와 같은 운명이라고 생각하니 기분이 좋았습니다.

"그래 걱정 마. 내가 항상 도와줄게."

제 말에 여자아이는 고개를 저었습니다.

"전 누구에게도 도움을 바라지 않아요. 그냥 아줌마랑 이렇게 시간 날 때 만나서 술도 마시고 밥도 먹고 하면 좋잖아요. 서로 간섭하지 말고요."

"간섭?"

저는 서운한 생각이 들었으나 티를 내지 않았습니다.

"친구 중에 동거하다 헤어지는 경우 많이 봤어요. 사랑해서 동거했는데 오히려 그게 서로를 옭아매는 것이었어요."

"음."

저는 여자아이를 꼭 안았습니다. 생각 같아서는 항상 주머니에 넣고 다니며 보고 싶을 때 꺼내면 좋으련만.

"어쨌든 난 이렇게 있으니 너무 행복해. 우리 잘 어울리는 거 같아."

"그럼요. 저도 제 또래보다 아줌마가 더 좋아요."

"많이 사귀어봤어?"

"몇 번 사귀어봤는데 오래 못 갔어요, 이상하게요."

저는 천장을 바라보다가 물었습니다.

"남자하고도 자 봤어?"

"예."

"어땠는데?"

저는 가슴이 벌렁거리며 물었습니다.

"두세 번 잤는데 안 맞았어요."

여자아이는 말을 하고선 깔깔깔 웃었습니다.

"근데."

저는 여자아이를 내려다보며 머뭇거렸습니다. 여자아이는 말을 하라는 듯 가만히 있었습니다.

"내가 나이가 많은데 괜찮아? 젊은 사람도 많을 텐데."

솔직한 심정이었습니다. 나이 차이가 딸과 엄마뻘이 되니 여자아이를 만날 때마다 미안한 마음이 들었던 건 사실이었습니다.

"그게 뭐 어때서요. 마음이 서로 잘 맞는 게 더 중요하지 않나요?"

여자아이의 말에 저는 여자아이를 꼭 껴안았습니다.

"고마워. 정말 고마워."

"무슨 말씀을요."

여자아이는 제 유두를 입으로 물었습니다.

"그리고 나 절대 안 떠난다고 약속해줘. 무슨 일이 있어도 나를 안 떠난다고 말이야."

"안 떠날게요. 걱정하지 마세요. 제가 왜 떠나겠어요."

여자아이는 뭐 그런 걸 약속하라는 거냐는 투로 말했습니다.

"고마워. 너무 고마워."

저는 여자아이를 꼭 안았습니다.

12.

아침부터 비가 쏟아질 듯 구름이 껴 어두컴컴했다. 일기 예보는 눈이 아니라 비가 온다는 소식이었다. 겨울에는 눈이 와야 제맛이라지만 사무실이 아닌 실외에서 일하거나 출장을 자주 가는 사람들에겐 그나마 비가 눈보다 나은 편이었다.

"그래도 눈이 좀 왔으면 좋겠어요."

조 형사가 차 문을 열고 하늘을 보며 말했다.

"왜? 경찰서 앞마당에 눈사람이라도 만들어 놓으려고?"

작년에 강력팀원들이 경찰서 주차장에 눈사람을 크게 만들어 놓았다가 서장에게 크게 혼난 적이 있었다. 그럴 시간 있으면 범인이라도 한 명 더 잡으라는 말이었다.

"만들었다간 좌천당하라고요?"

"알긴 아는 사람이 눈 오길 바래?"

"형님이 뭐 낭만을 아실 리 있습니까?"

"아침부터 뭐 못 볼 거 봤냐?"

고 형사는 히죽거리며 차에 올라탔다. 어제 팀장에게 부탁했던 박정아랑 피해자 지인 중 두 사람을 사랑했거나 한 적이 있는 사람을 조사해

달라고 부탁한 게 효과가 있었다. 어제 김 형사와 현 형사가 조사한 바에 따르면 이지선이라는 친구가 박정아와 사귀는 사이였는데 2년 전 헤어졌다고 했다. 그 후 박정아는 피해자와 사귀었고 이지선은 계속 박정아에게 사귀자고 졸랐다는 게 친구들의 증언이었다.

"동성애자들은 이 사람 저 사람 막 사귀는가 보지?"

고 형사의 말에 조 형사는 차 시동을 걸다 고 형사를 바라보았다.

"또 그 소리네요. 아니 이성애자들도 사귀다 헤어지고 또 다른 사람을 사귀는 사람이 있고 일편단심 한 사람만 사귀는 사람이 있는데, 왜 꼭 동성애자들은 다 그렇다고 생각하셔요?"

"아니."

고 형사는 황급히 손을 내저었다.

"아니긴요. 형님은 사고의 대전환이 필요하다고요."

"뭐야!"

고 형사는 조 형사를 노려보다 창밖으로 눈길을 돌렸다. 조 형사는 차를 출발시켰다.

"이지선이 편의점에서 알바하는 사람 맞지?"

"만나봤잖아요. 박정아 오빠 욕을 많이 했었는데."

"맞아. 그랬지."

"근데 그땐 시침을 떼고 박정아랑 관계를 왜 얘기 안 했을까?"

"그러게요."

조 형사는 말을 하며 편의점으로 차를 몰았다.

"어서 오세요."

두 형사가 편의점 문을 열고 들어가자 이지선은 인사를 하다 형사라는 걸 알고는 드러나게 인상을 썼다.

"안녕하세요?"

조 형사는 인사를 하고는 저번처럼 캔 커피 두 개를 샀다. 뭐라도 사야 그나마 알바생인 이지선과 대화를 나눌 수 있을 것 같았다.

"시간 좀 내주시죠."

조 형사는 카운터에서 계산을 하며 말했다.

"바쁜데."

이지선은 물건을 정리하는 직원을 바라보며 말했다. 또 뭘까. 새로운 것이라도 알아냈는가. 가슴이 벌렁거렸다.

"금방이면 됩니다."

조 형사는 정중하게 말했다. 이지선의 곧 가겠다는 말을 듣고 창가에 있는 의자에 앉아 캔 커피 뚜껑을 땄다.

"역시 커피는 달달한 게 믹스가 최곤데."

고 형사는 입맛을 다시며 말했다.

"그러게요."

역시 조 형사도 입맛을 다셨다. 그때였다.

"저번에 다 얘기했잖아요?"

이지선은 다가오자마자 말했다. 바쁘다는 표현이었다.

"박정아랑 사귀었다면서요?"

조 형사의 말에 순간 이지선의 표정이 어두워졌다.

"그게 왜요?"

여기까지 조사했나 싶어 놀라긴 했지만 최대한 여유 있게 대답하려 했다. 하지만 목소리가 떨렸다.

"그때 왜 말 안 했어요?"

"그걸 왜 말해야 하는데요? 그리고, 형사님들이 안 물어봤잖아요."

이지선의 발끈한 말에 조 형사는 말문이 막혔다. 맞는 말이었다. 묻지도 않은 말을 굳이 용의자라는 사람과 사귀었다고 누가 말할 것인가.

"언제부터 언제까지 사귀었죠?"

"그걸 꼭 말해야 하나요?"

"안 하면 경찰서에 가서 말해야 합니다."

고 형사가 말했다.

"아이씨."

이지선은 인상을 썼다. 박정아랑 사귄 건 이미 친구들 사이에 소문 다 났기에 언젠가는 형사들이 알 것이라고 생각했지만 그런 것까지 말해야 하는 것에 짜증이 났다.

"언제부터 사귀었어요?"

조 형사가 다시 물었다.

"한 일 년 사귀었어요. 이 년 전쯤에 헤어졌고요."

"이 년 전 언제요?"

"이십이 년 3월쯤에요."

"그 후로 만났죠?"

"친군데 그럼 안 만나요?"

이지선은 당당하게 말해야 한다고 생각하는데도 말이 떨렸다. 형사가 눈치챘나 싶어 형사들을 바라보니 고 형사 역시 자신을 뚫어져라 바라보고 있었다. 몸이 움찔거렸다.

"헤어졌잖아요."

"헤어지고 만나면 법에 저촉되나요?"

이지선은 불쾌감을 드러냈다. 당당하게 말하자. 스스로 최면을 걸었다.

"불법은 아니지요. 근데 박정아가 그 후로 피해자를 만난다는 사실을 알고 있었죠?"

"알고 있었죠."

"그런데도 박정아를 따라다녔죠? 다시 사귀자고?"

"누가 그래요? 전 그냥 친구로서 만났을 뿐이에요."

"다시 사귈 때의 예전으로 돌아가자고 안 졸랐어요?"

조 형사가 이지선의 얼굴을 똑바로 보며 말했다.

"그랬어요. 뭐가 잘못됐어요?"

이지선의 얼굴에 낭패감이 묻어났다. 조사를 많이 했구나, 싶었다.

"그래서 박정아에게 악한 마음이 생겼나요?"

"악한 마음이요? 풋!"

이지선은 콧방귀를 뀌었다. 고 형사와 조 형사는 어이가 없다는 듯 서로 마주 보았다.

"이봐요, 이지선 씨!"

"왜요?"

이지선은 도전적으로 말했다.

"만나자고 카톡 해도 만나주지 않자 집까지 찾아가고 그랬잖아요."

고 형사의 말에 이지선의 눈동자가 흔들렸다. 놀람과 불쾌감이 얼굴에 동시에 묻어났다.

"갔었어요."

"그래서요?"

"만나서 다시 사귀자고 그랬어요."

이지선은 체념한 듯 말했다. 솔직하게 말하는 게 나을 것 같았다. 나중에 거짓말이 탄로 나면 의심받을 게 뻔했다.

"그랬더니 박정아는 거절했지요? 사귀는 사람 있다고?"

"예."

"그래서요?"

"그래서 집에 왔죠."

이지선은 머뭇거리다 겨우 말을 꺼냈다.

"그게 언제죠?"

"그게,"

이지선은 생각하는 듯 미간을 찌푸렸다.

"십일일이요."

"확실해요?"

"그날이 내 생일이거든요."

"죽기 삼 일 전이네."

"네?"

조 형사의 말에 이지선은 놀라서 물었다.

"박정아가 사귀던 사람이 죽은 것은 알고 있죠?"

"친구들한테 들었어요."

"그 사람 죽기 전 만난 적 있어요?"

"내가 왜 그 사람을 만나요?"

이지선은 강하게 부정했다.

"만나서 박정아랑 헤어지라고 안 그랬어요?"

"그런 적 없어요."

또다시 이지선은 강하게 고개를 저었다. 마음을 강하게 먹자. 또다시 최면을 걸었다.

"만난 적도 없어요?"

"없어요."

"거짓말하면 나중에 큰일 납니다."

"안 만났다니까요."

이지선은 큰 소리로 말했다. 고 형사와 조 형사는 커피를 한 모금 마셨다. 좀 여유를 갖자 싶었다.

"그날, 십사 일 오전에 어디 있었어요?"

"십사 일이요? 그때 근무할 때니까 여기 있었겠죠."

"정말이죠?"

"특별한 일 없었으니까 여기서 일했을 거예요."

이지선은 짜증스럽게 말했다.

"시시티브이 확인해도 될까요?"

"맘대로 하세요."

이지선은 불쾌감으로 말했다.

"혹 박정아 씨가 실종된 건 아시죠?"

"실종이요? 친구들한테 연락 안 된다는 얘기를 들은 적은 있지만."

놀란 표정을 지었다.

"사건 후 전화한 적 있습니까?"

"예. 근데 연락이 안 되었어요."

"왜 연락했죠?"

"안 좋은 일도 있고 해서."

"몇 번 했죠?"

"그게."

"나중에 조사하면 다 나옵니다."

"서너 번 했던 거 같아요."

"한 번도 통화가 안 됐습니까?"

"안 그래도 걱정돼서 친구들한테 전화했는데 아무도 연락 안 된대요."

"정말 통화가 안 됐다는 거죠?"

"근데 절 의심하는 거예요?"

"아닙니다."

"아까는 아줌마를 죽였는가 의심하더니 이젠 정아가 실종됐다면서 절 의심하는 거잖아요. 제가 둘 다 죽였을 거 같아요?"

이지선은 화가 나서 미칠 것 같다는 표정을 지었다.

"의례적으로 조사하는 겁니다. 특별히 이지선 씨한테만 하는 거 아니고요."

조 형사의 말에도 이지선은 화를 풀지 않았다.

"가보죠, 시시티브이."

고 형사가 일어섰다.

"이쪽으로 오세요."

이지선이 화가 나서 성큼성큼 걸어갔다.

CCTV에 이지선은 사건 당일 오전에 근무 중인 것으로 나타났다.

"거봐요."

이지선이 두 형사를 쏘아보며 말했다.

"그럼 이만. 시간 내주셔서 감사합니다."

두 형사는 인사를 하자 이지선은 인사도 받지 않았다.

"알리바이가 있다고 범인이 아닌 건 아니지."

밖으로 나온 고 형사는 중얼거렸다.

"이지선에 대해 더 조사해봐야겠죠?"

"당연하지. 현재로선 가장 유력한 용의자야."

"신원 조회하고 통화기록 빼볼게요."

"오케이."

고 형사는 손가락으로 동그라미를 그리며 차에 올랐다.

"박정아 오빠 만나러 가지."

"예. 알겠습니다."

조 형사는 운전석에 타며 말했다.

박정아 오빠는 시청에서 멀리 떨어진 카페로 오라고 했다. 아무래도 보는 눈이 무서워 사람들이 뜸한 곳을 고른 것 같았다. 카페는 야외에 자리했는데 나무로 지어진 건물에다 가구도 모두 원목으로 되어 있었다. 뒤에는 야산이 있고 앞에는 너른 들이 있어 풍수에 밝지 않은 사람도 자리가 명당이라고 느낄 정도였다. 점심시간이 조금 지날 무렵에 가니 오빠는 미리 와 있었다. 내부는 중앙에 너른 홀이 있고 벽 쪽으로 돌아가며 칸막이 처진 룸이 있어 외부 사람이 안을 볼 수 없었다. 두 형사가 들어가니 서빙하는 사람이 오빠가 있는 곳으로 안내했다. 미리 얘기한 것 같았다.

"시간 내주셔서 감사합니다."

고 형사가 정중하게 인사했다.

"빨리 끝내주셨으면 합니다."

오빠는 두 형사가 자리에 앉기가 무섭게 말했다.

"차는 뭘로?"

오빠가 물었고 두 형사는 메뉴판을 보고 커피를 주문했다. 오빠도 같은 것으로 달라고 했다.

"바쁘시다니 바로 본론으로 들어가겠습니다."

오빠는 고 형사의 말에 긴장하는 눈빛을 보였다.

"박정아 씨가 사귀던 사람이 살해당했습니다. 알고 계시죠?"

"아버지께 들었습니다."

"박정아 씨가 가장 유력한 용의자인데 연락이 안 됩니다. 그래서 우리는 박정아 씨 또한 피해를 당하지 않았나 보고 있습니다."

"피해를 당하다니요?"

오빠는 놀란 표정으로 말했다.

"그러니까 가해자가 아니라 피해자처럼 됐을 수도 있다는 말씀입니다."

"그럼, 죽었단 말입니까?"

오빠는 불쾌한 기색으로 말했다.

"그럴 가능성을 두고 수사한다는 점을 말씀드리는 겁니다."

고 형사는 오빠의 표정을 살피며 말했다.

"말도 안 됩니다."

"왜죠?"

조 형사는 미간을 찌푸리며 오빠를 보았다.

"그, 그게."

오빠는 얼굴을 붉히며 말을 더듬었다.

"별로 놀라는 기색은 아니군요."

"예?"

"보통 동생이 죽었을지도 모른다고 하면 놀라는데 선생께서는 놀라기보다 불쾌하게 생각하시는 것 같아서요."

고 형사는 오빠의 얼굴을 똑바로 보며 말했다.

"말이 안 되는 소릴 하니까 그렇죠."

"말이 왜 안 됩니까?"

"죽을 리가 있습니까? 누가 죽여요? 왜요?"

"그건 차차 밝혀지겠지요."

"아무런 증거도 없이 그런 말을 함부로 해도 되는 겁니까?"

"불쾌했다면 죄송합니다. 바쁘시다해서 말을 빙빙 돌리는 것보다 바로 본론에 들어가는 게 좋을 것 같아서."

고 형사는 여유를 보이며 말했다.

"아무리 그래도 그렇지."

오빠는 기분이 나쁘다는 것을 표나게 드러냈다.

"동생이 집 나가고 만난 적 있죠?"

"예?"

오빠는 놀란 표정을 지었다.

"진실을 말씀하셔야 합니다. 거짓말하면 다음엔 사무실로 찾아가거나 서로 부를 수도 있습니다."

고 형사의 말에 오빠는 인상을 찡그렸다. 행정고시에 합격해 30대 초반에 시청 국장이라면 앞날이 창창했다. 곧 도청이나 중앙부처로 가려고 노력을 많이 할 터였다.

"만난 적 있습니다."

오빠는 실토했다. 조사하면 금방 탄로 날 텐데 괜한 오해를 사고 싶지 않았다. 사실 오빠가 동생을 만났으리라는 것은 고 형사의 추측이었다. 가족 중 오빠가 제일 강하게 반대했다는 증언과 장인이 목사라는 점에 주목했다. 그래서 협박을 할 수밖에 없었는데 오빠가 말려들고 만 것이었다. 그때 서빙하는 사람이 커피를 가져와 대화가 끊겼다. 잠시 후 고 형사가 말을 꺼냈다.

"그게 언제죠?"

"십일월쯤 됩니다. 정확한 날짜는 기억이."

"예. 만나서 뭐라고 했죠?"

"집에 들어와서 공부하라고 했습니다. 대학을 포기했거든요."

"박정아 씨는 뭐라고 했습니까?"

"자신의 성정체성을 인정해 주지 않으면 들어가지 않겠다고 했습니다."

"그래서요?"

"설득했지만 실패했습니다."

오빠의 얼굴에 낭패감이 드리웠다.

"그 후로는요?"

"네 인생을 좀 더 깊게 생각하라고 충고하곤 헤어졌습니다."

"그냥 헤어졌습니까?"

"무슨 뜻입니까?"

오빠는 여전히 굳은 얼굴로 말했다.

"잘 아실 텐데요."

고 형사는 여유를 보이며 커피를 한 모금 마셨다. 덩달아 조 형사도 커피를 한 모금 마셨다.

"소, 손을 좀 대긴 했지만, 심하게 하진 않았습니다."

오빠는 두 형사의 눈치를 보다 두 손바닥을 맞잡고 비볐다.

"폭행을 했다는 말씀이죠?"

고 형사는 처음 듣는 소리지만 이미 알고 있었다는 투로 말했다.

"폭행이 아니라."

"예전에 집에 있을 때도 동생에게 손을 댔다고 들었습니다."

이 역시 추측이었다.

"그럼 형사님 같으면 그냥 있겠습니까? 사탄이 됐는데."

"사탄요?"

조 형사가 말했다.

"사탄 아닙니까? 어떻게 동성애를 할 수 있습니까?"

"장인께선 목사님이시죠?"

"그게 무슨 상관이죠?"

"오빠께선 신실한 신자시고요?"

"글쎄, 그게 이 사건과 무슨 상관이냐고요."

"이 세상에 상관없는 게 뭐가 있겠습니다. 나비 효과도 따지고 보면 전혀 상관없다고 여길 수 있는 상황에서 일어나지 않습니까?"

고 형사는 자기 말이 썩 마음에 드는 듯 여유 있게 차를 한 모금 마셨다.

"그래서요?"

오빠는 커피가 나온 지가 좀 지났지만 입에도 대지 않고 있었다. 그만큼 긴장하고 있다는 증거였다.

"커피 한잔하시죠?"

고 형사의 말에 오빠는 손목을 들어 시계를 보았다. 빨리 끝내달라는 신호였다.

"그럼 마지막으로 한 가지만 묻죠."

고 형사의 말에 오빠는 긴장하며 바라보았다.

"피해자 만난 적 있죠?"

"예?"

오빠는 놀란 눈빛으로 고 형사를 보았다. 이 정도로 조사했나 싶은 표정이었다.

"통화기록 다 봤습니다. 물론 합법적으로."

"만났습니다."

오빠는 체념한 듯 말했다. 이 정도로 조사했을 줄은 몰랐다.

"만나서 뭐 했죠?"

"동생과 헤어지라고 했습니다."

오빠는 솔직하게 말하는 게 낫다는 생각이 들었다. 괜히 거짓말했다가 들통나면 더 큰 문제가 될 것 같았다.

"협박은 안 했고요?"

"협박은 무슨."

오빠는 굳은 얼굴로 말했다.

"협박했다는 증언을 확보했는데요?"

"아니, 음성을 좀 높였다고 협박입니까?"

"그럴 리가 있겠습니까."

"그럼요?"

"동생과 헤어지지 않으면 세상에 피해자의 정체를 다 까발리겠다고 하셨죠?"

고 형사는 그랬을 것이라고 상상하며 물었다.

"그런 적 없습니다."

오빠는 단호하게 말했지만 눈동자가 흔들렸다.

"가족에게도 다 알리겠다고 하고."

역시 추측이었다.

"안 그랬습니다!"

오빠는 고함을 질렀다. 그리곤 자리에서 벌떡 일어섰다.
"잠깐만요."
고 형사가 제지했다. 오빠는 몸을 돌려 가려다 멈칫했다.
"왜요?"
"그날 오전에 어디 계셨습니까?"
"그날이요?"
"십사 일이요. 피해자가 살해된 날."
"뭐요?"
"그날 오전에 어디 있었느냐고요?"
"출장 갔습니다."

오빠는 화가 나서 말하곤 곧장 몸을 돌려 밖으로 나갔다. 입도 안 댄 커피가 흔들렸다. 밖으로 나온 오빠는 휴, 하고 큰 숨을 내쉬었다. 등에서 서늘한 땀이 주르륵 흘러내렸.

조 형사가 고 형사를 바라보았다.
"자신만만한 걸 보니 알리바이는 있는 거 같은데요?"
"글쎄. 방귀 뀐 놈이 성낸다는 말이 있어."
"그러게요. 냄새가 진하게 나는데요."
"가서 직원들 만나 그날 행적 조사해 봐야겠군."

고 형사는 남은 커피를 마저 마시고 일어서자 조 형사도 재빨리 일어나 밖으로 나갔다.

13.

저는 2~3일에 한 번씩 여자아이를 만났습니다. 저녁 8시에 퇴근하니 같이 술도 마시고 백화점에 가서 쇼핑도 했습니다. 여자아이가 거절했지만 명품 가방이나 구두를 사서 여자아이에게 강제로 안겼습니다. 또한 여자아이의 친구가 자취방에 없을 때 자취방에서 사랑을 나누었고 친구가 자취방에 있을 땐 모텔에서 사랑을 나누었습니다. 하루하루가 금방 지나가는 것 같았습니다. 가만히 있어도 웃음이 실실 나왔습니다. 문제는 집이었습니다. 하루하루 남편의 얼굴을 보는 것이 곤혹스러웠습니다. 미안하고 죄송하고. 좋아서 미칠 것 같다가도 남편 생각하면 천 길 낭떠러지로 떨어지는 것 같았습니다. 낮에는 천국이요 남편이 퇴근하는 밤에는 지옥이었습니다. 운명이라 생각했습니다. 천국과 지옥을 드나들며 사는 게 나의 운명이라 여겼습니다. 단지 남편에게 안 들키게 조심하리라 생각했습니다. 남편이 출근하고 나면 청소를 끝낸 후 거실에 앉아 커피를 마시고 있으면 저도 모르게 얼굴 만면에 미소가 슬며시 나왔습니다. 다만 아쉬운 게 있다면 여자아이를 친구나 아는 사람한테 소개할 수 없다는 점이었습니다. 보석이나 그런 것을 주위 사람들에게 자랑하듯 여자아이를 데리고 다니며 자랑하고 싶지만 그럴 수 없다는 것이 아쉬웠습니다.

원래 원하는 거 다는 얻을 수 없어. 그 정도는 감수해야지.

저는 스스로를 위안했습니다. 주위에 소개할 수 없고 남편만 아니면 모두 만족스러웠습니다. 지금껏 남편과의 사랑은 헛것이었습니다. 이제야 사랑이 뭔지 내가 누구인지 알았습니다. 여자아이도 제가 전화하면 특별한 경우를 제외하곤 만나주었고 자취방이나 모텔에서 사랑을 나누었습니다.

그러던 어느 날이었습니다. 마침내 딸에게 들켰습니다. 딸은 퇴근 후 전화해서 만나자고 했습니다. 저는 미심쩍은 마음에 전화로 말하라고 하니까 꼭 만나서 얘기해야 한다며 찬바람이 섞인 목소리로 말했습니다. 저는 할 수 없이 집 밖 찻집에서 만나기로 했습니다. 딸을 만나러 가는데 웬지 소가 도살장에 끌려 가는 기분이 들었습니다.

"엄마, 그 애 누구야?"

딸은 저를 보자마자 따지듯 물었습니다. 차도 주문하지 않은 채였습니다.

"누구 말이야?"

저는 짐짓 태연한 척했지만 가슴이 심하게 방망이질 쳤습니다. 이 애가 알았나? 하는 불길한 예감이 들었습니다.

"그건 엄마가 더 잘 알잖아. 거짓말할 생각 마. 다 봤어."

딸은 굳은 얼굴로 감정을 누르는 듯 입술을 깨물었습니다. 저는 어이가 없어 무슨 말을 해야 하나 생각하고 있는데 찻집 주인이 주문받으러 왔습니다. 나와 딸은 둘 다 커피를 시켰습니다.

"다 봤다고? 뭘 다 봤는데?"

일단 저는 딸이 어느 정도 알고 있는지를 알아채는 게 중요하다고 생각했습니다. 그러면서 저번에 집에서 퀴어축제 뉴스를 보며 성 소수자들을 옹호하는 말을 떠올렸습니다.

"둘이서 같은 롱 청재킷 청바지 입고 팔짱 끼고 가는 거."

"응, 그거? 친구 딸이야."

저는 가슴이 뜨끔했지만, 짐짓 그런 걸 다 묻느냐는 투로 말했습니다. 저는 말하고 나선 창밖을 보았습니다. 추위가 본격적으로 시작된다더니 사람들의 발걸음이 빨라진 느낌이었습니다. 하늘에는 구름이 잔뜩 끼어 있었습니다. 눈이라도 펑펑 내리면 좋겠다고 생각하는데 흑흑, 울음소리가 들렸습니다. 저는 딸에게로 고개를 돌렸습니다. 딸은 흐르는 눈물을 닦을 생각도 안 하고 고개를 숙이고 있었습니다. 커피를 가져온 주인이 저와 딸의 앞에 놓으며 우리를 흘깃 보았습니다.

"다 봤단 말이야. 모텔에 가는 거."

주인이 가고 나자 딸은 음성을 높였습니다. 저는 하마터면 입으로 가져가던 커피잔을 떨어뜨릴 뻔했습니다.

"모텔이라니. 당치도 않은 소리. 내가 걔와 왜 그런 델 가?"

저는 끝까지 가보자는 생각이 들었습니다. 주위 사람들의 손가락질이 아직은 무서웠습니다. 남편과 아들딸이 알아서는 안 된다는 입장이었습니다.

"우연히 대학로에 갔다가 엄마하고 웬 여자아이하고 똑같은 머리 스타일에 같은 옷을 입고 가길래 따라가 봤단 말이야. 처음엔 엄마를 못 알아봤었는데."

딸은 콧물을 들이마시더니 커피를 한 모금 마셨습니다.

"모텔은 무슨. 잘못 봤겠지. 친구 딸이라니까. 어릴 때부터 하도 날 잘 따라서 데리고 연극 봤을 뿐이야. 친구가 외국 여행 가서."

거짓말이 술술 나오자 저도 놀랐습니다. 마치 미리 준비한 것 같았습니다.

"몇 살이야?"

"스물다섯."

사실 저는 여자아이의 나이도 몰랐습니다.

"엄마 정말 동성애자라? 믿을 수가 없어. 근데 어떻게 아빠랑 결혼도 하고 오빠랑 나를 낳았어?"

딸은 여전히 믿을 수 없다는 듯 고개를 저었습니다.

"거봐. 내가 동성애자면 어떻게 네 아빠랑 결혼하고 너희들까지 낳았겠어?"

"분명 봤다니까. 모텔에 가는 거."

"따라오지 그랬니. 직접 눈으로 확인했으면 됐을 거 아냐."

저는 자꾸만 거짓말하는 제가 미워졌습니다. 점점 딸에게 적개심이 올랐습니다.

"어떻게 따라가? 무서웠단 말이야?"

"아니 설사 네 말이 사실이라도 그게 무서울 일이냐?"

점점 제 음성이 올라갔습니다.

"징그러워."

저는 오물을 뒤집어쓴 기분이었습니다. 커피를 후루룩 마셨습니다. 뜨거운 것이 들어가자 식도가 뜨끔했습니다.

"불륜이야. 여자끼리 하는 것도. 아빠가 불쌍해."

"아빠가 뭐가 불쌍해?"

저는 순간 죄책감과 분노가 일어 커피를 마시다 잔을 내려놓았습니다. 창밖으로 눈길을 돌렸습니다. 눈이 펑펑 내려 보이는 사물 모두 잠겼으면 싶었습니다.

"아빠는 엄마가 바람피우는 거 모르잖아. 아빠는 엄마가 매일 밤 밖에 나간다고 걱정하신단 말이야."

"걱정? 내가 없으니 불편해서 그런 거 아니고? 왜 내가 평생 네 아빠 수발만 들어야 하니? 그리고, 난 밤에 밖에 나가면 안 되니? 너 생각이 그렇게 꽉 막혔니? 아님 나한테만 그러는 거니?"

남편에게 속죄해야 한다 하면서도 말이 의도와 관계없이 쏟아져 나왔습니다. 저는 다음 말을 겨우 참았습니다. 말이 독이다. 저는 속으로 중얼거렸습니다.

"그런 뜻이 아니잖아, 내 말은."

딸은 또다시 눈물을 흘렸습니다.

"아빠한테 다 말할 거야."

"뭘?"

저는 태연함을 가장한 채 말했습니다.

"내가 본 거 모두 다. 바람피운다고."

"너 이제보니 아주 나쁜 애구나. 그래 말 다 해. 난 누구에게도 떳떳해."

저는 분노로 당장 일어서고 싶었지만 딸이라 일어서지도 못하고 휴, 한숨을 내쉬었습니다.

"엄마. 혹 그 여자애 꽃뱀 아냐?"

"꽃뱀이라니?"

저는 얘가 또 무슨 말을 하려는가, 가슴이 먼저 덜컥, 내려앉았습니다.

"왜 그런 거 있잖아, 젊은 여자가 나이 많은 남자들 꼬셔서 돈 뜯어내는 거."

"너 이제 막가네. 아주 대놓고 엄마를 무시하는구나."

저는 일어섰습니다. 계속 있다간 제 입에서 험한 말이 나올 것 같았습니다.

"아직 안 끝났어."

딸은 입술을 깨물었습니다.

"이젠 무례하기까지 하구나."

"안 그러면 젊은 애가 왜 엄마처럼 나이 많은 사람에게 그러겠어?"

"너 인제 보니 속물이 다 됐구나. 오빠한테 속물이라고 그렇게 욕하더니 닮아가는 거야?"

딸은 또다시 눈물을 흘렸습니다.

저놈의 기집애.

눈물을 보니 또다시 화가 치밀어 올랐습니다.

"네가 상상하는 거 전혀 아냐. 그럼 됐지? 그냥 친구 딸이야. 가자."

"그럼 친구 딸하고 그런단 말이야?"

"드라마를 써라, 드라마를."

"그만 돌아와. 치료하면 낫는다잖아. 엄마 나이가 몇인데."

"내 나이가 어때서? 넌 이 엄마가 어떻게 살아왔는지 한 번이라도 생각해봤니? 나도 여자야, 너처럼. 집에서 니들과 네 아빠 뒤치다꺼리하며 지금까지 살았다. 이제 좀 내가 하고 싶은 대로 살면 안 되니?"

저는 저도 모르게 음성을 높였습니다. 카운터에 있던 주인 여자가 저를 돌아보았습니다.

"그게 아니잖아, 엄마."

"가자."

저는 돌아섰습니다. 도저히 더 있을 수가 없었습니다.

"무서워."

저는 걸음을 멈췄습니다.

"난 엄마가 그러는 거 무서워. 무서워 죽겠단 말이야."

저는 돌아서지도 그렇다고 계속 앞으로 나아가지도 못하고 엉거주춤 서 있었습니다.

"갑자기 머리는 짧게 깎았지. 젊은 애들이 입는 청재킷에 청바지, 거기다 롱 청재킷까지. 엄마가 아닌 거 같아. 그래서 무섭단 말이야."

흡.

저는 숨이 가빠왔습니다. 숨을 쉴 수가 없었습니다.

"나쁜 년."

한동안 헉헉거리던 저는 출입구를 향하여 휘청거리며 걸어갔습니다. 나쁜 년. 나쁜 년. 나쁜 년. 제 입에서 독이 든 말이 계속 튀어나왔습니다. 딸은 저를 보지 않고 고개를 숙인 채 두 손으로 얼굴을 가리고 흐느껴 울었습니다.

밖으로 나온 저는 거리를 돌아다녔습니다. 저녁 시간이 지났음에도 집에 가기 싫었습니다. 아무리 여자아이를 만나러 다녀도 남편의 식사는 차려주거나 준비하고 나왔고, 오늘도 집에 일찍 들어가려니 하고 그냥 준비도 안 하고 나왔습니다. 그런데 집에 가기 싫었습니다. 그냥 걷고 싶었습니다. 본격적인 추위에 사람들은 웅크리고 종종걸음으로 빠르게 다녔습니다.

전화 한 번 해볼까.

문득 여자아이가 떠올랐습니다. 보고 싶었습니다. 밤새 함께 지내며 술이라도 진탕 마시고 싶었습니다. 우선 남편에게 전화를 걸었습니다. 남편은 곧 퇴근한다고 했습니다. 순간 저는 미안함을 느꼈습니다. 그렇더라도 지금의 기분으로 집에 들어가 저녁 준비를 하기 싫었습니다.

"오늘 친구를 만났는데 일이 좀 있어서 늦을 거 같아요."

최대한 공손하게 말했습니다. 남편은 짜증부터 냈습니다. 가정주부가 뭔 일이 많아 매일 밖에 쏘다니냐는 것이었습니다. 저도 짜증이 났지만 대답도 안 하고 잠자코 있었습니다. 예전 같으면 변명하든지 했을 텐데 이제는 남편이 화를 내도 대꾸하지 않는 것으로 화풀이했습니다. 이번엔 여자아이에 전화했습니다. 전화기는 꺼져 있었습니다. 바쁜가? 지금이 퇴근 시간이라 바쁜 시간이기도 했습니다. 저는 한 번 더 걸었다가 꺼져 있어 그냥 거리를 걸었습니다.

징그러워.

딸의 목소리가 들렸습니다. 저도 모르게 걸음을 멈추고 주위를 돌아보았습니다.

무서워. 무섭단 말이야.

저는 차가운 기운에 몸을 떨었습니다. 억울했습니다. 내가 뭘 잘못했는데. 이제야 내가 누군지 알게 되었는데. 그래서 원래의 나로 돌아가 이제야 제대로 살고 있는데. 이제야 숨 좀 쉬고 살고 있는데. 저는 딸이 옆에 있으면 따귀라도 올리고 싶은 심정이었습니다.

애는 왜 이리 전화를 받지 않는 거야.

저는 신경질적으로 휴대폰을 눌렀습니다. 하지만 여전히 여자아이의 휴대폰은 꺼져 있었습니다. 지금껏 이런 일이 한 번도 없었는데. 두 번이나 더 전화하고는 휴대폰을 가방에 넣었습니다.

무슨 일일까. 딸이 찾아갔을까?

순간 등줄기에 차가운 땀방울이 서늘하게 흘러내렸습니다.

아냐, 아냐.

분명 딸은 뭐하는 얘냐고 물었습니다. 그건 여자아이가 카페에서 아르바이트한다는 사실을 모르는 증거였습니다. 저는 서둘러 택시를 잡아탔습니다.

카페에 여자아이는 없었습니다. 밤에 아르바이트하는 여자애가 두 시간 전에 일이 있다며 교대했다고 했습니다. 그리고 이틀 휴가를 냈다고 했습니다. 저는 온몸에 기운이 빠지는 걸 느끼며 또다시 전화를 해보았지만, 여전히 꺼져 있었습니다.

무슨 일이 있는 게 아닐까.

불안했습니다. 무슨 일이 일어난 게 분명하다는 생각이 시퍼렇게 들었습니다. 저는 또다시 서둘러 자취방으로 갔습니다. 자취방에도 여자아이는 없었습니다. 반쯤 열린 문 사이로 남자애가 윗옷을 벗은 채 침대에 누워 있는 게 보였습니다. 순간 수치감이 온몸을 끼쳤습니다.

저기서 여자아이와 사랑을 나누었는데. 웬 남자가 누워 있다니.

들어가 당장이라도 멱살을 잡고 끌어내리고 싶은 충동을 겨우 참았습니다.

"어디 갔는지 몰라요?"

제 말에 친구는 자세히 모른다고 했습니다. 며칠 전에 친구랑 오토바이 타고 바닷가로 간다고 했는데, 하며 말을 얼버무렸습니다.

"남자와요?"

저는 초조하게 물었습니다. 친구는 짜증스럽게 말했습니다.

"자세히는 몰라요. 뭐 여럿이 어울리는 멤버들이 있으니까."

그러면서 돌아가 주었으면 하는 눈치를 보냈습니다. 저는 미안하다며 돌아섰습니다. 누군데 자꾸 찾냐? 하는 남자아이의 목소리가 문 닫히는 소리와 함께 등에 와 꽂혔습니다.

놀러 갔다고? 오토바이 타고? 여자들도 함께 갔겠지.

저는 심장에서 피가 솟구치는 것 같았습니다. 택시를 잡아타고 우리나라 바닷가란 바닷가는 모조리 훑고 싶었습니다. 그러다가 눈물이 났습니다.

혹 여자아이가 나를 버린 건 아니겠지. 우리 영영 못 만나는 건 아니겠지.

저는 시퍼런 생각에 잠겨 걸었습니다.

아냐, 아냐. 지금까지 아무 일도 없었잖아. 나를 떠날 리가 없어.

저는 이 세상에 혼자 남겨진 기분이었습니다.

어디로 간담.

갈 데가 없었습니다. 혼자 술집에 들어가 술을 마시는 것도 싫었고 더욱이 집으로 가기는 싫었습니다. 어떡할까, 하며 고민하며 걷고 있는 휴대폰이 울렸습니다. 딸이었습니다.

"엄마 아직도 집에 안 들어갔어?"

전화를 받자마자 딸은 따지듯 물었습니다.

"왜. 친구들 만나고 있는데. 이젠 나를 감시하냐?"

"아빠하고 통화하다가 알았던 거야. 아빠 아직 저녁도 안 드시고 계시던데 뭘."

"알았다. 끊어."

저는 딸의 목소리를 듣지도 않고 끊었습니다. 기집애가. 내가 널 어떻게 키웠는데. 배신감이 몰려왔습니다.

집에 오니 남편은 화가 난 표정으로 소파에서 텔레비전을 보고 있었습니다. 형제들을 다 죽이고 왕이 된 남자의 이야기였습니다. 남편이 즐겨 보는 사극이었습니다.

"쯧쯧. 살림하는 여자가 여태까지 뭘 하고 돌아다녀!"

남편의 부릅뜬 눈을 피하며 옷을 갈아입으러 방으로 들어갔습니다. 지금 누구와 싸운다면 사생결단으로 싸울 것 같았습니다. 저는 다시 여자아이에게 전화했습니다. 역시 전화기는 꺼져 있었습니다. 도대체 어떻게 된 일일까. 혹시 오토바이 타고 가다 사고 난 건 아닐까. 가슴이 시커 멓게 변하는 것 같았습니다.

남편에게 밥을 차려주고는 다시 방으로 들어왔습니다. 입맛이 없었습니다. 남편은 밥 먹지 않느냐는 말도 없이 식탁에 앉아 먹기에 바빴습니다. 누워도 편치 않았습니다. 사고가 아니라면 전화를 안 받을 리가 없지 않은가. 눈앞에 여자아이가 오토바이 사고로 길가에 피를 흘리며 늘어져 있는 것이 보이는 것 같았습니다.

괘씸한 것. 내가 저에게 어떻게 해 줬는데. 나를 영원히 떠나지 않겠다고 약속까지 해놓고선.

시간이 흐를수록 걱정이 분노로 바뀌었습니다. 옆에 있으면 머리채라도 잡고 흔들었으면 속이 시원하겠다는 생각이 들었습니다.

뜬눈으로 새우고 새벽에 저는 또다시 여자아이에게 전화했습니다. 역시 받지 않았습니다. 남편이 출근하고 나서 청소하려고 했지만 모든 게 귀찮았습니다. 기운도 없었습니다. 그러고 보니 어제부터 아무것도 먹지 않았다는 생각이 들었지만 무얼 먹고 싶은 생각이 들지 않았습니다.

오후가 되자 기어코 카페에 가봐야겠다는 생각이 들었습니다. 직접 눈으로 확인해야겠다는 생각이 들었습니다. 하지만 카페에도 어제 여자애가 서빙하고 있었습니다. 자취방에 갔지만 문은 잠겨 있었습니다. 혹시나 해서 문을 두드렸지만 안에서는 아무런 기척도 없었습니다. 더는 여자아이를 찾을 길이 없자 온몸의 맥이 빠져 주저앉을 것 같았습니다.

딸의 저주야, 저주.

저는 딸에게 화풀이하며 집으로 왔습니다. 그리고 휴대폰의 배터리 수명이 다 될 정도로 전화했지만, 통화가 되지 않았습니다.

저녁도 먹는 둥 마는 둥 하다 방에 들어가 누웠습니다. 남편은 사극에 정신이 팔려 제가 저녁을 먹는지 안 먹는지 방에 들어갔는지 안 들어갔는지 관심이 없었습니다. 저는 시간이 지날수록 남편에게 두텁고 커다란 벽을 느꼈습니다. 어떨 땐 생판 남처럼 느껴져 이런 사람하고 30년 가까이 살 맞대고 살았나 의아할 때가 많았습니다. 남편과는 소개팅으로 만나 결혼했는데 좋게 말하면 성실한 회사원이요 무던한 사람이었습니다. 주식은 아예 하지 않았고 바람은 일절 피우지 않았습니다. 야망은 없고 무탈한 가정에 감사하며 가정 자체를 중시 여겼습니다. 가정을 지키기 위해선 무슨 일이든 할 사람 같았습니다. 외식 또한 싫어해 제가 만들어준 음식만을 좋아했습니다. 그러나 이 모든 게 사람을 얼마나 답답하게 하는지 살아보지 않은 사람은 모를 것입니다. 여우하고는 살아도 곰하고는 못 산다는 게 남편에게도 해당되었습니다.

다음 날 오후에 또다시 카페에 갔습니다. 카운터에는 여자애가 앉아 있었습니다.

"정아 아직 연락 없어요?"

"서울에 온 거 같은데."

여자애는 확실히 모르겠다는 투로 말했습니다.

"서울에 왔대요? 어떻게 알았어요?"

저는 다급하게 물었습니다.

"확실한 거 아니고요. 오토바이 타는 멤버들 중에 아는 애를 누가 홍대 앞에서 봤다고 해서요."

"다른 건요?"

여전히 저는 다급했습니다.

"다른 건 몰라요. 전 걔들과 안 어울려서요."

여자애는 퉁명스럽게 대답했습니다.

"고마워요."

재빨리 카페를 나왔습니다. 나오자마자 자취방으로 향했습니다. 어머, 오셨어요. 환하게 웃으며 여자아이가 반겨줄 것 같았습니다. 그렇다면 왜 전화를 안 했냐고 가볍게 따진 후 뜨겁게 포옹하리라. 발걸음이 빨라졌습니다. 카페에서 그리 멀지 않은 골목 안에 있는데 어디 먼 지방에 있는 것처럼 느껴졌습니다. 문은 잠겨 있었습니다. 몇 번 두드려보았지만, 안에서는 아무런 인기척을 느끼지 못했습니다. 다리에 힘이 풀려 주저앉았습니다. 울고 싶었습니다.

어디 갔니. 어디에 있는 거야?

아무나 붙잡고 여자아이를 찾아달라고 호소하며 펑펑 울고 싶었습니다.

금방 어둠이 닥쳤습니다. 올해 첫 추위에 사람들은 종종걸음으로 길을 걸었지만, 저는 천천히 걸었습니다. 좀 걷고 싶었습니다. 택시나 지하철을 타고 집에 갈 생각이 없었습니다. 가더라도 걸어서, 밤새 걸어서 가고 싶었습니다. 휘황찬란한 밤거리에 혼자만 있다고 생각하니 쓸쓸한 생각에 눈물이 나려 했습니다. 외딴섬에 혼자 동떨어진 느낌이었습니다.

내가 뭘 잘못한 걸까.

여자아이가 옆에 있다면 빌고 싶었습니다. 제발 용서해 달라고. 하지만 여자아이도 옆에 없고 저도 뭘 잘못했는지 모르겠습니다. 그 자리에 퍼질러 앉아 통곡이라도 하고 싶었습니다.

너 나한테 왜 그렇게 잔인하니. 전화 한 통 그것도 안 되니.

피가 가슴으로 몰려드는 것 같았습니다. 가슴이 답답했습니다. 이대로 죽었으면 싶었습니다. 여자아이가 없는 세상이라면, 여자아이에게 버림받는다면 살 의미가 없을 것 같았습니다.

내가 누구인지 분명히 알려준 아이. 내가 나답게 살도록 깨우쳐준 아이. 새로이 태어나게 한 아이. 구원이요 신이었습니다.

얼마를 걸었을까. 평소 차를 타고 다녀서 그런지 막상 걷고 보니 거기가 거기 같아서 방향 감각을 잃고 말았습니다. 여기가 어딘가. 저는 주위를 두리번거렸습니다.

서울 사람이 서울 시내에서 길을 잃다니.

지나가는 사람들은 많으나 여기가 어디냐고 묻기가 싫었습니다. 정 안 되면 택시를 타면 될 일이었습니다. 저는 또다시 걷기 시작했습니다. 11시가 넘었는데 여자아이는 돌아왔을까. 휴대폰을 봤다면 내가 건 부재중 표시를 봤을 텐데. 서운한 마음이 들었습니다. 그때였습니다.

콰~앙! 따따따.

어디서 굉음이 들렸습니다. 저는 놀라 소리가 나는 쪽을 바라보았습니다. 그러자 오토바이가 굉음을 지르며 도로를 달려오는 게 보였습니다. 운전하는 남자나 뒤에 탄 여자나 헬멧을 안 쓰고 차 사이를 미꾸라지처럼 빠지며 달렸습니다. 다섯 대인데도 소음은 굉장했습니다. 뒤에 탄 여자아이들은 두 손을 높이 들고 무어라 고함을 질렀습니다.

빠~앙!

일부 차들이 경적을 울리자 오토바이는 더 큰 굉음을 내며 달렸습니다. 위험하기 그지없었습니다. 오토바이 때문에 차들이 엉키자 오토바이에 탄 여자애들은 엉덩이를 들썩이며 환호성을 질렀습니다.

앗! 저 애가!

저는 오토바이의 행렬 속에서 여자아이를 발견하고는 기겁을 했습니다. 다시 자세히 보았습니다. 역시 청재킷에 청바지, 여자아이가 맞았습니다.

아.

겨드랑이에서 차가운 땀이 한 방울 흘러내렸습니다. 조퇴하고 이틀 휴가 내고 친구들과 오토바이 타고 여행 갔다더니 저런 식으로 3일을 여행했단 말인가.

저는 어이가 없는 데다 금방이라도 사고가 날까 싶은 생각에 제 몸이 얼어붙었습니다.

콰~앙! 따따따따!

오토바이의 굉음이 커지는가 싶더니 점점 멀어져갔습니다. 저는 당장이라도 따라갔으면 좋겠는데 택시를 잡아타려면 반대쪽으로 가야 했습니다.

어쩌면 좋단 말인가.

저는 오토바이가 간 방향으로 빨리 걸었습니다. 오토바이가 시야에서 사라지자 저는 절망감에 몸을 떨었습니다. 지금까지 보아온 여자아이와는 전혀 딴 사람 같았습니다. 어찌 저럴 수 있단 말인가. 저는 빨리 걸으며 생각했습니다.

빠~앙! 따따따!

또다시 굉음이 들렸습니다. 오토바이가 이번엔 내가 있는 쪽의 차선으로 달려오고 있었습니다. 저는 반가움에 그 자리에 우뚝 섰습니다. 오토바이는 차들의 사이를 잘도 빠져나갔습니다. 그럴 때마다 저는 땀이 밴 손을 꼭 쥐었습니다. 여전히 뒤에 탄 여자아이들은 마치 자신의 세상을 만난 듯 환호를 질렀습니다.

저러다 오토바이에서 떨어지면 어떡하려고 저러나.

금방이라도 여자아이가 오토바이에서 떨어져 뒹굴 것만 같았습니다. 오토바이는 조금 갔다가 다시 유턴하여 돌아오며 앞바퀴를 높이 치켜들며 묘기를 부렸습니다. 그럴 때마다 뒤에 탄 여자애들은 환호성을 질렀습니다. 어떤 오토바이는 옆으로 비스듬히 넘어질 듯 질주하기도 했습니다. 저는 가슴이 터질 듯한 느낌으로 여자아이에게 시선을 놓치지 않았습니다.

이쪽을 봐. 내가 여기 있단 말이야.

여자아이를 향해 손을 흔들어보았지만, 여자아이는 아랑곳하지 않고 환호성을 지르기에 바빴습니다. 오토바이가 멀리 갔다 되돌아오길 몇 번 했을 때 마침내 저는 인도 쪽의 차선으로 오토바이가 오자 저도 모르게 뛰어들었습니다. 아무 생각도 나지 않았습니다. 다만 여자아이를 놓치면 영영 못 볼 것 같은 절박함밖에 없었습니다. 하지만 오토바이는 속도를 조금도 늦추지 않고 제 곁을 쌩쌩 지나갔습니다. 저는 두려움에 비명을 질렀습니다. 네 대의 오토바이들이 각종 쇼를 벌이며 저에게 위협을 가하며 지나갈 때 삐웅삐웅, 하는 소리가 들렸습니다. 고개를 돌리자 멀리서 경찰차 몇 대가 오는 게 보였습니다. 세 대는 경찰차와 반대 방향으로 달려갔고 한 대는 계속 제 주위를 빙글빙글 돌았습니다. 여자아이가 탄 오토바이였습니다.

앗!

저는 두려움에 떨면서도 여자아이를 바라보았습니다. 여자아이는 웃고 있었습니다. 아마도 여자아이가 저를 알아보았고 그래서 오토바이가 저에게 되돌아온 것 같았습니다. 순간 여자아이를 잡아야 한다는 생각이 들었습니다. 지금 놓치면 영영 놓칠 것 같았습니다. 저는 제 주위를 빙글빙글 도는 오토바이에 필사적으로 다가가 여자아이의 팔을 잡았습니다. 여자아이는 제 팔을 뿌리쳤고 저는 놓칠까 두려워 필사적으로 여자아이의 팔을 잡고 질질 끌려갔습니다. 그렇게 몇십 미터를 끌려가다 여자아이는 내 쪽으로 떨어졌고 운전하는 남자애는 뒤를 흘끗 돌아보더니 경찰차를 피해 달아났습니다. 경찰차는 정지하라는 스피커 소리를 토해내며 오토바이를 따라갔습니다. 여자아이는 나와 함께 바닥에 뒹굴었습니다.

씨발.

여자아이의 입에서 욕설이 튀어나왔습니다. 저는 넘어진 와중에도 여자아이의 팔을 잡고 있었습니다.

"어디 다친 데 없어?"

저는 어찌할 바를 모르고 물었습니다. 여자아이는 말없이 일어서서 옷에 먼지를 털었습니다. 저도 따라 일어섰습니다. 엉치뼈가 뻐근했습니다.

"다친 데 없어? 괜찮아?"

저는 여자아이의 몸을 훑어보며 말했습니다.

"괜찮아요."

여자아이는 인도로 올라섰습니다.

"지금 오는 길이야?"

여자아이는 제 말에 대꾸도 없이 길을 걸어갔습니다. 뒷모습이 단단해 바늘이라도 들어갈 것 같지 않았습니다. 저는 낯선 모습에 당황하였습니다. 하지만 여자아이를 만났다는 기쁨에 놓칠세라 뒤를 바짝 쫓았습니다.

"왜 전화 안 받았어? 미치는 줄 알았다."

"전화기 물에 빠졌어요."

여자아이는 퉁명스럽게 대답했고 저는 대답 자체가 고마웠습니다.

"난 그걸 모르고 계속 전화했잖아. 무슨 일 있는 줄 알고."

저는 여자아이의 곁으로 다가서며 말했습니다.

"미안해요."

여자아이는 여전히 화가 난 말투였습니다. 저는 그래도 좋았습니다. 여자아이가 말을 하니 조금은 안심이 되었습니다.

"저녁은 먹었니? 안 먹었으면 가자. 사 줄게."

여자아이는 걸음을 멈추고 저를 돌아보았습니다.

"아줌마는 맨날 볼 때마다 점심 먹었니? 저녁 먹었니? 이거밖에 없어요?"

"아니, 그래. 그러니까, 밤늦게 놀다 보면 저녁 안 먹었을 거 같아서."

저는 야단맞는 아이처럼 말했습니다. 여자아이는 무슨 말을 하려다가 멈칫하였습니다. 하지만 다시 걷기 시작했습니다.

"쟤들하고 사흘 동안 밤낮으로 오토바이 타고 다녔던 거야?"

저는 여자아이 옆에 바짝 붙으며 물었습니다. 빠른 걸음에 저는 숨이 찼습니다.

"예."

"오토바이는 위험하잖아."

"매년 두세 번씩 전국 일주해요. 이번엔 좀 짧았지만요."

여자아이는 걸으며 말했습니다. 숨이 차는지 중간에 말을 끊었다 이었습니다.

"다들 친구들이야? 여자들도 있던데."

"그냥 친구라요. 친군데 남자 여자 무슨 구분이 필요해요?"

"밤에 잠은 같이 안 잔 거지?"

제 말에 여자아이는 걸음을 멈추고 저를 돌아보다 다시 걸었습니다.

"어때서요? 큰 방 하나 구해서 다 같이 잤는데요?"

저는 가슴이 턱, 막혔습니다.

"그럼 남자애들이 가만히 있어?"

"가만히 안 있을 건 뭐예요? 내가 지들한테 관심 없는 거 아는데요?"

"정말?"

"근데 아줌마는 왜 그런 게 궁금해요? 제가 누구랑 자든 말든요."

저는 놀라서 자리에 우뚝 섰다가 달려가 여자아이의 팔을 잡고 세웠습니다.

"자든 말든이라니? 네가 다른 사람이랑 자는 걸 왜 내가 신경 쓰면 안 돼? 정말 다른 사람이랑 잤어? 여자?"

가슴이 터질 것 같은 통증이 왔습니다. 오른손을 가슴께로 가져갔습니다. 그럼 내가 계속 전화하고 걱정할 때 다른 사람이랑 잤다는 거야? 눈물이 핑 돌았습니다.

"에이, 짜증 나. 아줌마는 남편이랑 자잖아요. 근데 전 다른 사람이랑 자면 왜 안 되는데요?"

"그거하고 다르잖아. 정말 잤냐고?"

저는 소리를 질렀습니다. 지나가는 사람들이 흘깃 나와 여자아이를 바라보았습니다.

"그걸 왜 제가 얘기해야 돼요? 아줌마는 아줌마고 전 저잖아요. 제가 아줌마가 누굴 만나든 상관하지 않잖아요."

"내가 사흘 동안 널 얼마나 걱정했는데. 너 나한테 왜 이러니? 다른 여자 생겼어? 젊어? 네 또래니?"

여자아이는 걸음을 멈추고 저를 뜨악하게 바라보았습니다. 그러더니 몸을 휙 돌려 걷기 시작했습니다. 저는 재빨리 곁으로 달라붙었습니다.

"너 나 죽이려고 작정했니? 네가 전화를 안 받아서 잠도 거의 못 자고 네 걱정만 했단 말이야!"

"누가 걱정하라고 했어요? 제발 그러지 말아요. 숨 막혀요."

"너 나 안 사랑해? 사랑한다는 말 거짓말이었어?"

"사랑해요. 그렇다고 아줌마의 사생활까지 간섭하는 건 아니잖아요."

여자아이의 냉혹한 음성이 허공으로 치솟았습니다.

"맙소사. 너 날 사랑하지 않는구나. 그래서 놀러 가면서 나한테 일언반구도 없었고. 가서도 전화 한 번 안 하고."

"그건 미안하다고 했잖아요."

저는 주위를 보다가 모텔이 눈에 보이자 여자아이의 팔을 잡고 세웠습니다.

"잠깐만. 우리 저기 조용한 데 가서 얘기 좀 하자."

순간 남편의 얼굴이 떠올랐다가 사라졌습니다. 이렇게 늦게까지 집에 들어가지 않은 적은 없었다는 생각이 들었습니다. 여자아이는 머뭇거리다 모텔 쪽으로 걷기 시작했습니다.

휴.

저도 모르게 한숨을 내쉬었습니다. 여자아이가 저를 버려두고 떠날 것 같아서 화를 내면서도 조마조마했습니다.

"잠깐만. 저기 가서 먹을 것 좀 사 가자."

여자아이는 또다시 24 편의점을 바라보더니 그쪽으로 걷기 시작했습니다. 저는 여자아이가 말을 안 해도 제 말을 따르니 안심이 되었습니다. 편의점에서 캔맥주 6개짜리 하나와 김밥 두 줄, 새우깡을 샀습니다. 카드로 결제했고 여자아이가 봉지를 들었습니다. 그리곤 문밖으로 나가 또다시 아무 말도 없이 걷기 시작했습니다. 저도 여자아이가 또 화를 낼까 싶어 말을 붙이지 않았습니다.

모텔방에 들어선 저는 여자아이를 와락, 안았습니다. 다시는 놓치지 않겠다는 듯 온 힘을 다해 안았습니다. 여자아이도 저를 꼭 안았습니다.

이젠 안 놓아줄 거야.

저는 속으로 되뇌며 팔에 힘을 주었습니다. 이제 마음이 안정되었습니다. 이제 내 품 안에 있으니 3일 동안 애태웠던 새까만 가슴이 풀리는 것 같았습니다.

이대로 이대로, 영원히.

저는 팔을 풀고 두 손으로 여자아이의 얼굴을 잡고 바라보았습니다.

이젠 안 놓칠 거야. 영원히.

저는 여자아이를 바라보다 여자아이의 입에 입술을 가져갔습니다. 여자아이가 입을 벌려 제 혀를 받아들였습니다. 저는 끝까지 갈 것처럼 혀를 깊숙이 넣었습니다. 여자아이는 제 혀를 자신의 혀로 감았습니다. 제 몸이 뜨거워지기 시작했습니다. 서둘러 옷을 벗었습니다.

화산폭발의 시간이 금방 지나가고, 저는 여자아이와 나란히 누웠습니다. 천장의 거울에 벌거벗은 두 나신을 바라보며 저는 중얼거렸습니다.

아름답구나, 아름다워.

여자아이는 사랑의 여운으로 제 팔을 베고 숨을 씩씩거렸습니다.

"앞으로 날 떠나지 마."

여자아이는 가만히 있었습니다.

"그럼 나 죽을 거야."

여자아이는 제 유두를 손가락으로 잡았습니다.

"난 네가 없으면 못 살아. 그러니 절대로 날 떠나지 마."

저는 애원하면서도 단호하게 말했습니다. 여전히 여자아이는 말없이 제 유두를 손가락으로 만지다 손가락 끝으로 튕기기도 했습니다.

"나 미치는 줄 알았어. 네가 전화 안 받기에."

"다신 안 그럴게요. 미안해요."

여자아이의 말에 저는 코끝이 시큰했습니다. 저는 여자아이를 와락, 안았습니다.

"항상 내가 원할 때 통화가 되어야 마음이 편해. 아니면 불안해."

여자아이는 말이 없었습니다.

"연극 순빈 봉씨 봤니?"

여자아이는 여전히 대답도 없이 손바닥으로 가슴을 쓰다듬었습니다. 그럴 때마다 저는 움찔거렸습니다.

"죽음을 각오하고, 죽을 줄 알고 사랑을 하는 거야. 세자빈이니 명예와 부를 다 가졌음에도 모두 버리고 궁녀와 사랑에 빠져. 마치 불에 뛰어드는 불나방 같아."

여자아이는 손가락으로 유두를 톡톡 쳤습니다.

"난 너를 위해 다 버릴 수 있어. 가정도 자식도."

"무서워요."

유두 위에 있던 손가락을 멈추며 여자아이가 말했습니다.

"아냐 그렇지 않아. 난 옛날의 내가 아냐. 옛날로 돌아갈 수도 없고."

"저도 아줌마 사랑해요."

여자아이는 제 이마에 키스했습니다.

"그래. 고마워. 이번처럼 또 연락도 안 되면 난 미칠 거야. 아니 죽을지도 몰라. 정말이지 죽는 줄 알았어."

저는 여자아이를 껴안은 팔에 힘을 주었습니다. 여자아이는 제 품속으로 파고들었습니다.

"고마워. 고마워."

저는 여자아이가 혹 내 품에서 빠져나갈까 싶어 두려웠습니다.

"참. 아까 오토바이 타던 사람들, 다 친구야?"

여자아이는 고개를 끄덕였습니다.

"모두 대학에 안 다녀?"

"저하고 똑같아요. 자유롭게 살길 원해요."

"그래도 가족이 있을 텐데."

"저처럼 집을 나온 친구도 있고 아니면 쫓겨난 친구도 있어요."

"쫓겨나? 왜? 무슨 일을 저질렀니?"

"아뇨. 게이고 레즈비언이라는 이유로 변태라고, 병 옮기는 에이즈 환자라고, 강제로 정신병원에 입원시키려는 걸 거부했더니 집을 나가래요. 당신 자식이 아니라며."

"어쩜."

저의 피투성이 마음에서 말이 툭 튀어나왔습니다.

"그런 애들 많아요. 그래서 우린 가족을 잊고 자유롭게 살기로 했어요. 누구한테든 얽매이지 않고 현실을 즐기기로 했어요. 전 이게 좋아요."

"음. 그래서 내가 도로에서 잡아서 화를 냈구나."

"집 나오고 누가 절 그렇게 강제로 잡는 건 처음이었어요."

"미안해. 안 그러면 영영 널 놓칠까 봐."

"……"

제 말에 여자아이는 뜸을 들였다가 말했습니다.

"내일부터 카페에 알바해야 하는데 가긴 어딜 가요."
"고마워. 그리고 친구들과는 자주 어울리지 마. 우리 둘이 만나는 시간을 많이 가져야지."
"……."
여자아이는 말없이 저를 꼭 껴안았습니다. 저는 여자아이를 안은 팔에 힘을 주었습니다.

14.

일요일이라 가족이 다 모이겠다고 하여 피해자의 집으로 두 형사는 갔다. 각자 따로 만나는 것보다 다 같이 만나는 게 좋겠다고 하자 가족들이 집에서 만나자고 했다. 아무래도 남의 이목이 두려울 수밖에 없었다. 단독주택인데 마당이 좁지만 밖에서 봐도 잘 정리되어 있었다. 피해자나 남편의 성격을 엿볼 수 있었다. 초인종을 누르자 딸이 곧장 문을 열어 주었다. 마당에는 잔디가 깔려 있고 의자 네 개, 테이블에 파라솔까지 있었다. 볕이 좋은 날 앉아서 커피를 마시면 좋겠다고 조 형사는 생각하며 현관으로 걸어갔다.
"어서 오세요."
역시 딸이 나와 인사를 했고 뒤에는 남편과 아들이 있었다.
"쉬는 날인데 시간 내주셔서 감사합니다."
고 형사와 조 형사는 소파에 앉으며 말했다.
"또 물을 말씀이 있습니까?"
남편은 드러내놓고 불쾌한 기색을 보였다.
"예. 어제 중요한 얘기를 들어서요."
"중요한 얘기요?"
남편이 물었다.

"예. 전에 저희와 만났을 땐 피해자가 사귀는 사람이 있다는 걸 모르셨다고 했죠?"

고 형사는 가족을 둘러보며 말했다. 가족들은 긴장하는 표정으로 두 형사를 보았다.

"예."

남편의 대답에 아들과 딸도 예, 라고 대답했다.

"근데 알고 계셨더군요."

고 형사는 말을 멈추고 가족들 하나하나 둘러보았다.

"저, 그게."

남편의 곤혹스러운 말에 고 형사는 아들과 딸에게 시선을 고정했다.

"두 분도 알고 계셨죠?"

"그렇지만."

아들과 딸은 난감한 표정을 지었다.

"왜 속였습니까?"

"창피해서요."

딸이 머뭇거리다 말했다.

"창피해요?"

"이제 오빠나 제가 결혼도 해야 하는데 엄마가 그렇다는 걸 소문나 봐요."

딸이 이해해 달라는 투로 말했다.

"그래서 어머니께 헤어지라고 강요했어요?"

"형사님이라면 안 그러겠어요?"

오빠가 발끈했다.

"난 마누라가 그런 몹쓸 병에 걸린 줄 꿈에도 생각 못 했소."

남편이 말했다.

"어머니가 안 헤어지겠다고 했겠죠?"

"예."

아들이 대답했다.

"그래서요?"

순간 남편과 아들딸이 서로 마주보며 입을 다물었다. 고 형사는 가족들을 찬찬히 돌아보았다.

"이러시면 서로 가셔야 합니다. 서로 가서 조사받으시겠습니까?"

고 형사의 말에 가족들은 화들짝 놀라는 표정을 지었다.

"그래서 어떻게 했어요?"

고 형사가 틈을 주지 않고 물었다.

"안 헤어지면 여자아이와 강제로 떼어놓겠다고 했어요."

남편이 떨리는 목소리로 말했다.

"어떻게요?"

"그건,"

순간 남편은 아차, 했다. 하지 말았어야 할 말을 했다는 생각이 들었다.

"어떻게 떼어놓을 생각이었어요?"

고 형사가 싸늘하게 물었다.

"그까진 생각 못 했어요."

남편이 작은 소리로 말했다.

"계획 안 세웠어요? 가족끼리?"

"안 세웠습니다."

남편이 단호하게 말했다. 아들과 딸이 의아하게 아버지를 보았다.

"지금 진실을 얘기하지 않으면 나중에 큰 후회를 하게 될 겁니다. 지금 박정아 씨가 실종된 건 아시지요?"

"용의자라고 했잖습니까."

아들이 반항하듯 말했다.

"그랬죠. 근데 용의자보다 어머니처럼 피해자가 될 수도 있다는 것에 수사를 하고 있습니다."

"그럼, 우리가 죽이기라도 했다는 겁니까?"

"모든 가능성을 두고 조사하고 있습니다."

조 형사는 말을 멈추었다가 다시 말했다.

"어머니에게 협박하니까 뭐라고 하던가요?"

가족들은 굳은 얼굴로 입을 다물었다. 잠시 후 딸이 대답했다.

"죽어도 못 헤어지겠다고 했습니다."

"그래서요?"

"그래서 우리는 어떻게 하냐고, 우리 생각은 안 하냐고. 결혼도 해야 하는데."

아들이 말했다.

"어머니의 행동이 결혼하는데 지장을 줄까 봐 걱정 많이 하셨군요."

"형사님 같으면 안 그러겠어요?"

딸이 따지듯 물었다.

"사람마다 다르죠. 그래서 어머니가 차라리 없어졌으면 바랬어요?"

"예?"

아들과 딸은 동시에 놀라는 표정을 지었다.

"그렇잖아요. 어머니가 없으면 결혼하는데 아무런 지장도 안 주잖아요."

"그럼 우리가 결혼 때문에 죽이기라도 했다는 겁니까?"

아들이 화난 얼굴로 말했다.

"아, 그렇게 얘기 안 했습니다."

고 형사는 손을 들어 저었다.

"그럼 무슨 뜻입니까?"

딸이 도전적으로 물었다.

"어머니에게 증오가 많았지요?"

"많았소."

아들과 딸은 입을 다물었고 남편이 나섰다.

"그래서 만나서 뭐라고 했습니까? 남편께서도 따로 부인을 만났잖아요!"

"만났소. 당장 헤어지고 들어오라고 했소."

"그랬더니요?"

"이혼하자고 그럽니다. 빌어먹을 이혼이라니."

남편은 화가 난다는 듯 주먹을 쥐었다 폈다 했다.

"그래서요?"

"일단 그 여자와 헤어지고 조용히 집에 들어오라고 했습니다."

"그랬더니요?"

"헤어지기 싫다고."

"이혼 받아들이지 그랬습니까? 아까 말씀하시길 몹쓸 병에 걸렸는데?"

고 형사는 남편의 얼굴을 똑바로 보았다.

"애들은 어떡합니까? 결혼하려면 준비할 게 한두 가지가 아닌데."

남편이 호소하듯 말했다.

"애들 결혼 때문에 이혼을 안 해주셨다?"

"그렇소."

"음."

잠시 무거운 침묵이 흘렀다. 남편은 팔짱을 끼고 천장을 바라보았고 아들과 딸은 고개를 숙이고 있었다.

"남편분께서는 사귀는 사람 오빠도 만났죠?"

고 형사는 남편을 보며 말했다.

"저, 그게."

남편은 그것까지 아느냐는 듯 당황한 기색이 역력했다.
"진실을 말씀하셔야 합니다. 통화기록을 다 뺐습니다."
"통화한 적은 있습니다."
남편은 체념한 듯 힘없는 말투로 말했다.
"만난 적도 있잖습니까? 목격자도 있는데."
"저, 그게."
남편은 난감하다는 듯 머뭇거렸다.
"박정아 씨 오빠와 만나 무슨 얘기 했습니까?"
"동생과 헤어지게 하라고 했습니다."
"그래서요?"
"그렇게 하고 싶지만 내 말을 안 듣는다고 했더니,"
"했더니?"
"소문 다 내서 집안 망신을 주겠다고. 자식들이 결혼할 상대에게도 다 알리겠다고."
남편은 괴로운 듯 겨우 말했다.
"아빠!"
아들과 딸은 놀라서 동시에 소리쳤다. 남편은 대답 없이 두 손바닥으로 마른세수를 했다.
"허. 그래서요?"
"미안하다고. 설득시키겠다고 했습니다."
"그게 언제입니까?"
"그게, 사건 나기 십여 일 전입니다."
"그 후론 안 만났습니까?"
"안 만났습니다."
남편은 기가 죽은 채 말했다.
"통화한 기록이 있는데요?"

201

"전화가 와서 받았는데."

"그래서요?"

"왜 안 데려가냐고. 강제로라도 데려가라고. 데리고 가서 감금을 시키라고."

남편은 얘기하는 게 힘이 드는 듯 숨을 헐떡거렸다.

"오빠가 그랬단 말이지요."

"예."

"그래서요? 그렇게 하겠다고 했습니까?"

"어떡합니까, 그럼. 동네방네 소문 다 낸다는데."

남편은 가쁜 숨을 내쉬며 안간힘으로 말했다. 분노로 자존심이 완전히 무너진 것 같았다.

"그래서 데리고 와 감금시켰습니까?"

"아니, 그게."

"어른을 어떻게 감금시킵니까!"

아버지가 머뭇거리는 사이 아들이 말했다.

"그럼, 감금하지 않았단 말입니까?"

"하지 않았습니다."

아들이 단호하게 말했다.

"그렇다면 말이지요."

고 형사는 멈추었다 다시 했다.

"감금을 못했습니까? 아니면 아예 시도도 하지 않았습니까?"

"아예 시도도 하지 않았소."

기다렸다는 듯이 남편이 말했다.

"확실합니까? 사실이 아니면 나중에 곤란해집니다."

"확실합니다."

아들이 말했다.

"남편분께 물었는데요."

"제가 다 압니다."

"그래요?"

고 형사는 아들을 보다 딸을 보았다.

"혹 원룸에 간 적이 있었죠?"

"예?"

갑작스러운 질문에 딸은 놀라 입을 벌렸다.

"원룸에 간 적 있지요?"

고 형사는 고압적으로 다시 물었다.

"예."

"왜죠?"

"설득하러 갔는데 못 만났어요."

딸은 어쩔 줄 모르는 듯 두 손을 맞잡고 떨었다.

"그게 언제죠?"

"사건 나기 오 일 전쯤요."

"사건 당일에는 안 갔습니까?"

"그때 제가 왜 갑니까?"

딸은 놀라서 강력히 부인했다.

"사건 당일 젊은 여성이 원룸 주위를 어슬렁거렸다는 제보가 있어서요."

"전 가지 않았어요."

"알겠습니다."

"아드님께서는요?"

고 형사는 아들을 보며 말했다.

"전 원룸이 어디 있는지도 모릅니다."

"확실합니까?"

"화, 확실합니다."

아들의 말에 고 형사는 아들의 얼굴을 똑바로 보았다.

"어머니를 만나보긴 했고요?"

"예."

"언제쯤이요?"

"사오일 전쯤에요."

"당일엔 원룸에 안 갔습니까?"

"예? 안 갔습니다."

아들은 강력히 부인했다. 고 형사는 한숨 돌리려는 듯 말은 안 하고 천장을 바라보다 잠시 후 조 형사를 돌아보았을 때 조 형사의 휴대폰이 울렸다.

"잠시만요."

조 형사는 고개를 돌려 전화를 받았다.

"예? 정말로요? 예. 현장에 갔었다고요? 근데 죽어 있었다고요?"

조 형사의 말에 고 형사뿐만 아니라 가족들도 놀란 눈으로 조 형사를 바라보았다.

"예. 알겠습니다. 곧 가겠습니다."

조 형사는 전화를 끊었다. 고 형사가 무슨 전화라는 뜻으로 조 형사를 바라보았다.

"서에 곧 가야 할 듯싶습니다."

"알았어."

고 형사는 망설이다 가족들을 바라보았다.

"피해자 지인들에 의하면 피해자가 가족에게 알려진 후 멸시 수모를 당했다고 하던데요?"

"누가 그럽니까?"

아들이 반항적으로 말했다.

"아닙니까?"

"그런 일 없었습니다."

"그래요? 폭행도 있었다는데요?"

고 형사는 남편을 보며 말했다.

"그 말도 안 되는 소릴!"

남편은 큰 소리로 말했다.

"폭행이 전혀 없었단 말입니까?"

"당연히 없었소."

"알겠습니다. 혹 서로 출두 명령 떨어질지 모르니 놀라지 마십시오."

고 형사는 단호하게 말했다. 가족들은 아무 말도 하지 않고 고개를 숙였다.

"무슨 일이야?"

밖으로 나온 고 형사가 조 형사를 보았다.

"그 왜 편의점 알바생 있잖습니까? 이지선이라고."

"근데 왜?"

"김 형사가 사건 현장 주변 탐문을 했는데 사건 당일 현장 부근에서 이지선을 봤다는 사람이 나타났다고 합니다."

"이지선도 인정했대?"

"아뇨. 방금 경찰서로 데리고 왔는데 형님께서 그동안 이지선을 조사했으니 형님이 심문했으면 좋겠다고 팀장님이 말씀하셨습니다."

"음. 그래?"

고 형사는 고개를 끄떡이며 차가 있는 곳으로 빨리 걸어갔다.

고 형사와 조 형사가 강력팀으로 들어가자 팀장이 불렀다. 김 형사와 현 형사 외에는 보이지 않았다.

"얘기 들었겠지만 이지선이 사건 현장에 있었대. 그러니 고 형사가 들어가 봐."

"자네가 하지 왜?"

고 형사가 김 형사를 보고 말했다.

"에이, 형님이 이지선을 조사했으니 저보다야 낫지요."

"시인 안 했다며?"

"목격자가 있는데요."

"누군데?"

"사건 현장 근방의 원룸에 사는 사람인데 차량 블랙박스에 찍혔어요."

"어떻게 알아보고?"

"뉴스 보고 알았다는데, 이십 대들은 서로서로 잘 아는 것 같던데요? 근데 시간이 좀 애매해요."

"어떻게?"

"당일 십사 시 팔 분인데, 그러면 사망 추정 시간보다 두 시간 후거든요."

"그래? 수고했어."

고 형사는 김 형사의 어깨를 툭 치고 조사실로 들어갔다. 이지선은 잔뜩 겁먹은 얼굴로 고개를 숙이고 있다 고 형사를 바라보았다.

"또 보네요? 거짓말하면 큰 후회가 따른다고 얘기했을 텐데요?"

"전 죽이지 않았어요. 정말이에요."

이지선은 떨면서 말했다.

"죽였다는 얘기 안 했는데요?"

"그래서 절 여기 데려온 게 아녜요?"

이지선은 두려움에 떨면서 말했다.

"사건 당일 지선 씨가 사건 현장에 있었다는 목격자가 있었는데 부인했죠?"

고 형사의 말에 이지선은 눈동자가 흔들렸다.

"갔었어요."

"근데 왜 안 갔다고 했어요?"

"무서워서요. 근데 정말 전 안 죽였어요. 가니까 죽어 있더라고요."

금방이라도 눈물을 쏟을 듯했다.

"뭐? 죽어 있더라고?"

고 형사는 놀라는 모습을 보이지 않으려 애쓰며 되물었다.

"정말이에요. 문이 잠겨 있지 않아서 열어봤더니."

"봤더니?"

"아줌마가 쓰러져 있었어요. 머리에 피를 흘리면서요."

이지선은 그때가 떠오르는지 벌벌 떨면서 말했다.

"그래서?"

"그냥 문 닫고 도망쳤어요. 무서워서요."

"왜 신고 안 했지요?"

"제가 죽였다고 할까봐서요."

여전히 이지선은 두려움에 떨면서 말했다.

"나올 때 본 사람 있었어요?"

"모르겠어요. 그냥 막 달렸어요."

"그게 몇 시죠?"

"아마 오후 두 시쯤 되었어요."

두 시면 사망 직후다. 고 형사는 이지선의 얼굴을 똑바로 보았다.

"왜 갔어요?"

"아줌마 만나서 헤어지라고 설득하려고요."

"죽일 생각은 없었고요?"

"내가 왜 죽여요?"

결국 이지선은 울음을 터트렸다. 고 형사는 옆에 있는 휴지통을 이지선에게 내밀었다. 이지선은 휴지를 꺼내 눈물을 닦았다.

"나와서 어디 갔었지요?"

"집에 갔었어요."

"그걸 누가 증명하지요?"

"어떻게요. 아무도 안 만났는데."

"여기서 거짓말하면 큰일 나. 솔직히 얘기해야 돼요."

"다 진짜예요."

이지선은 여전히 눈물을 흘리며 말했다.

"현장에 이상한 점은 없었어요?"

이지선은 눈물을 닦다 멈추고 생각하는 듯하다고 말했다.

"문이 잠겨 있지 않았어요."

"어떻게 알았어요?"

"초인종을 눌러도 대답이 없길래 손으로 두드렸더니."

"전에도 문이 안 잠긴 적 있었어요?"

"없었어요."

"간 적은 있었네요?"

"예? 예."

이지선은 놀라서 더듬거렸다.

"근데 저번에 내가 찾아갔을 때 왜 원룸에 한 번도 안 갔다고 그랬어요?"

"제가 범인으로 몰릴까봐요."

"전에 찾아갔을 때 박정아 씨나 피해자를 만났어요?"

"아줌마만 봤어요."

"그래서요?"

"정아 친구라니까 들어오라고 해서 들어갔었어요."

"박정아 씨랑 헤어지라고 했어요?"

"못하겠더라고요. 말하는 게 너무 행복해 보이고 정말로 정아를 사랑하는 것 같아서요."

"정말이죠?"

고 형사는 단단하게 말했다.

"정말이에요. 그냥 차만 얻어먹고 왔어요. 정아 친구라니까 반갑게 맞아주셔서."

"피해자는 가족으로부터 협박도 당하고 멸시 무시도 당했는데요. 몰랐어요?"

"우리 같은 사람들 다 그래요. 그래서 가족 모르게 사귀기도 하고요."

이제는 눈물을 멈춘 이지선이 정신이 드는지 제법 또렷하게 말했다.

"그 외 다른 이상한 점은 없었어요?"

"없었어요. 저는 죽이지 않았어요. 정말이에요."

이지선은 또 울 듯이 말했다.

"그건 다 조사하면 나오겠죠. 오늘은 그냥 돌려보낼 테니 더 생각나는 거 있으면 전화해 줘요."

"감사합니다."

"잠깐만 기다려요."

고 형사가 자리에서 일어서자 이지선은 고개를 깊숙이 숙여 인사했다. 고 형사가 밖으로 나오자 형사들이 주위에 모여들었다.

"시간이 안 맞는데 거짓말 같지 않아요."

"그래?"

팀장이 실망한 투로 말했다.

"내 보내죠?"

"좀 더 데리고 있으면 겁먹고 더 토해놓을지도 모르잖아."

팀장이 말했다.

"그럴 필요 없습니다."

고 형사는 말을 마치고 자신의 자리로 가 털썩 앉았다. 범인이 곧 보일 듯한데 보이지 않았다. 환장할 노릇이었다.

15.

결국 저는 여자아이에게 원룸을 구해주었습니다. 보증금뿐만 아니라 월세도 제가 내겠다고 했습니다. 처음에 여자아이는 펄쩍 뛰었습니다.
"왜 내가 아줌마한테 원룸을 받아야 하는데요?"
자존심이 강해 누구에게라도 도움받는 걸 극도로 싫어하는 여자아이였습니다. 저는 그런 여자아이를 설득하느라 애를 먹었습니다.
"우선 말이야, 저번에 자취방에 갔더니 네 또래의 애들이 우르르 몰려와서 침대 위에 누워 있더라. 우리가 사랑을 나누는 곳은 아무도 앉지도 말아야 하고 더더욱 자지도 않았으면 좋겠어."
저는 사랑을 나눌 때마다 모텔에 가는 게 너무나 싫었습니다. 누가 볼까 봐 그런 생각이 들기도 했지만 모르는 남자 여자들이 벌거벗고 사랑을 나누었을 것이라는 생각에 불결하다는 느낌이 들었습니다.
"그럼 나중에 돈 벌면 갚겠다는 조건으로 들어갈게요."
여자아이는 그렇게 승낙했습니다. 저는 여자아이와 함께 가구점에 가서 침대를 샀습니다. 너무 기뻐 말을 할 수 없을 지경이었습니다. 칫솔도 같은 걸로 두 개 샀습니다. 자취방에서는 가져올 게 별로 없었습니다. 여자아이는 대부분 옷을 청재킷과 청바지만을 입었기에 가방 하나면 충분했습니다.
그날 저와 여자아이는 자축의 밤을 보냈습니다. 비록 통닭과 탕수육을 시켜놓고 맥주를 마셨지만 우리에겐 진수성찬이었습니다. 저는 이제 여자아이 친구의 눈치를 보지 않고 언제든 사랑을 나눌 수 있다는 게 기뻤습니다. 그동안 친구가 자취방에 있으면 모텔에 갔었습니다. 또한 친구가 남자 친구랑 섹스를 나눈 침대에서 여자아이와 사랑을 나눈다는 게 불결했습니다. 이제 단둘만의 공간이 생기자 저는 안심이 되었습니다. 여자아이가 제대로 된 직장만 구하면 여자아이와의 사랑은 영원할 것 같았습니다.

"약속해줘. 이곳에 친구 누구도 데려오지 않겠다고."

제 말에 여자아이는 뜨악하게 바라보다 고개를 끄덕였습니다.

"미안해. 우리 둘만의 장소로 여기고 싶어."

저는 둘만의 공간을 누구에게도 침범받기 싫었습니다.

"예, 그러죠."

여자아이는 맥주를 마시며 마지못해 대답하였습니다. 저는 그런 여자아이가 너무 귀엽다는 듯 탕수육을 먹다 여자아이의 뒤로 가서 안았습니다.

"고마워."

저는 볼을 여자아이의 등에 기대며 말했습니다. 너무너무 행복했습니다. 어떻게 저에게 이런 행복이 왔을까, 거짓말 같았습니다. 세상을 다 가진 기분이었습니다.

저는 원룸에서 누구의 눈치도 보지 않고 여자아이를 자주 만났습니다. 왜 진작부터 원룸을 구해 줄 생각을 못했는지 한탄스러울 정도였습니다. 여자아이가 있든 없든 매일 원룸을 찾아가 반찬을 냉장고에 넣어두었습니다. 또한 각종 과일도 사다 넣어두었습니다. 하지만 반찬은 그대로 있었고 화를 냈습니다.

"나 밥해 먹기 싫어요."

여자아이는 반찬을 가져오지 말라고 했습니다.

"그럼 밥을 내가 해놓을 테니까 출근할 때 먹고 가."

"아녜요. 밥은 카페에 가서 먹으면 돼요."

저는 여자아이가 저의 성(城)안으로 깊숙이 들어오지 않는 게 서운했지만 어쩔 수 없었습니다. 그 반찬은 저와 여자아이의 술안주로 변신하였습니다. 또한 저는 여자아이에게 명품 가방과 옷 신발을 사주었습니다. 여자아이가 받지 않으려 하면 사정하였습니다. 내 사랑의 증표야. 여자아이는 어쩔 수 없이 받았습니다. 그러면서 자신은 해줄 수 있는 게 없어서 죄송하다고 했습니다.

"아냐. 지금 이렇게 내 옆에 있는 것만으로 넌 나에게 너무나 큰 걸 해주고 있는 거야. 넌 나를 새롭게 태어나게 했잖아."

저는 말갛게 웃었습니다.

저는 행복한 나날을 보냈습니다. 매일 몸이 붕붕 떠서 날아다니는 것 같았습니다. 발이 땅에 닿는 느낌이 없었습니다. 아무 걱정이 없었습니다. 당신 요즘 뭐 좋은 일 있어? 남편이 물어볼 정도였습니다. 남편에게도 잘해주었습니다. 하지만 남편과의 잠자리만은 단호하게 거부하였습니다. 여자아이를 만나고부터 더욱 남편의 몸이 징그럽게 느껴졌습니다. 남편이 잠자리를 원할 때마다 미안하지만 어쩔 수 없었습니다. 또한 남편과 잠자리를 하지 않는 게 여자아이에게 대한 예의라고 생각했습니다. 제가 부부생활을 해서 여자아이에게 항상 미안했었습니다. 여자아이가 아줌마는 남편과 잠자리를 하면서 자기는 친구와 자는 게 왜 안 되냐고 따졌을 때 할 말을 잃은 것 또한 사실이었습니다.

저는 밤에 여자아이를 만났습니다. 이제는 모든 게 자연스러웠습니다. 편의점에서 술과 안주를 사서 여자아이와 함께 원룸으로 갔습니다.

저는 원룸에 들어가자마자 여자아이를 꼭 껴안고 키스했습니다. 여자아이도 같이 안고 키스하다 뒤로 물러났습니다.

"좀 씻고요. 땀을 흘려서."

여자아이는 옷장으로 가서 속옷을 꺼냈습니다. 그러더니 옷을 훌훌 벗었습니다. 제가 곁에 있어도 전혀 개의치 않았습니다.

"같이 할까?"

제 말에 그러세요, 여자아이는 망설임 없이 대답했습니다. 저도 옷장으로 가서 여자아이가 입은 것과 같은 종류의 속옷을 꺼냈습니다. 원룸으로 이사 오면서 커플로 속옷을 몇 벌 샀었습니다. 여자아이가 먼저 들어갔고 제가 곧 따라 들어갔습니다. 저는 여자아이의 벗은 몸에 물줄기가 떨어지는 걸 황홀하게 바라보았습니다. 눈이 부셨습니다. 투명하게 빛났습니다. 오, 이 세상에서 가장 아름답구나. 저는 중얼거리며 여자아이에게 다가가 뒤에서 꼭 안았습니다.

원룸을 여자아이에게 구해주고 나니 언제든 둘만의 시간을 가질 수 있어서 좋았습니다. 카페에서 기다리기도 했지만 이젠 원룸에서 혼자 여자아이를 기다리며 책을 읽거나 텔레비전을 보는 것도 괜찮았습니다. 집보다 원룸이 훨씬 편했습니다.

그러던 어느 날 제가 저녁을 먹고 방에 있다가 7시쯤 밖으로 나가려는데 남편이 요즘 밤마다 어디 가느냐고 짜증을 냈습니다. 저는 순간 딸이 남편에게 모두 알렸나 싶어 긴장했습니다.

"또 나가? 가정 주부가 미쳤나?"

남편은 어이없다는 듯 말했습니다.

"그랬잖아요. 뭐 좀 배우러 다닌다고."

저는 말을 더하려다가 멈추었습니다. 남편에게 미안한 마음이었습니다. 딸 말대로 비록 상대가 남자는 아니지만, 엄연히 불륜이었습니다. 그래서 남편에게 죄송했습니다. 비록 남편과 사랑해서 결혼한 사이는 아니지만 아들딸 낳고 사는 엄연한 부부가 아닙니까. 저는 동성애자인 제 또래의 한 여인을 떠올렸습니다. 카페에서 만나 몇 번 대화를 나눈 사이였습니다. 여인도 가족들에게 들킬까 전전긍긍했지만 막상 이혼하고 나니 그렇게 홀가분할 수 없었다고 했습니다. 어쩌면 남편에게 모두

고백하고 그동안의 일을 용서 구하고 이혼하면 어떨까 생각했습니다. 남편도 새 사람을 만날 수 있으면 더 좋지 않은가. 가족이라는 구실로 헤어지지 못하고 그냥 사는 것도 바보 같다는 생각이 들었습니다.

이래저래 우울한 생각으로 카페로 가지 않고 원룸으로 향했습니다. 원룸에 가서 조용히 여자아이가 퇴근하기를 기다릴 작정이었습니다. 전화하는 대신 카톡으로 원룸에 가 있겠다고 했습니다. 생각할수록 원룸을 잘 구했다는 생각이 들었습니다. 여자아이가 없더라도 언제든 가서 쉴 수 있는 곳. 혼자 조용히 시간을 보낼 수 있다는 곳이 있으니 얼마나 좋은가. 누구의 시선이나 간섭도 없이 벌거벗고 지내도, 잠을 자든 밥을 먹든 자기 맘대로 할 수 있어 좋았습니다. 진작 이런 공간을 구했다면. 저는 시간이 너무 빨리 가는 게 아쉬웠습니다.

저는 우울했던 마음을 다잡으며 원룸의 현관문 비밀번호를 눌렀습니다. 근데 이상했습니다. 안에서 무슨 소리가 나는 것 같았습니다. 텔레비전 소리 같기도 하고 사람 소리 같기도 했습니다. 저는 얘가 벌써 집에 왔나, 하며 문을 열고 들어갔다가 기겁했습니다. 방 안에는 남자 여자애들이 가득 있었습니다. 담배 연기가 자욱해서 앞이 잘 안 보일 정도였습니다. 몇몇은 침대 위에서 몇몇은 방바닥에 앉아 술을 마시고 있었습니다. 놀란 것은 아이들도 마찬가지였습니다. 저의 갑작스러운 출현에 그들도 어안이 벙벙했습니다. 놀라서 묻지도 않고 저를 바라보기만 했습니다. 저도 어이가 없어서 그들을 노려보다 겨우 물었습니다.

"정아 친구들이니?"

제 말에 누군가 옆 사람에게 귓속말로 정아가 만나는 아줌마 아냐? 라고 했습니다. 옆의 아이가 아, 맞네. 작은 소리로 말했습니다.

"누가 들어오랬니?"

저는 무슨 말부터 해야 할지 몰랐습니다.

"여기 정아 집 아닌가요?"

남자아이가 담배를 피우며 말했습니다. 할 말이 없었습니다.

"정아가 여기 오라고 했니?"

"그런데요. 오늘 좀 있다 오토바이 타기로 해서."

누군가 혼잣말로 중얼거렸습니다. 여자아이가 오늘 밤 오토바이 탄다는 말을 들은 적이 없었습니다. 당장 나가라고 소리치고 싶었지만, 여자아이 친구들이라 그러면 안 된다고 마음을 다독였습니다. 바닥에는 술병과 내가 가지고 온 반찬들이 널려 있었습니다. 저는 문을 쾅, 소리 나게 닫고 계단을 내려왔습니다. 분노가 치밀었습니다. 예의를 지켜야 하지 않은가. 공동의 방이면 친구를 부를 땐 동의를 구하는 게 예의가 아닌가. 저는 직접 만나서 따져야겠다는 생각에 카페로 발걸음을 옮겼습니다. 자꾸만 발이 휘청거렸습니다. 특히 침대에 남자 여자애들이 드러누워 있는 게 역겨웠습니다. 둘만의 은밀한 공간. 사랑을 나누는 공간에 낯모르는 애들이 엎드려 있다니. 옆에 있으면 뺨이라도 올리고 싶은 심정이었습니다.

카페에는 여자아이가 없었습니다. 1시간 일찍 퇴근했다고 했습니다. 저는 카페를 나와 전화했습니다.

"미안해요."

여자아이는 우선 사과부터 했습니다.

"이게 사과할 일이야? 그건 나에 대한 예의잖아."

평소에 나를 얼마나 우습게 봤으면 그러냐, 하는 소리는 차마 하지 못했습니다.

"오늘 만나서 오토바이 타기로 했는데 갈 데도 없고, 잠깐이면 되어서 그랬어요. 다시는 안 그럴게요."

여자아이가 잘못을 시인하고 사과하는데도 자꾸만 분노가 치밀었습니다. 이쯤에서 끝내야지 생각하는데도 자꾸만 화가 났습니다.

"만나서 얘기해."

"오늘 안 돼요. 오토바이 탄다고 했잖아요."

"미리 얘기 안 했잖아. 또 며칠 동안 돌아다니다 올 거야?"

저는 초조해서 물었습니다.

"아뇨. 오늘 밤만 탈 거에요. 근데 왜 내가 일일이 얘기해야 돼요?"

여자아이의 말에 저는 말문이 막혔습니다. 이러면 안 된다고, 침착하자고 저는 생각했습니다.

"당연한 거 아냐?"

또다시 의도와는 다르게 말이 튀어나왔습니다.

"서로 간섭 안 하기로 했잖아요."

그랬지. 저는 한숨을 쉬었습니다. 속에서 이건 간섭이 아니야. 예의란 말이야. 자기 일정을 얘기하는 게 예의 아냐? 속에서 칼날 같은 말들이 아우성쳤습니다.

"당장 친구들 원룸에서 나가라 그래. 특히 우리 침대, 우리 외에는 아무도 못 올라가. 그것도 모르니?"

"……."

여자아이의 숨소리만 들렸습니다. 여자아이도 화가 난 듯했습니다.

"이만 끊을게요."

잠시 후 여자아이는 전화를 끊었습니다. 저는 다시 전화를 걸었지만 여자아이는 받지 않았습니다. 환장할 일이었습니다. 당장 달려가고 싶지만 여자아이가 어디 있는 줄도 몰랐습니다. 오, 이런. 저는 주저앉아 울고 싶었습니다. 저는 망연자실 서 있었습니다.

저는 그날 밤 꿈을 꾸었습니다. 남편에게 들켜 두들겨 맞는 꿈이었습니다. 남편은 더러운 년이라며 제 손을 잡고 아파트 주차장에서 큰소리로 외쳤습니다.

"이년이 여자를 좋아합니다."

"이년이 변태랍니다."

"이년이 에이즈 옮기는 정신병자입니다."

아파트 주민들은 창문을 열고 저를 보며 히죽거렸습니다. 저는 창피스러워 죽고 싶었습니다. 이번에 아들이 나타났습니다.

"엄마가 그런 사람인 줄 몰랐어요. 다시는 엄마 안 볼 거예요."

아들은 싸늘한 눈길을 저에게 주고는 사라졌습니다. 이번엔 딸이 나타났습니다.

"아직도 그 애와 붙어 다니는 거예요? 어떻게 인간의 탈을 쓰고 그럴 수 있어요? 제가 몇 번이나 경고했잖아요! 이제 곧 시집가야 하는데 남자 쪽에서 알면 어떡해요? 엄마는 이기주의자예요."

저는 딸의 이기주의자란 말에 눈을 번쩍 떴습니다. 등골이 서늘했습니다. 그리곤 꿈이었기에 감사하고 또 감사했습니다.

남편이 출근하고 나서 청소하지 않고 다시 방으로 들어와 누웠습니다. 남편과 아들딸이 떠올랐습니다. 죄를 짓는 기분이었습니다. 또한 가족에게 들켜 손가락질받을지도 모른다는 생각이 들었습니다.

만약 남편과 헤어지면.

저는 카페에서 만났던 여인을 떠올렸습니다. 그 사람도 남편과 헤어졌다지 않은가.

인간의 도리. 사람의 도리란 무엇일까.

저는 계속 사람의 도리, 사람의 도리를 중얼거렸습니다.

밤이 되자 저는 여자아이에게 전화했습니다. 화가 덜 풀려 전화가 올 때까지 전화하지 않으려 했습니다. 미안하다고. 다시는 그러지 않겠다고 사과하면 못 이기는 척 받아줄 생각이었습니다. 하지만 여자아이에게는 연락이 없었습니다. 휴대폰이 고장 났나 몇 번이나 껐다 켜기를 반복했습니다. 그러다 저는 제풀에 지쳐 전화했는데 여자아이는 전화를 받지 않았습니다. 몇 번이나 휴대폰을 다시 눌렀는데도 여전히 받지 않았습니다.

혹 사고 난 건 아닐까. 오토바이 타면 사고 자주 난다는데.

걱정이 되었습니다. 또다시 입이 바싹 타들어 갔습니다.

일부러 전화를 안 받는 건 아닐까.

저는 그러다 잠이 들었고 또다시 꿈을 꾸었습니다. 여전히 남편에게 쫓기는 꿈이었습니다. 남편은 죽이겠다며 따라오는데 발걸음이 제대로 떨어지지 않았습니다. 옆에는 아들과 딸이 있었는데 남편을 막아줄 생각은 않고 둘이서 웃고만 있었습니다. 살려달라고 소리쳐도 아들과 딸은 돌아보지 않았습니다. 그러다 목덜미를 남편에게 잡혔고 으악, 소리를 지르다 잠이 깼습니다. 시계를 보니 3시였습니다. 저는 다시 잠들지 못하고 뒤척였습니다.

새벽에 계속 전화했는데도 여자아이는 여전히 전화를 받지 않았습니다. 신호는 갔습니다. 또다시 초조했고 불안했습니다. 결국 아침도 거른 채 원룸으로 갔습니다. 원룸에 들어서는데 옆 건물에서 한 남자가 급히 몸을 숨겼습니다.

뭐지?

불길한 예감에 재빨리 룸 안으로 들어갔습니다. 그대로 쓰러지듯 드러누웠습니다. 얼마나 시간이 흘렀을까요. 비몽사몽으로 수억 년이 지났다고 여겼을 무렵, 누군가 옆에 눕는 기척이 들려왔습니다. 돌아보니 여자아이였습니다. 바람 냄새가 났습니다. 오토바이 타고 왔구나. 저는 와락 껴안았습니다.

아. 감사합니다.

나는 모든 신에게 감사하고 또 감사했습니다.

"다시는 안 그럴게. 미안해. 미안해."

말이 분수처럼 솟구쳤습니다.

"아녜요. 제가 잘못했어요. 용서해 주세요."

여자아이는 내 품속을 파고들었습니다.

"용서라니. 아냐, 아냐. 이렇게 돌아왔으면 됐어."

저는 다시는 떨어지지 않을 양 여자아이를 꼭 껴안았습니다.

행복하구나.

그런 충만한 생각이 들었을 때였습니다.

쾅! 쾅! 쾅!

누군가 문을 두드렸습니다.

아니. 아침부터 초인종도 아니고 문을 누가 저렇게 두드리나.

순간, 저는 두려움에 몸이 굳었습니다. 원룸에 올 때 옆 건물에서 황급히 몸을 숨기던 남자의 모습이 떠올랐습니다. 여자아이도 두려운 듯 내 품속을 파고들었습니다.

16.

"이지선도 용의선상에서 빠지면 결국 가족일까요?"

조 형사가 커피 믹스를 타 고 형사에게 주며 말했다.

"그러게. 가족은 가까우면서도 애증 관계에 있을 수 있거든."

고 형사는 커피 믹스를 받아 한 모금 마시며 말했다. 아침 회의 시작 전 직원휴게실에서 달달한 커피 믹스를 마시는 건 활기찬 하루를 보장했다.

"난 안 줘?"

김 형사가 들어오며 조 형사를 보았다.

"예, 드려야죠."

넉살 좋은 조 형사는 커피 믹스를 타 김 형사에게 주었다.

"나이가 들수록 단 것이 좋단 말이야."

김 형사의 말에 고 형사가 조 형사를 가리키는 눈짓을 했다.

"왜요?"

김 형사가 작은 소리로 물었다.

"그런 말 했다간 노친네 소리 들어."

"예? 아직 팔팔한 나인데. 이 새파랗게 어린 녀석이!"

김 형사의 호통에 조 형사는 커피를 마시며 손을 저었다. 그때였다. 문이 벌컥 열리며 현 형사가 소리쳤다.

"형사님 빨리 와보세요."

"뭐야?"

김 형사가 아침부터 귀찮게 구느냐는 듯 말했다.

"박정아가 나타났어요."

"뭐 박정아?"

세 형사가 동시에 말했다.

"어디에?"

고 형사가 재빨리 물었다.

"지금 민원실에서 연락이 왔는데 거기 있대요."

"박정아가 민원실에 왜 있어?"

김 형사가 말도 안 된다는 듯 말했다.

"정신병원에서 탈출했나 봐요."

"정신병원에서 탈출해?"

이 무슨 귀신 씻나락 까먹는 소린가? 형사들은 서로 얼굴을 바라보았다. 그동안 실종되었던 게 정신병원에 있었단 말인가? 왜?

"하여튼 팀장님이 빨리 민원실로 가보래요."

"알았어."

형사들은 재빨리 민원실로 향했다. 민원실은 경찰서 입구 옆에 있었다. 도로변에 있어 민원인들이 경찰서 안으로 들어오지 않고도 민원실로 바로 갈 수 있는 구조였다.

 민원실로 형사들이 가니 귀신같이 긴 머리카락을 풀어 헤친 여자가 의자에 앉아 있었다. 은혜 정신병원 글자가 찍힌 옷만 걸친 채였다. 민원실의 최 경사가 눈으로 여자를 가리켰다.

"확실해?"

 고 형사가 작은 소리로 물었다.

"그럼요."

 최 경사가 고개를 끄덕였다.

"탈출해서 도망쳤는데 마침 어떤 분이 차를 여기까지 태워주셨대요."

"음."

 고 형사는 여자에게 다가갔다.

"박정아 씨?"

 여자는 고개를 들고 게슴츠레한 눈으로 형사들을 둘러보았다. 박정아가 확실했다. 눈이 풀렸지만 두려움에 떨고 있었다.

"저기 안으로 가시지요."

 고 형사가 손으로 뒤편을 가리켰다. 박정아는 아무 말 없이 일어섰다. 고 형사가 앞장서자 뒤를 따랐다.

 박정아가 조사실로 들어가자 여경이 자신의 옷을 가져와 박정아의 어깨에 걸쳐주었다. 난방이 되었다 해도 얇은 병원 옷은 보기에도 추워 보였다.

"여긴 경찰서니까 마음 놓으셔도 됩니다. 편히 앉으세요."

 여경이 말했다. 고 형사가 맞은 편에 앉았고 여경이 옆에 앉았다. 박정아는 두려움으로 주위를 두리번거렸다. 여경이 부드럽게 물었다.

"추우세요?"

 박정아는 고개를 저었다.

"어찌 된 일입니까?"

"도, 도망쳤어요."

박정아는 기어들어 가는 소리로 말했다.

"도망쳐요? 은혜 정신병원에서요?"

박정아는 대답 대신 고개를 끄덕였다.

"언제 병원에 갔어요?"

고 형사가 물었지만 고개를 저었다.

"강제로 끌려갔어요?"

여경이 물었다. 고개를 끄덕였다.

"누구한테요?"

고 형사가 긴장해서 물었다.

"오빠요."

"오빠가 끌고 갔어요?"

"오빠하고 직원하고."

박정아는 작은 소리로 말하며 두려움으로 주위를 흘깃거렸다. 분명 강제 입원인데. 고 형사는 박정아를 바라보다 물었다.

"언제요?"

"잘 모르겠어요."

"날짜는 기억 못 해요?"

"예."

"끌려갈 때 오빠하고 직원하고 또 누구 있었어요?"

"어떤 아저씨가 있었던 거 같은데."

박정아는 자신 없는 투로 말했다.

"꿈 같기도 하고."

"꿈 같아요?"

"자꾸 같은 꿈을 꾸어요."

박정아는 고개를 숙이며 중얼거리듯 말했다.

"오빠하고 직원한테 끌려가는 꿈이요. 또 어떤 아저씨가 있었는데."

"혹시 이분 아니세요?"

고 형사가 피해자의 남편 사진을 휴대폰으로 보여주었다. 한참 바라보더니 겨우 말했다.

"맞는 거 같아요."

"확실해요?"

박정아는 고개를 저었다.

"잘 모르겠어요. 꿈 같기도 하고요."

"꿈이요?"

"예. 끌려갈 때 같은 상황을 계속 꿈으로 꿔요."

"같은 꿈을 반복해서 꾼단 말이죠? 누구하고 있었어요? 끌려갈 때."

고 형사가 부드럽게 말했다.

"아줌마요."

"이미영 씨요?"

"예."

"음."

고 형사가 신음을 냈다. 둘이 있다가 오빠와 정신병원 직원에게 강제로 끌려갔단 말인가.

"이미영 씨는 무얼 했어요? 박정아 씨가 끌려갈 때."

"막았어요."

"못 끌려가게요?"

"예."

"그래서요?"

"오빠가 아줌마를 밀쳤는데 넘어졌어요. 뒤로."

"뒤로 넘어졌어요? 그 후로 어떻게 됐어요?"

고 형사가 자신도 모르게 음성을 높였다. 박정아는 고개를 저었다.

"안 일어났어요?"

"예. 피, 피가 났어요, 머리에."

"오빠가 아줌마를 밀쳤는데 아줌마가 넘어졌고 머리에 피를 흘렸어요?"

고 형사가 다시 물었다.

"근데 꿈인지 진짜인지 구분이 안 돼요. 계속 반복해서 꾸니까 헷갈려요."

"계속 이런 상황을 꾼단 말이죠?"

"예. 말로 해서 그렇지, 사실 뒤죽박죽이고 희미해요."

"음."

고 형사는 난감하다는 듯 여경을 바라보았다. 박정아는 두려움으로 주위를 둘러보았다. 박정아가 마음의 안정을 찾는 게 우선일 것 같았다.

"일단 나가자고."

고 형사가 박정아에게 좀 쉬라고 말하곤 먼저 나가자 여경도 뒤를 따랐다. 밖에 있던 팀장이 고 형사를 바라보았다.

"옷 보면 병원에 있었던 건 맞는 거 같은데, 피해자를 죽이진 않은 거 같아요."

"허!"

"그보다 오빠가 강제로 정신병원에 입원시킨 거 같은데, 오빠가 피해자를 밀쳐서 넘어졌다고 하고요."

"그러니까! 그게 핵심이잖아."

팀장은 눈을 크게 떴다.

"근데 박정아가 약 때문인지 자꾸 몽롱하게 얘기해서요. 또 자신이 겪은 게 사실인지 꿈인지 구분도 못 하고요."

"허, 이거 참."

"일단 은혜 정신병원에 다녀올게요. 언제 입원했고 가족들 누가 동의를 해서 입원하게 됐는지 알아봐야겠습니다. 박정아는 일단 안정을 찾도록 해주세요."

"그려. 다녀와. 나머진 김 형사한테 맡길게."

팀장은 김 형사를 보며 말했다.

은혜 정신병원은 상산시 호아면의 면소재지에서도 산골짜기로 한참 동안 들어가는 데 있었다. 막상 병원 앞에 가니 성처럼 거대한 흰 건물 두 채가 버티고 서 있었고 그 옆에 작은 건물이 여러 개 있었다. 정문에서 본관까지 가는 곳은 운동장처럼 넓었고 잔디가 깔려 있었다. 나무와 잔디는 잘 손질되어 있었다.

정문의 수위에게 들은 대로 본관으로 곧장 갔다. 문을 열고 들어가니 원무과가 바로 보였다.

"잠깐만 기다리세요."

수위에게 들었는지 원무과 직원이 바로 알아보았다. 잠시 후 50대의 남자가 나왔다.

"원무과장입니다."

남자는 악수를 청했다. 고 형사와 조 형사는 주위를 둘러보며 악수를 했다. 원무과 뒤에는 환자복을 입은 사람들이 떠들며 탁구를 치고 있었다. 창 너머에는 역시 환자복을 입은 남자들이 두 줄로 서서 어디론가 가고 있었다. 예상했던 것보다 병원이 밝고 평범했다.

"안으로 드시지요."

원무과장은 안으로 두 형사를 안내했다. 소파에 앉자 여직원이 커피를 두 잔 가져다 탁자에 놓았다.

"바쁘신 거 같은데 본론으로 바로 들어가지요."

"그러시면 제가 고맙고요."

과장은 여유 있게 말했다.

"오늘 아침 여기서 여자 환자 한 사람 없어졌죠? 박정아 씨라고."

"아, 예. 식사 시간에 사라져서 찾는 중입니다. 근데 그걸 어떻게 아시고."

과장은 미간을 찌푸리며 말했다. 일단 경찰에 신고하지 말고 찾는 데까지 찾아보라는 원장의 지시였다. 특별 관리 환자였다. 근데 경찰서에 있다니. 고 형사는 그런 원무과장을 지그시 바라보다 말했다.

"경찰서에 있습니다."

"예?"

과장은 놀란 눈으로 두 형사를 바라보았다.

"박정아 씨 입원서류 좀 볼 수 있을까요?"

"곤란합니다. 개인정보가 있어서요."

과장은 단호하게 말했다.

"그럼, 영장을 가져와야겠군요. 온 김에 이거저거 좀 보고요."

"왜 이러십니까?"

"좋게 합시다. 보기만 할게요."

조 형사가 말했다.

"알겠습니다."

과장은 머뭇거리다 일어서서 어디론가 갔다가 서류를 들고 나타났다.

"이겁니다."

과장이 내민 서류를 고 형사가 받아 펼쳤다. 조 형사가 고 형사 옆에 바짝 붙여 앉았다.

"입원신청서라. 이름 박정아. 신청인 박대규. 관계 부."

"아버지가 입원 신청했네요?"

"예. 맞습니다."

"병명은 조현병이요?"

"예. 쓰인 그대로입니다."

"확실해요?"

"그럼요."

과장은 확신에 차서 말했다.

"가족 중 누가 신청해도 의사가 확인한 후 입원시키지요?"

"그럼요."

"제가 알기론 박정아 씨는 조현병이 없는 걸로 알고 있는데요."

고 형사는 과장의 눈을 보며 말했다.

"전 그건 모릅니다. 의사의 소견대로 했을 뿐입니다."

"그래요?"

고 형사는 다시 서류로 눈길을 돌렸다.

"입원 날짜가 십이월 십이일로 되어 있네요?"

"예. 그날이 입원한 날입니다."

"확실해요?"

박정아가 얘기한 것과 달라 의구심이 들어 물었다. 박정아가 끌려갈 때 피해자가 막으러 했고 오빠가 밀쳐서 피해자는 뒤로 넘어져 머리에 피가 났다고 했다. 박정아가 정말 꿈꾼 것일까.

"서류에 적힌 대로입니다."

12일이면 사건 이틀 전이었다.

"입원할 때 누가 동행했습니까?"

"오빠가 집에서 보냈다 했습니다."

고 형사는 서류를 보다 고개를 들었다. 만족스럽지 못한 표정이었다.

"입원시킬 경우 보통 누가 갑니까?"

"운전기사랑 남자 간호사가 갑니다."

"그때 가신 두 분 만날 수 있습니까?"

"어쩌지요? 남자 간호사는 휴가 내셨고 기사는 비번이신데요."

"허, 하필이면. 기사님은 언제 나오죠?"

"내일이면 나옵니다."

"두 분 전화번호 좀 적어주세요."

"그러죠."

과장은 머뭇거리다 체념한 듯 일어서서 쪽지에 전화번호를 적어 건네주었다. 고 형사는 조 형사를 보았다. 물어볼 게 있으면 물어보라고 의미였다. 고개를 저었다.

"바쁘신데 시간 내주셔서 감사합니다."

고 형사는 고개를 숙여 인사를 했다.

"십이 일이면 사건 나기 이틀 전이잖아."

고 형사가 주차장으로 가며 말했다.

"그러게요. 그럼 오빠는 용의선상에서 벗어나는데요?"

"그렇지. 동생을 헤어지게 하기 위해 입원시켰는데 이틀이나 지나서 굳이 피해자를 죽일 이유가 없겠지."

두 형사는 힘이 빠진 채 걸어가 차에 올라탔다.

"박정아 씨가 얘기한, 끌려갈 때 피해자 남편이 있었다고 했잖아."

"꿈인지 모르겠다고도 말했고요."

"그랬지. 만약 꿈이 아니라면?"

"그럼, 남편이 가장 유력한 용의자죠. 근데 날짜가 안 맞잖아요."

"어느 책에 보니까 프로이트가 얘기한 건데, 사람이 전혀 경험하지 않은 건 꿈으로 꿀 수가 없대. 그러니까 경험한 것만 꿈으로 꿀 수 있다는 거지."

"그럼, 남편을 한 번도 보지 않았다면 남편을 꿈으로 꿀 수가 없다는 거네요?"

"그렇지. 박정아는 남자가 남편이라고 했어. 사진 보여주니까."

"그럼, 남편을 봤다는 게 사실일 수 있다는 거네요?"

"그러니까 박정아가 꿈이라고 하는 게 사실일 가능성이 크지 않을까?"

"그럼, 남편이 범인이잖아요. 근데 날짜가 다른 건요?"

"박정아도 헷갈려 하니까. 꿈이 원래 뒤죽박죽이잖아. 논리적이지 않고. 박정아의 기억도 지금은 약물 작용인지 꿈과 같다고 봐야 해."

"그럼 남편을 소환할까요?"

"서에 가자마자 바로 청구해."

고 형사의 말에 조 형사는 차를 출발했다.

17.

"아니, 내가 뭘 어쨌다고 이러는 거요?"

남편은 조사실에 앉아 강력히 항의했다. 고 형사는 말없이 남편을 물끄러미 바라보았다.

"글쎄 난 잘못한 거 없다니까요?"

"박정아 씨가 정신병원에 강제 입원한 거 알고 계셨죠?"

고 형사가 볼펜으로 탁자를 툭툭 치면서 말했다. 다 알고 있으니 순순히 얘기하라는 압력이었다.

"그걸 어떻게?"

남편은 놀라는 표정을 지었다.

"왜 숨겼죠? 다 알면서?"

"저, 그게."

"박정아 오빠란 사람하고 짰어요?"

"아, 아닙니다."

남편은 금방 기가 죽었다.

"지금 사실만을 얘기해야 합니다. 거짓말하면 나중에 크게 불리할 수 있습니다."

고 형사의 말에 남편은 두려움으로 형사들을 바라보았다.

"박정아가 정신병원으로 끌려갈 때 그 자리에 있었죠?"

"예? 아, 예. 근데, 그게."

"본 사람 있습니다."

"거기에 있긴 있었는데, 잠깐 보았습니다. 전화가 와서 받다 보니 차는 떠나고 없었습니다."

"부인도 정신병원에 같이 넣으려고 했죠?"

고 형사는 넘겨짚었다.

"아, 아닙니다. 그럴 리가요."

"그럼 죽였습니까?"

"예? 죽이다니요?"

남편은 얼이 빠진 듯 말했다.

"박정아가 끌려가고 방으로 가 뭐했습니까?"

"저, 그게."

"들어갔잖아요!"

고 형사가 소리쳤다.

"이미 죽어 있었습니다."

남편은 믿어달라는 듯 애원하는 목소리로 말했다.

"방에 들어가니 이미 죽어 있었다고요?"

고 형사와 조 형사는 마주 보며 어이없다는 표정을 지었다.

"예. 정말입니다. 제가 죽이지 않았습니다."

"아니, 박정아는 피해자가 죽기 이틀 전에 정신병원에 입원했는데 무슨 말 합니까? 병원에 가서 서류까지 확인하고 왔는데."

"아, 아닙니다. 그날이 확실합니다."

"그러니까 박정아가 정신병원으로 끌려간 날이 부인이 죽은 날이다,

이 말이죠?"

"예. 아까도 말씀드렸지만 여자아이가 끌려갈 때 전화가 와서 받고 보니 이미 차가 떠나고 없었습니다. 그래 원룸으로 들어가니 마누라가 쓰러져 있었습니다."

"그럼 왜 병원으로 옮기지 않았습니까?"

"머리에 피가 많이 흐른 게 죽은 것 같았습니다."

"부검 결과 빨리 병원으로 옮겼으면 살 수도 있었답니다."

"휴."

남편은 한숨을 크게 내쉬었다.

"일부러 그랬죠?"

"예?"

남편의 목소리가 떨렸다.

"죽기를 바랐죠? 그래서 병원으로 안 옮겼죠?"

정상적이라면 당장 병원으로 옮기는 게 순리였다. 무슨 꼼수가 있는가? 고 형사는 남편을 지그시 바라보았다.

"……"

"왜 그렇게 했습니까?"

고 형사의 말에 남편은 한참 동안 고개를 숙이고 있다가 겨우 고개를 들고 체념한 듯 말했다.

"차라리 죽는 게 낫다고 생각했습니다."

"낫다니요?"

"아들딸 앞길 막는 게 어디 엄마라고 할 수 있겠습니까? 그러니 차라리 앞길 막지 말고 죽는 게 잘 되었다고 생각했습니다."

"하!"

고 형사는 어이가 없다는 듯 남편을 노려보다 한숨을 지었다.

"부인이 동성애자라는 게 소문나면 아들딸 혼사길 막힐까 봐 병원으로 옮기지도 않았단 말입니까?"

"용서해 주십시오. 죽을죄를 지었습니다."

"아무리 그래도 그렇지."

고 형사는 남편을 바라보며 볼펜으로 탁자를 툭툭 쳤다.

"그날 원룸에서 왜 간 겁니까? 오빠란 사람하고 정신병원에 입원시키자고 미리 약속했습니까?"

"아, 아닙니다. 우연히 갔다가."

"우연히 현장을 목격했다고요?"

"예. 정말입니다."

"그래서요?"

"여자아이와 헤어지고 집으로 들어오라고 말하러 갔다가."

고 형사는 남편의 말을 듣다가 조 형사를 바라보았다. 조 형사가 고개를 끄덕였다.

"일단, 오늘은 여기까지만 하죠."

고 형사는 일어서서 밖으로 나오자 조 형사가 뒤따랐다.

"정말 안 죽였을까?"

밖에서 지켜보던 팀장이 급하게 물었다.

"갔을 때 이미 죽어 있었다고 하긴 하는데."

"믿어?"

"현재로서는요."

"오빠도 아니고 남편도 아니고. 도대체 누구란 말인가?"

팀장이 미간을 찌푸렸다.

"정신병원이 이상합니다."

"정신병원?"

그 무슨 말이냐는 듯 팀장이 말했다.

"서류상 박정아가 입원한 날이 사건 이틀 전인데, 남편은 사건 당일에 박정아가 끌려갔다고 합니다. 박정아도 그렇게 얘기했고요. 물론 꿈인지 모르겠다고 했지만."

"뭐?"

팀장은 놀라는 표정으로 눈동자를 굴렸다.

"그럼 병원에 다시 가봐."

"그보다 박정아를 끌고 간 운전기사랑 남자 간호사를 먼저 만나봐야겠습니다."

"그건 김 형사한테 시키면 되고. 병원에 가는 게 더 급선무 아닌가?"

"어차피 서류는 조작됐을 가능성이 크고요."

"알았어. 병원은 영장 청구해 김 형사한테 가라고 할 테니 두 사람 만나봐."

"예. 알겠습니다."

고 형사와 조 형사는 의자에 있던 옷을 집어들고 밖으로 나갔다.

고 형사와 조 형사는 운진기사와 전화로 약속했다. 병원보다 밖에서 얘기하는 게 더 나을 것 같았다. 처음엔 만나지 않겠다고 해서 그럼 경찰서로 강제 소환하겠다고 했더니 나오겠다고 했다. 저녁 시간에 시내 카페로 약속 장소를 정했다. 운전기사는 잔뜩 겁먹은 얼굴로 나타났다.

"바쁘실 텐데 나와주셔서 감사드립니다."

고 형사가 인사를 했다.

"아뇨. 괜찮습니다. 과장님께 말씀 들었는데, 거기에 대해 별로 할 말도 없고요."

"뭐, 중요한 얘기는 아닙니다. 그냥 아는 대로 말씀해 주시면 됩니다."

"예, 뭐."

운전기사는 두 손을 비비며 말했다.

"차는 뭘로 하시겠습니까?"

"커피로 하겠습니다."

운전기사의 말에 조 형사가 커피 3잔을 주문했다.

"원래 환자를 입원시킬 때 기사분과 남자 간호사 둘이 갑니까?"

운전기사가 마음 편안하게 가지도록 가벼운 질문을 했다.

"환자가 남자일 경우 셋이 가기도 합니다."

"그렇군요. 환자가 거부할 경우 강제로 태우려면 상당히 힘들겠네요?"

"힘들지요. 그런 사람들은 일반인과 달리 힘이 엄청 셉니다."

"하다가 다칠 때도 있겠군요?"

"있지요. 환자가 주먹으로 때리고 손톱으로 할퀴고."

"아뇨. 환자가 말입니다."

"예?"

운전기사는 놀란 표정을 지었다.

"그러니까 환자가 입원하는 걸 거부할 때 강제로 태우다 보면 환자가 다칠 때도 있지 않겠나 싶어서요."

"없습니다. 그런 일은요."

운전기사는 단호하게 말했다.

"전혀요?"

고 형사는 운전기사의 얼굴을 똑바로 보며 말했다. 단단히 준비를 하고 왔구나 싶었다.

"환자인데 조심해서 다뤄야 하는 매뉴얼이 있습니다."

"아, 그런 것도 있군요."

그때 조 형사가 커피를 들고 와 각자 앞 탁자에 놓았다.

"한잔하시죠?"

고 형사가 느긋하게 말했다. 태도를 보니 서두른다고 바른대로 말할 사람이 아니었다.

"예."

운전기사는 잔을 들어 한 모금 마셨다.

"얼마 정도 근무했습니까?"

"한 십 년 됐습니다."

"그전에는요?"

"뭐, 이것저것."

말을 얼버무렸다. 이런 사람일수록 직장을 잃지 않기 위해 상사의 눈치를 잘 보는 경우가 많았다.

"십이 일에 박정아 씨를 데리러 갔었지요?"

"아, 예."

"십이 일 맞습니까?"

"예?"

"박정아 씨를 데리러 간 날이 십이 일이 맞느냐고요."

"아, 예. 마, 맞습니다."

운전기사는 눈알을 이리저리 굴리며 불안해했다.

"편안하게 말씀하시면 됩니다. 여기서 말씀하시는 건 절대로 비밀이 보장됩니다."

"아, 예."

"태울 때 무슨 일 없었습니까?"

"무슨 일이라뇨?"

"환자가 거부해 한바탕 소동을 일으켰다든지."

"그런 일이 없었습니다."

"정말입니까? 거짓말하시면 경찰서로 가서 조사받으셔야 합니다."

"아, 예."

"정말로 없었습니까?"

고 형사가 고압적으로 말했다.

"조금 있었습니다. 안 타려고 해서."

운전기사는 기가 죽어 말했다.

"박정아 씨 외 다른 사람은 없었습니까?"

"없었습니다."

"거짓말하십니까?"

"예? 제가 왜?"

"원룸 안에 오십 대 여성 있었고 밖엔 남자 있었잖아요."

"예?"

운전기사는 놀란 눈으로 고 형사를 바라보았다.

"경찰서로 가시겠습니까?"

고 형사가 음성을 높였다.

"있었습니다."

운전기사는 고개를 푹 숙였다.

"몸싸움이 있었죠?"

"그게. 예."

운전기사는 고 형사의 눈치를 보며 머뭇거렸다. 그러다 결심한 듯 말했다.

"진짜로 비밀 보장됩니까?"

"물론입니다."

"제가 한 말 때문에 병원에서 해고된다거나 그런 일은 없겠죠?"

운전기사는 두려움으로 말했다. 아마도 원무과장에게 단단히 얘기를 듣고 온 것 같았다.

"절대로 비밀 보장해 드립니다. 또한 그런 일로 해고한다면 법에 의해 처벌받으니 걱정 안 하셔도 됩니다."

"아, 예."

운전기사는 손바닥으로 마른세수를 하고 나서 말했다.

"원래 박정아 씨만 태우러 간 게 아니었습니다."

"예?"

고 형사가 말했다.

"두 사람 태우러 갔는데, 보호자 측과 몸싸움이 있었습니다."

"이 사람 말입니까?"

고 형사는 피해자의 사진을 보여주었다.

"예. 맞습니다. 극렬하게 반대해서 저와 간호사님과 둘이 박정아 씨만 우선 차에 태웠습니다."

"그다음엔요?"

"어쩐 일인지 오빠란 분이 그냥 가라고 하더군요."

"그냥 가요?"

"이유는 모르겠고요. 나중에 원장한테 얘기한다며 그냥 가라고 했습니다."

운전기사는 말을 하고 나서도 여전히 두려움이 떨었다.

"그래서 그냥 병원으로 갔습니까? 혹 원룸에 무슨 일이 있었는지 아십니까?"

"저는 박정아 씨를 태우느라 원룸의 일은 모릅니다."

"오빠란 분이 급하게 가라고 해서 그냥 갔다는 말이죠?"

"예."

"그게 언제죠?"

"십사 일입니다."

사건 당일이다. 고 형사는 다시 물었다.

"확실하죠?"

"예. 확실합니다."

고 형사와 조 형사는 서로 마주 보았다. 운전기사는 커피에 입도 대지 않은 채 허공을 바라보았다.

18.

박정아의 오빠는 조사실에서도 허리를 꼿꼿이 하고 앉아 있었다. 강제 소환했으면 겁을 먹을 만한데도 전혀 그런 기색이 없었다. 고 형사와 조 형사는 커피 믹스를 마시고 있는데 팀장이 빨리 들어가 조사하라고 했다.
"두 시간 더 있다가 들어가죠."
"왜? 스스로 지치게?"
"예. 지금은 들어가봤자 얘기를 별로 안 할 겁니다."
"그렇겠지. 지금쯤 생각이 많겠지. 어떻게 빠져나갈까."
"예. 병원서 가져온 서류 좀 더 보고 들어가겠습니다."
"알았어."
팀장은 고 형사와 조 형사의 어깨를 두드렸다.

"두 번째 보네요?"
2시간 후 조사실로 들어간 고 형사의 말에 오빠는 고개를 돌려 보곤 아무런 말도 안 했다.
"여기 왜 오신지 아시죠?"
"왜죠?"
"모르십니까? 죄목이 여러 가진데. 공문서위조에다, 협박, 살인……."
"살인이요? 제가 죽였단 말입니까?"
오빠는 말도 안 된다는 듯 말했다.
"증인과 증거가 있습니다."
"허."
"박정아 씨를 강제로 은혜 정신병원에 입원시켰죠?"
"강제라니요. 합법적으로 입원시켰습니다."

"조현병으로요?"

"예."

"박정아 씨는 조현병으로 치료받은 적이 없습니다."

"치료받지 않았다고 병에 안 걸린 건 아닙니다."

오빠는 강경하게 말했다.

"그래요?"

고 형사는 볼펜으로 탁자를 툭툭 쳤다. 오빠는 고 형사의 모습을 물끄러미 바라보았다.

"근데 왜 박정아 씨 입원 날짜를 조작했죠?"

"조작이라뇨?"

"병원 서류엔 십이 일이고 실제로는 사건 당일에 박정아 씨를 끌고 갔잖아요."

"예?"

오빠는 미간을 찌푸리며 말했다.

"발뺌해도 소용없습니다. 병원 압수수색했습니다."

"압수수색이요?"

오빠는 절망적인 표정으로 조 형사를 바라보았다.

"모든 서류는 십이 일로 되어 있더군요. 하다못해 진료기록까지요. 처방전도 그렇고."

"원장과 의사와 짜고 한 거 아닙니까?"

조 형사의 말에 고 형사가 덧붙였다.

"저, 그게."

"근데 약국의 약 수급 장부는 조작 안 했더군요. 진료기록부엔 박정아 씨에게 조현병 약 투여했다고 적혀 있는데 약 수급 장부는 지출이 없더군요."

오빠는 순간 얼굴이 일그러졌다. 고개를 돌려 허공을 바라보더니 고 형사 쪽으로 고개를 돌렸다.

"죄송합니다."

"왜 조작했죠?"

"원래는 이틀 전 그날로 예약했는데 피해자 남편이 사정이 있어 그날 안 된다길래 이틀 후로 미룬 것입니다."

"피해자 남편분과 상의해 두 사람 다 강제 입원시키려고 했었단 말이죠?"

"강제 입원이 아닙니다."

"그래서 죽이지 않았다는 걸 보여주기 위해 이틀 전으로 서류 조작하라고 병원장에게 부탁한 거 아닙니까?"

고 형사가 소리쳤다.

"아닙니다."

"아니라고요? 죽기 이틀 전에 입원시켰으면 피해자를 죽일 이유가 없어지니까 당신은 용의선상에서 빠질 수 있었죠."

"아닙니다. 그건 괜히 말썽 생길까 봐 그랬습니다."

오빠는 강력하게 부인했다.

"말썽이요? 이미영 씨는 당신이 죽였잖아요!"

고 형사가 소리쳤다.

"전 죽이지 않았습니다. 그냥 밀쳤다고요."

오빠도 음성을 높였다.

"밀치기만 했고 죽이지는 않았다?"

고 형사는 노려보며 말했다.

"정말입니다. 밀쳤는데 넘어지더라고요. 그래서 문을 닫고 그냥 왔습니다."

"쓰러졌으면 병원에 데리고 가야지 왜 그냥 두었습니까?"

"가족이 있었기 때문에요."

"남편요?"

"예."

오빠는 기가 죽어 말했다.

"그러니까 밀쳐서 넘어졌는데 머리에 피가 나고. 근데 가족이 어찌할 거라고 그냥 나왔다?"

"정말입니다. 솔직히 겁도 났고요."

"이미영 씨의 사망원인은 뇌출혈에 과다 출혈이었습니다. 빨리 병원으로 옮겼으면 살았을 것이라고요."

"그건 남편이 잘못한 거 아닙니까? 빨리 옮겼으면."

오빠는 억울하다는 듯 말했다.

"그게 말이 됩니까! 죽은 줄 알고 운전기사에게 그냥 가라고 한 거 아닙니까?"

고 형사가 계속 음성을 높였다.

"예?"

"운전기사는 두 명을 데리러 왔는데 한 명만 태우곤 그냥 가라고 했잖아요."

"넘어져서 안 일어나길래 남편이 입원 시키든지 하라고 그냥 보낸 겁니다."

"허허, 이 사람이 정말!"

고 형사는 눈을 부릅떴다.

"대한민국 형사를 우습게 보나. 피해자가 쓰러진 뒤 피 흘리는 모습을 당신이 봤다는 증인이 있어요!"

"뭐라고요? 대체 그게 누굽니까?"

오빠는 놀라서 물었다.

"당신 동생이요."

"동생이?"

오빠는 어이없다는 듯 말했다.

"그렇소. 끌려가며 뒤를 돌아보니 오빠가 쓰러져 있는 아줌마를 보고 있었다고 했어요. 그때 머리에 피를 흘리고 있었고요."

"그 정신병자가 하는 얘기를 믿습니까?"

"정신병자는 당신이요!"

고 형사는 볼펜으로 탁자를 탁, 쳤다. 오빠가 움찔거렸다.

"곧 병원도 조사 들어갈 겁니다. 일반인을 조현병으로 몰아 강제 입원 시켰다고. 알겠어요?"

오빠는 고 형사를 보더니 고개를 들어 천장을 바라보았다.

"근데 왜 그렇게 동생을 정신병원에 입원시키려고 했어요?"

"장, 장인어른이 알았습니다."

"목사님이요?"

"예."

"그래서요?"

"소문나기 전에 빨리 처리하라고 하셔서."

"그래서 피해자 보고 헤어지라고 해도 안 헤어지니까 정신병원에 감금한 겁니까?"

"감금 아닙니다. 합법적입니다."

"알겠습니다. 일단 오늘 구속 영장 신청할 거니까 변호사나 구해놓으세요."

고 형사는 비꼬듯 말하곤 자리에서 일어섰다.

"끝까지 자백 안 하네."

고 형사가 조사실 밖으로 나오자 팀장이 인상을 쓰며 말했다.

"근데 증인도 있고 병원 서류 조작도 있는데 구속영장 나오는 데는 지장 없을 겁니다."

"알았어. 곧 영장 신청하지. 근데 피해자 자식들이 찾아왔는데."

팀장이 턱으로 사무실 소파를 가리켰다.

"제가 가볼게요."

고 형사가 돌아보자 조 형사가 말했다.

"아냐. 내가 갈게. 할 얘기도 있고."

"같이 가요, 그럼."

조 형사는 고 형사의 뒤를 따랐다.

"가서 남편 데리고 와."

고 형사가 뒤를 돌아보며 말했다. 조 형사가 뒤돌아 가자 피해자 자식들이 고 형사를 보고 자리에서 일어나 말없이 고개를 숙여 인사를 했다.

"어쩐 일로?"

"아버지께서 어제 여기 오셔서 아직 안 풀려나서요."

"그럴만한 이유가 있겠지."

고 형사는 자리에 앉으며 말했다.

"어머니를 죽이기라도 했단 말입니까?"

오빠가 항의조로 말했다.

"그럴 수도 있고."

고 형사의 말에 자식들은 입을 딱 벌렸다. 그때 남편이 조 형사와 함께 사무실로 들어섰다.

"아빠."

자식들이 남편에게 다가갔다.

"여긴 왜 왔냐!"

남편은 자식들에게 화를 냈다.

"대체 무슨 일이에요?"

"니들과 상관없다. 다들 집으로 가."

남편의 말에 고 형사가 말했다.

"상관없긴요. 자, 다들 여기로 앉으세요."

고 형사의 말에 남편은 뜨악하게 바라보더니 소파에 앉았다. 그 옆에 자식들이 앉고 고 형사 옆에 조 형사가 앉았다.

"남편분께서 부인의 정신병원 입원 신청하셨죠?"

"저, 그게. 예."

남편은 포기한 듯 말했다.

"자식들도 알고 계셨죠?"

"예?"

자식들은 대답하곤 서로 마주 보았다.

"거짓말해 봐야 소용없습니다. 알고 있었죠?"

"애들이 어떻게 알고 있어요? 모릅니다."

남편이 말했다.

"정말 몰랐어요?"

고 형사는 아들딸을 보며 말했다.

"알았습니다."

아들이 떨면서 말했다.

"네가 그걸 어떻게?"

남편의 어이없다는 표정에 딸이 말했다.

"병원서 전화 왔었어요."

"그 사람들, 비밀로 해달라 했더니."

남편은 고개를 숙이고 한숨을 쉬었다. 고 형사는 자식들을 바라보았다.

"아버지가 어머니를 정신병원에 강제로 입원시키는 걸 동의하셨죠?"

고 형사가 아들과 딸을 번갈아 보며 말했다.

"그만하시오!"

아버지가 소리쳤다.

"그게 무슨 말씀을?"

아들과 딸이 고 형사와 아버지를 번갈아 보며 동시에 말했다.

"속으로 잘 됐다 싶었죠? 병원에 가는 게 좋다고 생각했죠?"

"그럴 리가 있습니까!"

아들이 소리쳤다.

"그리고 아버지가 사건 현장에 있었다는 것도, 어머니가 쓰러지신 것도 알면서 그냥 나왔다는 것도 다 알고 있었죠?"

고 형사는 아들과 딸을 날카롭게 쳐다보며 말했다. 그때였다.

"아빠!"

아들과 딸은 놀란 표정으로 아버지를 바라보았다.

"미안하다."

아버지는 고개를 푹 숙였다.

"정말이세요? 갔었어요? 엄마를 봤어요?"

아들과 딸은 어이가 없는 표정으로 아버지에게 말했다.

"니들이 곧 결혼해야 하는데. 결혼 막히면 어떡할 거야! 정신병원에 있으면 그나마……"

아버지의 볼 근육이 실룩거렸다.

"아빠! 아무리 그래도!"

"그냥 입원만 시키는 줄 알았는데."

아들과 딸은 두 손에 얼굴을 묻고 크게 소리 내어 울었다.

"니들이 아무 탈 없이 결혼하려면 그 수밖에 없었다."

남편이 발작하듯 소리쳤다.

19.

내가 왜 죽었고, 어떻게 죽었는지 나도 알았고 독자 여러분들도 알았을 겁니다.

하지만 난 원망하지 않습니다.

지은 죄가 많기 때문입니다.

가족들,

남편에게 미안하고 아들 딸에게도 미안합니다.

자식들의 앞날을 열어주는 어미가 되어야 하는데 오히려 막았기 때문입니다.

어떻게 해야 이 죄를 씻을 수 있을런지요.

잘 죽었습니다.

살아서 나 좋다고 자식들 욕보이는 것보다

죽어서 그나마 내 죄를 숨길 수 있어 다행이라는 생각이 듭니다.

나를 나로 살게 해준 여자아이 박정아에게 너무나 감사합니다.

박정아가 없었다면 내가 누군지 평생 모르고 살다 죽었겠지요.

박정아를 만난 게 나에겐 너무나 큰 행운이라는 생각이 듭니다.

나에게 너무 늦게 찾아온 사랑이라

아쉬움이 많지만 어쩌겠습니까.

운명이라 여기겠습니다.

고창근 장편소설
너무 늦게 찾아온 사랑

2024년 08월 03일 발행
지은이-고창근
펴낸곳- 심인
출판신고번호-제 2021-000002 호
주소-경북 상주시 구두실길20
전화- 010-9870-0421
전자우편-sgamm@hanmail.net

ⓒ 고창근, 2024
ISBN 979-11-976508- 5 - 7 (03810)
- ---------------------
값 15,000원

- 이 책 내용의 전부 또는 일부를 재사용하려면 반드시 저작권자와 심인 양측의 서면 동의를 받아야 합니다.
- 잘못된 책은 바꾸어 드립니다.
- 저자와 협의하여 인지를 붙이지 않습니다